शिवानी

प्रख्यात कथाकार शिवानी का जन्म 17 अक्तूबर, 1923 को विजयादशमी के दिन राजकोट, गुजरात में हुआ।

शिवानी की पहली रचना अल्मोड़ा से निकलनेवाली 'नटखट' नामक एक बाल-पत्रिका में छपी थी। तब वे मात्र बारह वर्ष की थीं। इसके बाद वे मालवीय जी की सलाह पर पढ़ने के लिए अपनी बड़ी बहन जयंती तथा भाई त्रिभुवन के साथ शान्तिनिकेतन भेजी गईं, जहाँ स्कूल तथा कॉलेज की पत्रिकाओं में बांग्ला में उनकी रचनाएँ नियमित रूप से छपती रहीं। गुरुदेव रवीन्द्रनाथ टैगोर उन्हें 'गोरा' पुकारते थे। उनकी ही सलाह कि हर लेखक को मातृभाषा में ही लेखन करना चाहिए, शिरोधार्य कर उन्होंने हिन्दी में लिखना प्रारम्भ किया। शिवानी की पहली लघु रचना 'मैं मुर्गा हूँ' 1951 में 'धर्मयुग' में छपी थी। इसके बाद आई उनकी कहानी 'लाल हवेली' और तब से जो लेखन-क्रम शुरू हुआ, उनके जीवन के अन्तिम दिनों तक अनवरत चलता रहा। उनकी अन्तिम दो रचनाएँ 'सुनहुँ तात यह अकथ कहानी' तथा 'सोने दे' उनके विलक्षण जीवन पर आधारित आत्मवृत्तात्मक आख्यान हैं।

1979 में शिवानी को 'पद्मश्री' से अलंकृत किया गया। उपन्यास, कहानी, व्यक्ति-चित्र, बाल उपन्यास और संस्मरणों के अतिरिक्त, लखनऊ से निकलनेवाले पत्र 'स्वतंत्र भारत' के लिए शिवानी ने वर्षों तक एक चर्चित स्तम्भ 'वातायन' भी लिखा। उनके लखनऊ स्थित आवास-66, गुलिस्ताँ कालोनी के द्वार लेखकों, कलाकारों, साहित्य-प्रेमियों के साथ समाज के हर वर्ग से जुड़े उनके पाठकों के लिए सदैव खुले रहे।

21 मार्च, 2003 को दिल्ली में उनका निधन हुआ।

शिवानी

चिरस्वयंवरा

राधाकृष्ण पेपरबैक्स

राधाकृष्ण पेपरबैक्स में
पहला संस्करण : 2007
आठवाँ संस्करण : 2023

राधाकृष्ण पेपरबैक्स : उत्कृष्ट साहित्य के जनसुलभ संस्करण

राधाकृष्ण प्रकाशन प्राइवेट लिमिटेड
जी-17, जगतपुरी, दिल्ली-110 051
द्वारा प्रकाशित

शाखाएँ : अशोक राजपथ, साइंस कॉलेज के सामने, पटना-800 006
पहली मंजिल, दरबारी बिल्डिंग, महात्मा गांधी मार्ग, प्रयागराज-211 001
1, अनमोल सोराबजी संतुक लेन, धोबी तलाव, मरीन लाइंस, मुम्बई-400 002
वेबसाइट : www.radhakrishnaprakashan.com
ई-मेल : info@radhakrishnaprakashan.com

बी.के. ऑफसेट
नवीन शाहदरा, दिल्ली-110 032
द्वारा मुद्रित

मूल्य : ₹ 199

CHIRSWAYAMVARA
Short Stories by Shivani

ISBN : 978-81-8361-118-3

क्रम्

उपहार

"वाह, खूब मिलीं आप! मेरी गाड़ी छूटने ही को है, भाग्य अच्छा था, जो आप पहले ही चौराहे पर मिल गईं...ऐ रिक्शावाले, चलो स्टेशन।"

वह कूदकर मेरे पार्श्व में बैठ गया, साथ ही उसके घिनौने शरीर से आते दुर्गन्ध के भभके से मेरा माथा चकरा गया।

मैं भय से थर-थर काँप रही थी, वही था, एकदम वही।

मेरा रिक्शाचालक कटरा के उस भीड़-भरे चौराहे पर मेरा रिक्शा रोक, अपनी बीड़ी लेने गया ही था कि यह आ गया।

बार-बार अपनी कलाई पर बँधी काल्पनिक घड़ी देखता वह बड़बड़ाता जा रहा था, "अजीब झक्की है मेरा यार, यह भला कोई जगह है रिक्शा खड़ी करने की, सात बीस पर तो देहरा छूट जाएगी।"

मैंने उसकी विवेकहीन, अमानवीय दृष्टि पहचान ली और दूसरे ही क्षण मैं कूदकर सड़क पर खड़ी हो गई। शायद इसी बीच कुछ राहगीर उस कौपीनधारी घिनौने पगले को, दोनों टाँग फैलाए, मेरी रिक्शा में बैठा देख चुके थे।

"हाँ-हाँ, कौन है ससुरा, धरो ससुर के दो हाथ, बेहूदा बड़ा पागल बना फिरता है, कल भी इसने यूनिवर्सिटी जाती दो लड़कियों को छेड़ा था।" देखते-ही-देखते मेरी रिक्शा में बड़े प्रभुत्व से आसन जमाए पगले को भीड़ ने घेर लिया। एक चन्दनधारी प्रौढ़ रसिक-से दिखनेवाले व्यक्ति, जो शायद संगम-स्नान से लौट रहे थे, भीड़ देख रसास्वादन करने इक्का रोककर गरजे, "बदमाश है ससुरा, पागल-वागल कुछ नहीं है। दिन-दहाड़े राह चलती बहू-बेटियों से छेड़खानी करनेवालों का तो मुँह काला करना चाहिए।"

"हाँ भाइयो, आप मेरा मुँह काला करें, मैंने काम ही ऐसा किया है।"

पागल अचानक उत्तेजित हो, रिक्शा की सीट पर खड़ा हो हाथ हिला-हिलाकर भाषण देने लगा। पास ही में सर्प-वृश्चिक-दंश की वनौषधियों का एक मैली चादर पर बाज़ार फैलाए एक सपेरा बैठा था। उसके इर्द-गिर्द जुटी भीड़ भी पगले का भाषण सुनने बढ़ आई। मुझे सहसा अपनी स्थिति की अल्पज्ञता का भास हुआ। शहर के बहुत-से लोग मेरे पति के परिचित थे, कहीं किसी ने देख लिया, तो बात का बतंगड़ बन जाएगा। मैं चुपचाप भीड़ के व्यूह से निकल आई, रिक्शावाला एक धक्का मार पगले को नीचे उतार मेरी ओर बढ़ आया। ''जल्दी भीड़ से रिक्शा निकाल ले चलो।'' मैंने बैठते ही कहा और वह तीव्र वेग से रिक्शा निकाल ले चला। मेरे धड़कते हृदय ने आश्वस्त होकर स्मृतियों के सिंह-द्वार की अर्गला खोल दी।

नलिनी क्या इतनी बड़ी दुर्घटना मुझसे छिपा गई या इस अभागे की दुर्दशा से वह अनभिज्ञ थी? तीन वर्ष पूर्व, नैनीताल में नलिनी का कान्वेंट की सधी लिखावट का पत्र देख मैं चौंक पड़ी थी। मोम्बासा से उसने एक सुनहरे छपे कागज में आठ-दस पंक्तियाँ ही लिखी थीं, पर मुझे लगा था, कई वर्ष पहले बिछुड़ गई मेरी प्रिय प्रतिवेशिनी अपनी बड़ी-बड़ी आँखें मटकाती मेरे सामने आकर बैठ गई है। बोलता, जीता-जागता सजीव पत्र लिखना बिरले ही जानते हैं। नलिनी का पत्र खुलते ही बोलने लगा था।

> ''सुना, तुम्हारे पति अंग्रेज़ी स्कूलों के अफसर हैं। यहाँ शिक्षा की उतनी सुविधा नहीं है, इसी से अपने पुत्र को उसी सुशीतल नगरी में पढ़ने भेजना चाहती हूँ, जहाँ मैंने पढ़ा है। परसों पहुँच रही हूँ। जैसे भी हो, अपने पति से कहकर सेंट जोजेफ में एक सीट मेरे पुत्र को दिलवानी ही होगी। ('मेरा पुत्र' सुनकर चौंक गई क्या? जैसे कठोर शिलाखंड तोड़-फोड़कर तुम्हारे पहाड़ी मीठे झरने फूट निकलते हैं, ऐसे ही चालीस वर्ष के वज्र कठोर शिलाखंड को तोड़ता-फोड़ता एक बहुत मीठा झरना मेरे प्रांगण में भी आ गया है, नाम है प्रिंस।)
>
> तुमसे मिलने को उत्सुक तुम्हारी सखी
>
> —नलिनी कोठारी

मेरा माथा ठनका। एक तो 'हमारे प्रांगण' के बदले 'मेरा प्रांगण' और पत्र के अन्त में अपनी कौमार्यवस्था का नाम कोठारी, तब क्या वह नलिनी माथुर नहीं रही? मेरा अनुमान ठीक था।

मैं बस-स्टैंड के पास उसकी प्रतीक्षा कर रही थी कि एक शानदार टैक्सी

मेरे पास ही आकर रुक गई।

सदा की रोबीली नलिनी और भी रोबदार हो गई थी, गालों पर सुर्खी थी, चेहरा भर जाने से बड़ी आँखें कुछ छोटी लग रही थीं और एक प्यारी नन्ही-सी दूसरी ठुड्डी भी निकल आई थी।

मैं दौड़कर उससे लिपट गई।

"हाय, तू तो ज़रा भी नहीं बदली, और यह है तेरा झरना? भगवान ने रघुनाथ को सामने धरकर ही बनाया है क्या इसे? एकदम अपने बाप पर गया है, और रघुनाथ, रघुनाथ नहीं आए क्या?" मैंने देखा, नलिनी फौजी अफसर की बेरुखी से सतर खड़ी है।

मैं सकपका गई, कहीं कुछ हो तो नहीं गया रघुनाथ को!

बड़ी कुशलता से मैंने बात पलट दी, "बहुत दूर रहते हैं हम लोग, तू रुक जा, मैं दो डाँडिया बुलवा दूँ, पैदल चलना तो बहुत खलेगा–"

"नहीं-नहीं, हम पैदल चलेंगे। तुम्हारे इस पहाड़ी स्ट्रेचर पर तो हमसे नहीं चढ़ा जाएगा।" वह अपनी साड़ी घुटनों तक समेट लम्बी डगें भरने को उद्यत हो गई।

उसका देवदूत-सा सुन्दर पुत्र बड़े अचरज से पहाड़ों को देख रहा था।

प्रिंस देखने में एकदम छोटा रघुनाथ लग रहा था, गोल मुँह और निर्दोष गठन। उसके पिता के इसी व्यक्तित्व पर रीझकर तो उसकी माँ ने लाखों की सम्पत्ति स्वेच्छा से ही ठुकरा दी थी। अनाथ नलिनी को उसकी लखपती बुआ ने ही पाला था, उनसे मैं कई बार मिल चुकी थी। स्पष्ट मूँछों और गलमुच्छों-वाली उसकी डरावनी मर्दानी बुआ, बुआ कम और फूफा ही अधिक लगती थीं। वे नलिनी को बड़े लाड़ से रखती थीं, पर उनके शासन का अंकुश कभी-कभी बड़ी क्रूरता से कोंचता था। डॉक्टरी पढ़, नलिनी बुआ के साथ अफ्रीका जाकर अपनी स्वतन्त्र प्रैक्टिस आरम्भ कर देगी, साथ ही उनके सिल्क के कारोबार की देख-रेख में भी योगदान देगी, यही बुआ की पूर्वनिर्धारित योजना थी; पर इसी में दाल-भात में मूसरचन्द बन, टूटी कोहनी जुड़वाने सुदर्शन रघुनाथ मेडिकल कॉलेज में न जाने कहाँ से टपक पड़ा? टूटी हड्डी के साथ-साथ विभिन्न प्रान्तों के दो सर्वथा विरोधी स्वभाव के हृदय भी अनजाने में न जाने कब जुड़ गए? बुआ ने सुना, तो सिर पीट लिया। पहले अपनी मूँछें नोंची, फूफाजी से लड़ीं, फिर ताबड़तोड़ उड़कर भारत भाग आईं।

"तुम इस अधूरी पढ़ाईवाले जनखे-से छोकरे से ब्याह करोगी तो मैं तुम्हें

अपनी सम्पत्ति का एक धेला भी नहीं दूँगी। यू.पी. के कायस्थ का काटा पानी भी नहीं माँगता। छोकरी, तू शूँ गाँडी थई छे?'' (लड़की, क्या तू पागल हो गई है।)

पर नलिनी अपनी ज़िद पर अड़ी रही। निराश होकर बुआजी जहर उगलती अफ्रीका के घने जंगलों में जाकर उसके लिए सदा के लिए अदृश्य हो गईं।

जिस रघुनाथ के लिए उसने इतना बड़ा त्याग किया था, वही उसे छोड़ गया।

घर पहुँचते ही नलिनी ने मुझे यह समाचार दिया तो मैं स्तब्ध हो गई।

हम दोनों के परिवार तीन वर्ष तक एक ही बँगले के साझीदार बन बड़ा सुखद समय बिता चुके थे। रघुनाथ अपनी रिसर्च अधूरी छोड़, पत्नी के पास ही आकर रहने लगा था। नलिनी के अस्पताल से लौटते ही दोनों मस्त कबूतरों की गुटरगूँ का स्वर हमारे कानों तक पहुँचता रहता। मैं कभी-कभी अपने वैवाहिक जीवन के व्यापक अनुभव का उस ताजे जोड़े पर बड़ा रोब भी जमा देती। मैं उन दोनों से आठ वर्ष सीनियर थी। मेरी दो जोड़े बच्चियाँ स्कूल जाने लगी थीं और तीसरे की प्रतीक्षा थी।

''किसी दिन साला बेमौत मरेगा।'' उन दोनों को हाथ में हाथ डाले घूमते देख एक दिन मेरे पति बोले।

''क्यों जी, तुम क्यों जले-भुने जा रहे हो? तुम्हें यह सब करने को नहीं मिला, इसी से ना!'' मैंने हँसकर कहा। सच ही तो था। हमारे युग में 'हनीमून' तो ससुर-सास के साथ ही मनाया जाता था।

''देख लेना साल-भर हो गया, न तो इन्हें कभी लड़ते-भिड़ते देखा, न रूठते-मनाते; उस पर बीवी की कमाई खाता है, लानत है इस मर्द पर!''

सच, यह कहने में मुझे आज तनिक भी संकोच नहीं हो रहा है कि अतीत की वे रोमांचकारी कुश्तियाँ, जो हमने यौवन-काल के प्रारम्भ में लड़ी हैं, शायद हमारे दाम्पत्य दुर्ग को इतना ठोस बना गई हैं कि आज तक दुर्भाग्य का एक भी भूकम्पी धक्का उसकी सुदृढ़ प्राचीरों को नहीं डिगा सका। गृह-कलह के क्या-क्या मौलिक दाँवपेंच होते थे और कैसी-कैसी पछाड़ें! एक-दूसरे के माता-पिता, पितामह-पितामही, सबको काल्पनिक चरित्रहीनता के कीचड़-भरे गढ़हों में डुबोया जाता। पति के साथ छात्र-जीवन की सहचरियों के गड़े मुर्दे मैं ढूँढ़-ढूँढ़कर खड़े करती, उधर पल-भर में मेरे पति, मेरे एक सौ बीस काल्पनिक प्रेमियों की सिविल लिस्ट तैयार कर देते। कई प्लेटों का संहार होता, बीसियों

बार थाली पटकी जाती, यदाकदा बच्चियों को भी पटका जाता, पर जैसे गर्जन-तर्जन-भरी शिलावृष्टि के पश्चात निर्मल धूप की मुस्कान से आकाश खिल उठता है, हमारी गृहस्थी धुलकर फिर उजली झकझक चमकने लगती। पर नलिनी की गृहस्थी अजीब थी। न वहाँ घटा घिरती थी, न बरसती थी। उन दोनों के भविष्य के लिए हम शंकित थे और हमारी शंका निर्मूल नहीं थी।

घर पहुँचते ही, नहा-धोकर प्रिंस, मेरे बच्चों से घुल-मिलकर खेलने लगा। मेरे पति दौरे पर गए हुए थे।

''नलिनी, तुम लेट जाओ, लम्बे सफर से थक गई होगी।'' मैंने कहा।

''नहीं, तुमसे कुछ कहना है।'' वह गम्भीर होकर अपनी अँगूठी को अँगुली में ही घुमाने लगी। स्पष्ट था कि जो कुछ उसे कहना है, उसे कहने में उसे बहुत सुविधा नहीं हो रही है।

''तुम रघुनाथ के लिए पूछ रही थीं ना।'' उसने अपनी बड़ी-बड़ी आँखें मेरे चेहरे पर स्थिर कर दीं।

''रघुनाथ ने मुझे छोड़ दिया है।'' उसने कहा और बड़ी तेजी से अँगूठी उतारने और चढ़ाने लगी।

मैं चुप रही।

वह फिर स्वयं ही कहने लगी, ''तुम्हारे जाने के बाद ही हमें भी शाहजहाँपुर छोड़ना पड़ा। मुझे मध्यप्रदेश में एक बड़ी अच्छी नौकरी जुट गई थी; थी तो दौरे की नौकरी, पर सुविधाएँ अनेक थीं। सेठजी की कई चीनी की मिलें थीं और उन सब बस्तियों की डॉक्टरनी मैं ही थी। मेरी नई नौकरी के गरिष्ठ भोजन से रघु को दिन-रात अपच रहने लगा था। मैं अस्पताल से थककर लौटती तो देखती, पालतू बिल्ले-सा हाथ-पैर सिकोड़े सो रहा है। मुझे देखकर खिसियाकर उठ बैठता और भागकर कॉफी बना लाता।

'' मैं कभी-कभी झल्लाकर कहती, 'इतने सारे नौकर हैं, बुलाते क्यों नहीं?'

'' 'मैं जानता हूँ, तुम्हें कैसी कॉफी पसन्द है।' वह दो प्याले में सजाकर ऐसे चला आता, जैसे क्वालिटी का सीखा-सिखाया बैरा हो। मैं होंठों से हँसती, पर हृदय में बीसियों अतृप्त आकांक्षाओं की छुरियाँ घाव करने लगतीं, क्या मैंने ऐसे पति की कामना की थी, जो मेरे लिए ट्रे सजा, कन्धे पर झाड़न लटकाए मुझे सलामी दे? यह तो गुणी भृत्य के लक्षण हैं, गुणी पति के नहीं।

'' मैं दिन-रात मनाती, कभी तो ईश्वर मेरे निर्वीर्य पति को पौरुष के मद से भर दे, कभी तो मेरा यह आलसी जलसर्प क्रोध की फूत्कार छोड़ सके।

" एक दिन सचमुच ही उसके पौरुष के विषधर ने मुझे डस लिया। मुझे प्रायः ही दौरे पर जाना पड़ता था। ऐसे ही एक दौरे में यात्रा का भद्रानक्षत्र मेरे भाग्य पर चढ़ गया। मुझे बम्बई जाना था, अस्पताल के लिए कुछ सामान खरीदना था। इसी से पर्याप्त रुपया पास में था। हर दौरे से घर सजाने की कुछ-न-कुछ सामग्री लाती रहती थी। उस बार एक फ्रिज लेने के लिए कुछ रुपया रख लिया था। अपने शरीर पर भी कुछ हीरे के आभूषण पड़े रहने दिए, यही मेरी सबसे बड़ी मूर्खता थी। कानों में बुआ के दिए हीरे के कर्णफूल थे, हाथ में उन्हीं की दी अँगूठी थी, गले में नीलम के पेंडेंट की चेन थी। सूटकेस में नई साड़ियों के अतिरिक्त सात हजार की नगदी थी। कूपे में मैं अकेली ही थी, पर यह कोई पहला अवसर तो था नहीं। बीसियों बार मैंने निर्जन कूपे में सैकड़ों मील नापे थे। खा-पीकर, द्वार-खिड़कियों पर चिटखनियाँ चढ़ाईं और लेट गई। साड़ी खोलकर पहले ही सिरहाने तहा दी थी, तुम तो मेरा यह अभ्यास जानती ही हो, छहगजी साड़ी का कफ़न लपेट मैं कभी सो नहीं पाती। पहले दिन एक कठिन प्रसव केस ने रात-भर नहीं सोने दिया था, इसी से ट्रेन के दो-तीन झकोलों से ही मुझे नींद आ गई।

" सहसा किसी ने मेरा कन्धा पकड़कर हिलाया, आँखें खुलीं और मेरा रक्त जम गया। एक लम्बा, काला खबीस मेरे सिरहाने खड़ा था।

" 'उतार सब गहने और ला बटुआ इधर।' उसने हाथ का नंगा छुरा दर्पण-सा चमकाया।

" मैंने अँगूठी उतारकर, सिरहाने छिपाने की चेष्टा की, तो उसने कसकर मेरी कलाई मसक दी...।

" 'औरत है न ससुरी! सिर के ऊपर तनी छुरी के नीचे भी गहने का लोभ नहीं छूटता, खबरदार जो नक्शे दिखाए!' वह गरजा और मैंने काँपकर उसकी ओर दृष्टि उठाई। असंख्य घावों के निशानों से बीभत्स चेहरा, एक आँख कानी थी और दूसरी काले इंजन की सर्चलाइट की भाँति मेरे चेहरे पर चमक रही थी।

" मैंने सब गहने उतार दिए। मेरी अँगुलियाँ, जो कठिन-से-कठिन शल्यक्रिया में संलग्न रहकर भी कभी नहीं काँपी, तेज हवा में काँपती इमली की पत्तियों-सी थरथरा रही थीं। उसने गहनों की पोटली बनाई, सूटकेस थामा, स्वयं चेन खींची और पेशेवर अन्दाज से गाड़ी के रुकने की प्रतीक्षा करने लगा। एक बीहड़ जंगल में जाकर गाड़ी रुकी, बड़े साहस से मैं उठी, क्यों न

उसे पकड़कर ज़ोर से चीख पड़ूँ! कोई-न-कोई सुन ही लेगा। वह कूदने को मुड़ा, मैंने लपककर उसकी तेल से चिकनी बाँह पकड़ ली। क्षण-भर को लगा, वह मुझे लेकर ही कूद पड़ेगा। वह मुड़ा, मेरे ब्लाउज की बाँह पकड़ उसने मुझे एक सशक्त धक्के से सीट पर गिरा दिया और स्वयं कूद गया।

"क्षण-भर को मैं अवश पड़ी रही, हाय मेरे गहने, मेरे रुपये, नई साड़ियाँ! मैं दोनों हाथों में मुँह छिपाकर बिलख उठी। 'यही डिब्बा है, माथुर, यहीं चेन खींची गई है।' मैं उठने की चेष्टा कर रही थी कि रेलवे कर्मचारियों और उत्सुक यात्रियों से मेरा डिब्बा भर गया। मुझे अपने विचित्र पेटीकोट परिधान का स्मरण हो आया, लैस के फटे ब्लाउज की आधी बाँह हवा में फड़फड़ा रही थी। मैं लज्जा से लाल पड़ गई, तेज प्रकाश में बीसियों पुरुष-चक्षुओं की उत्सुक दृष्टि मुझे गिद्धों की भाँति नोचने लगी।...

"पर मैंने अपने को तटस्थ कर लिया, जल्दी-जल्दी मुझे साड़ी लपेटती देख, एक-दो मनचले मुस्कराने लगे, तो मैंने खून का घूँट पी लिया। फिर एक लम्बी तहकीकात का क्रम चला। भरी सभा में, एकसाथ कई दुःशासन मेरी चीर खींचने निरर्थक ही बढ़ आए, पर मैंने रिपोर्ट लिखाते ही बड़ी रुखाई से पूरी भीड़ को झाड़-झूड़कर बाहर फेंक दिया। 'चोर क्या मेम साहब का सूटकेस और गहने ही लेकर उतर गया, तब तो मेरा यार काठ का उल्लू रहा होगा।' एक यात्री का अशिष्ट स्वर मेरे कानों तक आया, साथ ही एक राशिभूत ठहाका! मैंने भड़काकर द्वार बन्द कर दिए। अगले स्टेशन से ही मैं लौट गई; पर मेरे घर पहुँचने के पूर्व ही मेरी ट्रेन-डकैती का समाचार वहाँ पहुँच चुका था। किसी मनचले पत्रकार ने एक सम्भ्रान्त डॉक्टरनी की फर्स्ट क्लास में हुई ट्रेन-डकैती का लम्बा-चौड़ा विवरण देकर मेरी विवस्त्र अवस्था का भी उल्लेख कर दिया था। कहना व्यर्थ है, उसकी एक ही पंक्ति ने मुझे सहस्रों पाठकों के काल्पनिक रसचक्षुओं के सम्मुख कैबरे नर्तकी की मोहक भाव-भंगिमा में खड़ा कर दिया। कुछ कुंठाग्रस्त पुरुष ऐसे समाचारों की चूरन-चटनी चटखारे ले-लेकर चाटते हैं उन्हीं में से एक रघु भी था। कैसे मूर्ख होते हैं ये पत्रकार! क्या ये अपनी माँ-बहनों के फटे ब्याउज और पेटीकोट-परिधान का इसी नंगी भाषा में समाचार छाप सकते? यह लिखने की भला क्या आवश्यकता थी! पर तब तक अपने पति के कलुषित दुर्विचार की छाया भी मेरे चित्त पर नहीं पड़ी थी।...

"मैं लौटी तो उसने मुझे बड़ी व्यंग्यात्मक दृष्टि से सिर से पैर तक घूरा।

“ ‘जानते हो, मेरा सबकुछ चला गया।’ मेरा गला शायद कुछ काँप भी गया था। मेरे ‘सबकुछ’ से मेरा अभिप्राय मेरे आभूषण और नई साड़ियों से था। क्षण-भर को मैं मूर्खा यह भूल गई थी कि स्त्री का सबसे बहुमूल्य आभूषण है उसका शील और उसके खो जाने से ही उसका सबकुछ खो जाता है, अन्यथा संसार की कोई भी शक्ति उसका वैभव नहीं छीन सकती।

“ ‘मैं जानता हूँ।’ कह रघु बड़ी बेरुखी के द्वार भिड़ाकर चला गया। घूमघामकर वह बड़ी रात को लौटा तो मैं सो गई थी। सुबह उठी तो वह नहाने जा चुका था। नाश्ते की मेज पर मैं उसकी प्रतीक्षा कर रही थी कि वह आ गया और मेरी ओर देख बड़े लाड़ से मुस्कराया। मेरे हृदय पर पड़ी शिला जैसे उठ गई।

“ ‘अच्छा बताओ तो,’ मैंने हँसकर बड़े अधिकारपूर्ण स्नेहसिक्त स्वर में उससे कैफियत माँगी, ‘कल भला तुम्हारा कैसा मूड था! सिर पर तनी छुरी के नीचे से मैं बचकर घर लौटी और तुमने मुँह फुला लिया। वह राक्षस मेरा गला घोंट देता, तब?’

“ रघु के खिले चेहरे की बत्ती दप्-से बुझ गई। बस, उसी जलते-बुझते चेहरे के बीच मैंने अपने पति की आँखों में नाचते सन्देह और अविश्वास के मत्त दानव का नग्न नर्तन स्पष्ट देख लिया।

“ ‘कसम खाकर कहो नलिनी, उसने तुम्हें नहीं छुआ?’ उसने मेरे दोनों हाथ पकड़ लिए।

“ ‘पागल हो गए हो क्या! देखते नहीं, कम्बख़्त नौकर घूर रहे हैं!’ मैंने उसे अंग्रेज़ी में डपटा, उसने सहमकर हाथ छोड़ दिए; पर उसी दिन से हम दोनों के बीच बर्लिन की-सी अभेद्य दीवार खड़ी हो गई। कितना अविश्वास, कैसी नीच कल्पना—मैं घृणा से सिहर उठी।

“ उधर अपने निरर्थक सन्देह के घातक कैंसर-कीटाणुओं से घुलता मेरा हतभागा पति। एक महीने तक रघु के महानाटकीय कथोपकथन मुझे निरन्तर डसते रहे। कभी चीखता, कभी गिड़गिड़ाता, कभी नौकरों के सामने ही नौटंकी छेड़ देता। इसी बीच विधाता क्रूर परिहास कर बैठा, मेरा अप्रत्याशित मातृत्व ही मेरे लिए अभिशाप बन गया। रघु सुनते ही खूँखार शेर की भाँति दहाड़ने लगा।, ‘डाकू की सन्तान मेरे घर में नहीं पलेगी।’ मैं क्रोध से बौखला गई। ढलती उम्र में मातृत्व का कैसा गहरा मूल्य चुकाना पड़ेगा, उसकी चिन्ता मुझे खाए जा रही थी, उस पर शक्की रघुनाथ का निर्वीर्य क्रोध मुझे पागल

बना गया।

" 'घर मेरा है, निकल जाओ बाहर, तुम कमीने पशु हो।' मैंने कहा।

" और वह सिर झुकाए चुपचाप चला गया।

" दूसरे दिन सुबह अस्पताल गई तो दाइयाँ, वार्ड बॉय, नर्स, सब मुझे ही घूरने लगे। मैं बौखलाती घर लौटी, पर घर में भी चैन कहाँ मिलता!...

" तीन दिन बीत गए थे, चौथे दिन मेरा माथा ठनका। स्पष्ट ही था कि रघुनाथ लौटकर नहीं आएगा। उधर मेरा शहर में रहना दूभर हो उठा था।

" बहुत उधेड़बुन के बाद मैंने बुआ को लम्बी चिट्ठी लिखी। उस पत्र में मैंने उन्हें सबकुछ लिख दिया। रघु से मैंने नाता तोड़ लिया था, क्या बुआ मुझे एक बार फिर आश्रय दे सकेंगी? इस बार तो उन्हें दो प्राणियों को आश्रय देना होगा।

" बुआ को मैं जानती थी, उन्हें निश्चय लेने में देर कभी नहीं लगती थी।

" मेरे पत्र के उत्तर में वे स्वयं आ गईं। दूसरे ही दिन बुआ स्वयं मेरा त्यागपत्र टाइप कर दे आईं और उसी रात हमने शहर छोड़ दिया।

" अफ्रीका पहुँचकर मैंने बुआ का कारोबार देखा, तो दंग रह गई। मोम्बासा के भारतीय प्रवासी व्यवसायियों में श्रीमती कोठारी का नाम प्रमुख था। बीसियों नौकर थे, राजसी प्रासाद था, पर मुझे सुख-शान्ति वहाँ भी नहीं मिली। कभी रघु की स्मृति में मैं पागल हो उठती, कभी प्रतिहिंसा की लपटें मेरे उद्विग्न चित्त और रुग्ण देह को झुलसा देतीं। दूसरे ही क्षण उसके साहचर्य की कामना मुझे विकल कर देती।...

" अब मैं दिन-रात एक ही प्रार्थना करती, 'हे भगवान, मेरी सन्तान अविकल उसी का रूप लेकर जन्मे, जिससे कभी मैं उसे देखकर कह सकूँ—'मूर्ख, देख ले अपने पुत्र को!'

" सचमुच भगवान ने मेरी सुन ली। मेरे दस पौंड के शिशु का एक-एक नक्शा अपने पिता का था, यहाँ तक कि सिर के घुँघराले बाल भी रघु के-से ही लच्छेदार थे।

" 'अब कभी देखेगा नासपीटा, तो सिर धुन-धुनकर रोएगा।' बुआ ने गर्व से कहा। उन्होंने नाम धरा, 'प्रिंस'। 'मेरी लाखों की सम्पत्ति का वारिस बनेगा मेरा प्रिंस।' वह बोलीं।

" बुआ का और था ही कौन?

" इसके जन्म के दूसरे ही महीने मैं फिर अपने क्लिनिक में बैठने लगी। मेरी ख्याति दूर-दूर तक फैल गई। समृद्ध भारतीय प्रवासी परिवार ऊँची फीस देकर मुझे घर पर ही बुलाते। प्रिंस सात वर्ष का हो गया था। पिछले साल बुआ गिरनार की तीर्थ-यात्रा पर भारत चलने लगीं, तो जिद कर मैं भी साथ हो ली। सात वर्ष से भारत नहीं गई थी, पर सच कहूँ तो भारत देखने से अधिक ललक एक अन्य व्यक्ति को देखने की थी। क्या पता कहीं मिल जाए! प्रिंस दिन-पर-दिन अपने पिता पर जा रहा था। वही हँसी, वही नाक, वही आँखें। ठीक अवसर आ गया था। मैं भारत आई, तीर्थों के मन्दिर, घाट, होटल, सिनेमा कहीं भी तो नहीं दिखा वह। निराश होकर लौट रही थी, फर्स्ट क्लास के कूपे में। मैं और बुआ लेटी थीं, प्रिंस पूरे डिब्बे में ऊधम मचा रहा था, सामने की पटरी पर एक और रेलगाड़ी को नियति ने शायद जान-बूझकर ही रोक दिया था।

" हमारी खिड़की के सामने, थर्ड क्लास के डिब्बे में, जानवरों की भाँति ठँसे गन्दे मुसाफिरों के बीच, रघु खिड़की की छड़ पकड़े बैठा था। महीनों से शायद दाढ़ी नहीं बनी थी, गाल भीतर को धँस गए थे और चेहरे पर थी बीभत्स मुस्कान, जैसे टिटनेस के मृत रोगी के चेहरे पर खिंच जाती है।

" प्रिंस ऊधमी बन्दर की भाँति, खिड़की की छड़ों को पकड़कर रुकी गाड़ी चलाने का प्रयास कर रहा था।

" रघु ने मेरी ओर देखा, फिर खिड़की से दोनों हाथ फैला दिए—अपने पुत्र को उसने निश्चय ही पहचान लिया था। क्या उसे ही खींचने के लिए वह हाथ फैला रहा था?

" 'बुआ!' मैंने कहा। पीड़ा और भय से मेरा कंठ अवरुद्ध हो गया। मेरे कंठ के विचित्र स्वर से चौंककर बुआ ने देखा, फिर बिना चश्मे के वे कुछ नहीं देख पातीं और उनका चश्मा प्रिंस पहले ही स्टेशन पर तोड़ चुका था।

" अकस्मात वह गाड़ी खिसकी, डिब्बा खिसका और धीरे-धीरे विपरीत दिशा की ओर भागता दृष्टि से ओझल हो गया।

" 'क्या कह रही थी बेबी?' बुआ ने पूछा।

" कुछ नहीं बुआ, उस डिब्बे में एक जंगली-सा आदमी प्रिंस को पकड़ने के लिए हाथ बढ़ा रहा था।' मैंने खिसियाए स्वर में हँसकर कहा।

" 'पगली, क्या उसके हाथ चार गज लम्बे हो जाते?' बुआ अपनी विराट् छातियों में कछुए की-सी गर्दन की डुबकी मारकर फिर सो गईं।

" 'मम्मी, हम उसी ट्रेन में बैठेंगे, वह चलती है, यह नहीं चलती।' प्रिंस

सहसा रोने लगा। क्या अनदेखे अनजान जनक की ममत्व की डोर उसे खींच रही थी?

" ...खींचा करे, मैं तो अब विधाता की सुप्रीम कोर्ट में अपने जीवन का सबसे बड़ा मुकदमा जीत चुकी हूँ।"

नलिनी मेरी ओर देखकर मुस्कराई, पर मैं नहीं मुस्करा सकी।

बहुत पहले लखना की रानी का ऐसा ही विचित्र कोर्ट-केस पढ़ा था, जिसकी गुत्थियाँ सुलझाने में सर तेज बहादुर सप्रू और मोतीलाल नेहरू जैसे दबंग अदालती वीरों को पसीना आ गया था, फिर भी फैसला असन्तोषजनक ही रहा था।

यहाँ विधाता ने क्षण-भर में दूध का दूध, पानी का पानी कर दिया था।

मेरे पास पुत्र को छोड़ नलिनी अफ्रीका लौट गई। प्रिंस बोर्डिंग में रहता था, पर मैं उसकी संरक्षिका थी। जब तक नैनीताल रही, हर छुट्टी में आता रहता, फिर हमारी बदली हो गई।

नलिनी के पत्र आते रहते हैं। अभी दस दिन पहले ही एक पत्र आया है—'प्रिंस जाड़ों की छुट्टियों में अगले सप्ताह मोम्बासा पहुँच रहा है। अब के बुआ ने उसके जन्मदिन के लिए एक अनोखा उपहार रखा है, जानती हो क्या? एक जीता-जागता चिड़ियाघर। बुआ ने भारत से एक प्यारी-सी हथिनी मँगवाई है, मेरी एक रोगिणी के शिकारी पति ने खूँखार चीते का बच्चा ला दिया है, बुआ के खानसामा ने अजदहे का जोड़ा जुटा दिया है। प्रिंस घर आने पर इन सबसे खेलकर कितना खुश होगा!' मेरी मूर्खा नलिनी, जी में आता है, तुम्हें झकझोरकर रख दूँ।

अफ्रीका के जंगल में घूम-घूम, जंगली चीते, हाथी और अजदहों को पालतू बना सकती हो, पर केवल तुम्हारी अवहेलना से वन्य-पशु बन गए मानव को क्षमा कर तुम पालतू नहीं बना सकतीं? इस उपहार के बिना तो तुम्हारा लखपती प्रिंस सदा पथ का भिखारी बना रहेगा। इसी सोच से विह्वल हो, मैं अपने सन्धानी चक्षु-अश्व, दारागंज, अतरसुइया की संकीर्ण बस्तियों में दूर-दूर तक भगा चुकी हूँ, पर आज तक अपनी सखी के प्रिंस के लिए मैं वह उपहार नहीं जुटा पाई, जो मैं अपनी ओर से उसके जन्मदिन पर देना चाहती हूँ।

उससे अधिक मूल्यवान् उपहार किसी भी पुत्र के लिए भला और क्या हो सकता है!

केया

एक पल को डॉक्टर टंडन स्तब्ध रह गईं। इतने वर्षों पश्चात् विधाता यह कैसी परीक्षा ले रहा था उसकी! उसने कनखियों से इधर-उधर देखा, फिर हाथ में मुड़ी-तुड़ी चिट्ठी को यत्न से खोलकर पढ़ने लगी। यह सचमुच ही ईश्वर की असीम अनुकम्पा थी कि उसे ऐसा एकान्त जुट गया था, नहीं तो इस समय तो उसके कमरे में छात्र-छात्राओं की बहुरंगी भीड़ उसे घेरकर मधुमक्खियों की भाँति गुनगुनाने लगती थी। ब्लैकबोर्ड पर उसी के हाथ का बना 'हम दो, हमारे दो' का चित्र अभी भी धुँधला नहीं पड़ा था, यह तो उसके पिछले दिन का पाठ था। नित्य इसी समय वह फिफ्थ ईयर की क्लास लेती थी, तब क्या आज फिर कोई हड़ताल चल रही थी? कुछ ही दूर पर एक ताड़-सी लम्बी नर्स एक स्टील के भगौने में ऑपरेशन के लिए औज़ार उबाल रही थी। सहानुभूतिपूर्ण तरल दृष्टि से उसे देखकर डॉक्टर नलिनी टंडन ने आँखें फेर लीं। बेचारी लड़की! भाग्य अच्छा होता तो क्या इस समय यहाँ भगौने में औज़ार उबालती? अपने घर के चौके में ऐसे ही दाल उबालती इसी नर्स की अस्वाभाविक लम्बाई क्या स्वयं ही आकर्षक नहीं बन जाती?

"आप बेकार आईं डॉक्टर," उसने एप्रिन से हाथ पोंछकर कहा, "आज हड़ताल हो गई है, मैं तो इमरजेंसी में थी, इसी से आना पड़ा, डॉ. मेनन का ऑपरेशन-डे है न आज!"

"ओह," आश्वस्त होकर डॉक्टर टंडन उठ गईं। अच्छा है, आज उसका ऑपरेशन-डे नहीं है, कहीं होता तो वह क्या करती? मन की जैसी अवस्था थी, उसमें किसी दूसरे की दुखती रग पर क्या वह नश्तर धर पाती? आज तो यह निगोड़ी चिट्ठी स्वयं नश्तर बनी पल-पल उसके कलेजे में धँसती चली जा रही थी। एक लम्बी साँस उसके रँगे होंठों को कँपाती शून्य में विलीन हो गई।

चिट्ठी अभी भी उसकी मुट्ठी में बन्द थी। एक बार भी ठीक से वह उसे पढ़ नहीं पाई थी। पहले तो उसने पति की उपस्थिति में ही उसे खोल दिया था, फिर अचानक वह विस्मृत सम्बोधन उसे विषधर की भाँति डस गया था। इस नाम से उसे पुकारनेवाला तो एक ही व्यक्ति था। घबराकर उसने चिट्ठी उसी डाक से आई किसी मेडिकल फर्म की डायरी के बीच दबा दी थी। यह तो अच्छा था कि उसके शक्की पति का ध्यान उस समय अपने नाश्ते पर केन्द्रस्थ था।

''यह कैसी डबलरोटी आ रही है जी आजकल, एकदम खट्टी! और यह कमबख़्त कुबेर क्या स्क्रैम्बल बनाना अभी तक नहीं सीख पाया? इससे तो मैं ऐरोड्रोम में ही ब्रेकफास्ट ले लेता! ठीक भी तो है,'' वह बड़बड़ाता जा रहा था, ''नौकर भी क्या करे, जब मालकिन को ही घर के मालिक की कोई चिन्ता नहीं है! हमारी डॉक्टरनी साहब को सड़ी बच्चेदानियाँ और ट्यूमर निकालने से इतनी भी फुर्सत नहीं मिल पाती कि महीने-भर के लिए बाहर जा रहे मालिक के अंडे-टोस्ट की ओर देख लें। आज तो शायद तुम्हारा ऑपरेशन-डे नहीं था, इतना तो कर ही सकती थीं!''

किन्तु डॉक्टर नलिनी टंडन, बिना कोई कैफियत दिए, चुपचाप चाय पीती रही थी। कुर्सी ठेलता, प्लेट, काँटे, चम्मच झमाझम इधर-उधर पटकता, उसका बौना बदसूरत पति नेपकिन से मुँह पोंछकर उठ गया था। ''मेरी ग्रे जरसी रख दी है न तुमने?'' उसने चलते-चलते मुड़कर पूछा तो नलिनी को लगा, उसकी दाईं आँख जैसे और भी भैंगी लग रही है। विवाह के दिन पति की इसी भैंगी आँख को देखकर वह कितना रोई थी, पर फिर धीरे-धीरे श्वसुर-गृह के वैभव के बीच उसी पति का बौना कद, श्याम वर्ण और भैंगी आँख—सबकुछ जैसे कहीं विलीन हो गए थे। बीच-बीच में वह अपने छात्र-छात्राओं की फुसफुसाहट सुनती अवश्य थी। ''डॉक्टर टंडन के पति को देखा है तुमने? एकदम रावण है। बेचारी डॉक्टर टंडन!''

नलिनी सबकुछ सुनकर भी अनसुनी कर देती। कई बार वह अपनी छात्रमंडली को आग्रहपूर्वक अपने दर्शनीय प्रासाद में आमन्त्रित कर अपने आतिथ्य के औदार्य से अभिभूत कर देती, जैसे उन्हें दिखा रही हो—पति देखने में रावण है तो क्या हुआ, देखतीं नहीं, मेरे लंकापति की सुवर्ण नगरी का वैभव कैसा है? किन्तु फिर भी शरारती छात्रमंडली बाज नहीं आती। दोनों साथ घूमने निकलते तो 'ब्यूटी एंड बीस्ट' की स्पष्ट फुसफुसाहट नलिनी को

सहमाकर रख देती। विवाह के बीस वर्षों में वह अपने पति को सन्तान नहीं दे पाई थी, इसी से मातृत्ववंचिता उस नारी का सौन्दर्य शायद बीस से उन्नीस-भर भी नहीं हुआ था, अभी भी उस खरी खत्रानी के गौर उज्ज्वल वर्ण में कुंठा की एक रेखा तक नहीं उभरी थी। खाने की मेज़ पर क्रोधी पति की नित्य की चख-चख ने उसकी स्वाभाविक क्षुधा का गला कब का घोंटकर रख दिया था। एक दिन भी शायद वह ठीक से खाकर नहीं उठ पाई थी और उसी सीमित आहार ने छरहरे शरीर पर अनावश्यक मांस की परत भी नहीं चढ़ने दी थी। वह अब भी वैसी ही इकहरे शरीर की छरहरी बनी रह गई थी, जैसी बीस वर्ष पूर्व थी और आज उसी बीस वर्ष का बीता अतीत, फटाफट उल्टी लपेटी जा रही किसी फिल्म की भाँति स्वयं फड़फड़ाता उसे पीछे खींच रहा था। नर्स औज़ार लेकर चली गई तो उसने द्वार बन्द क़र लिया और चिट्ठी खोलकर पढ़ने लगी। बंगाल की उस जटिल कलात्मक लिपि को पहचानने में उसने भूल नहीं की थी।

केया—

बड़े कष्ट से तुम्हारा पता जुटा पाया हूँ। सोचा था, जान-बूझकर कभी तुम्हारे मार्ग का काँटा नहीं बनूँगा, पर आज इस परदेश की मृत्यु-शय्या पर पड़े-पड़े जब भी आँखें बन्द करता हूँ, केवल तुम्हारी ही अश्रुपूर्ण विवर्ण आँखें दिखने लगती हैं। तुमने उस दिन जयपुरी चुनरी पहनी थी। पीली चूनर में बड़ी-बड़ी लाल बुंदकियाँ थीं। अपने बंगाल की लड़कियों को नित्य ताँत की साड़ियों में देखने की अभ्यस्त मेरी आँखें तुम्हारा वह रूप देखकर चौंधियाँ गई थीं। केवड़े के उस कुंज की सुगन्ध जैसे तुम्हारी उस पीली बाँधनी में रस-बसकर रह गई थी। उसी दिन मैंने तुम्हें यह नया नाम दिया था—'केया'। याद है न, केवड़ा को बँगला में 'केया' कहते हैं? कितना सुन्दर होता है केवड़े का लम्बा पुष्प! उसी पुष्प पर मैंने जेब से पेन निकालकर चंडीदास का पद लिखकर तुम्हें थमाया तो कर्ण-मूल तक फैल गई तुम्हारी कुँआरी पीड़ा का अबीरी रंग मुझे और उन्मत्त कर उठा था। केवड़े के स्निग्ध कलेवर पर लिखी गई वे पंक्तियाँ क्या मैं आज भी भूल सका हूँ?

सोनार कटोरी
कुच युग गिरी
कनक मन्दिर लागे

'मैं स्वयं डॉक्टर हूँ, इसी से छलनामय मृत्यु के आह्वान को भी ठीक-ठीक

पहचान सकता हूँ। वह लाख पंजे दबाती बिल्ली की-सी चाल में आए; पर वह आ रही है, यह मैं निश्चित रूप से जान चुका हूँ। इसी से आज चलते-चलते तारुण्य की विस्मृत सहचरी से अन्तिम बार हाथ मिलाने को मेरी दोनों बाँहें शून्य में फैली जा रही हैं। क्या एक बार मुझे देखने आ सकेगी?''

नीचे अपना स्पष्ट पता देकर उसने उसे चेतावनी भी दे दी थी—'इस दरिद्र रुग्णा डॉक्टर का दारिद्र्य, उसके भयानक रोग की दुर्गन्ध, तुम्हें कहीं देहरी से ही डसकर न लौटा दे, इसी से करबद्ध प्रार्थना है केया, यदि तुम्हारे पहुँचने तक मैं चेतना खो बैठा तो मेरी देहरी से ही मत लौट जाना।'

ओह, वह तो समझती थी कि हृदय का वह गहरा घाव कब का भर चुका है, पर आज चिट्ठी पढ़ते ही उसका कलेजा धड़कने लगा था, जैसे स्वयं देववर्मन उसके सम्मुख हँसता खड़ा हो गया हो। उसके किस रोग की दुर्गन्ध उसे डस सकती थी भला!

उसकी देह की कस्तूरी मृग की-सी सुगन्ध तो वह अब भी आँखें बन्द कर स्मृति के नथुने भींचते ही सूँघ सकती थी। उजला रंग, लड़कियों-सी लजीली हँसी और लम्बोतरा ऐसा चिकना-चुपड़ा चेहरा, जिसे देखकर लगता था, उस पर कभी दाढ़ी-मूँछ उगेंगी ही नहीं। नलिनी के प्रवासी नाना प्रत्येक छुट्टियों मे नलिनी को बड़े आग्रह से बुला भेजते और बंगाल की उस ननिहाल का आकर्षण नलिनी के लिए भी कुछ कम नहीं था। तीनों मामियों की वेशभूषा, साज-सज्जा और बोलचाल में उत्तर प्रदेश एवं बंगाल की संस्कृति का अद्भुत सम्मिश्रण रहता। सफेद सन-से बालों के बीच सिन्दूर की गाढ़ी रेखा खींचकर नानी झूम-झूमकर पढ़ती थीं काशीदासी रामायण। तीनों मामियों के आँचल में बँधे चाबी के गुच्छे, छटाँक-छटाँक-भर सिन्दूर की बिन्दी और हाथ की लोहे की चूड़ी के बीच खनकता शाँखा देखकर वह स्वयं भी प्रवासिनी बन उठती। छुट्टियाँ खत्म होने को होतीं तो वह रुआँसी हो उठती। बंगला उपन्यासों में पढ़ी ज़मींदारों की हवेली की रूपकथा ही जैसे उसके ननिहाल के रूप में साकार हो उठती थी। बड़ी-बड़ी हाँडियों भरे चमचम, रसगुल्ले, बटी से मशीनी गति से सब्जी काट रही मामियाँ, उधर नानी के चौके से आ रहा फ्राई बाग्दी चिंगडी की सोंधी सुगन्ध, काँसे की थालियों में परिपाटी से सजे बेंगुन भाजा और फूली-फूली बंगाल की लूचियों का अपूर्व आमन्त्रण पाकर वह बौरा-सी उठती। और फिर प्रत्येक ग्रीष्मावकाश में ननिहाल आने का एक और भी आकर्षण रहता। और वह आकर्षण था मृगांक देववर्मन—उसके छोटे मामा का

सहपाठी। नलिनी के प्रगतिशील ननिहाल में उसके पितृगृह की-सी बन्दिश नहीं थी। वहाँ निरामिषभोजी पिता के चौके में प्याज-लहसुन की छौंक भी वर्जित थी। यहाँ बिना मांस-मछली के मामा गस्सा तक नहीं तोड़ते थे। आए दिन मँझले मामा अपनी संगीतरसिक मित्र-मंडली को निमन्त्रित करते रहते और वहीं नलिनी का प्रथम परिचय हुआ था, मृगांक देववर्मन से। फिर प्रत्येक छुट्टी में वही परिचय प्रगाढ़तर होता चला गया। बंगाल के न जाने कितने वेणुवन, घाट-पोखर, भग्न मन्दिरों के गूढ़ मंडप, वह छोटे मामा के इसी मित्र की साइकिल के पीछे बैठ-बैठकर घूम आई थी। इन्टर की परीक्षा देकर वह उस बार कुछ पहले ही ननिहाल आ गई थी। इस बीच दोनों के बीच नियमित व्यवहार भी चल चुका था। इसी से मृगांक को देखते ही नलिनी ने आँखें झुका लीं और उसी नतमुखी दृष्टि में स्वतःस्फूर्त आत्मसमर्पण की स्पष्ट झलक पढ़ने में मृगांक ने भूल नहीं की। जीवन में पहली बार किसी रमणी की रमणीयता ने उसे मुग्ध किया था और शायद उस रमणीक व्यक्तित्व का आह्वान उसे अविवेक उदधि की जानलेवा गहराई में डुबाकर भी रख देता, पर इसी बीच नियति ने किसी पटु बधिक की-सी सधी निशानेबाजी से नलिनी को बींधकर दूर पटक दिया।

बंगप्रवासी ज़मींदारों की ऐयाशी, समृद्ध श्वसुर का अनुशासनहीन परिवार बंगालमिश्रित हिन्दी की बोलचाल, यह सब नलिनी के पिता को ज़रा भी नहीं सुहाता था, किन्तु मातृहीन पुत्री को वहाँ न जाने से वह कभी रोक नहीं पाते थे। पर इधर ननिहाल से लौटी पुत्री की गतिविधि में एक नया ही लटका देखकर उन्होंने कान खड़े कर लिए थे। उनसे बिना पूछे ही जब वह होस्टल से सीधी ननिहाल चल दी, तब वह बौखला गए। लड़-झगड़कर वह उस बार उसे साथ ही नहीं लिवा लाए, भाग्य से मिले समृद्ध कुल के एक मित्र-पुत्र के हाथ में अबाध्य सुन्दरी पुत्री का हाथ थमाकर उन्होंने गंगा नहा ली। नलिनी ने तो रो-धोकर घर ही सिर पर उठा लिया था। इतनी लगन से उसने बॉयलाजी लेकर इन्टर किया था कि डॉक्टरी पढ़ेगी, अब क्या खाक डॉक्टरी पढ़ सकती थी वह! उधर अपने कुत्सित बौने पुत्र के पार्श्व में उस लक्ष्मी-सी पुत्रवधू को प्रतिष्ठित कर राजकिशोर टंडन की बाँछें खिल गई थीं। रूप-रंग में सचमुच ही खत्रानी बहू मिली थी उन्हें। चलो, वंश का रूप-रंग सुधरेगा, उनके पिता ने तो केवल धन देखकर ही साँवली, साधारण नैन-नक्श की बहुओं से घर पाटकर रख दिया था, आज उन्होंने पिता की उसी भूल का प्रायश्चित कर लिया था;

किन्तु इतना रो क्यों रही थी बेचारी? क्या उनके पुत्र की भैंगी आँख उसने देख ली थी या उसका बौना कद?

''क्यों रो रही है हमारी बहू, समधीजी?'' उन्होंने बड़े लाड़ से उसकी झुकी सिसकियों से काँपती पीठ थपथपाकर पूछा था, ''यकीन मानिए, हमारे घर की बहुएँ बेटियों की ही-सी आज़ादी से सिर उघाड़े फिरती हैं।''

''नहीं-नहीं, आप इसके रोने की चिन्ता न करें।'' नलिनी के मध्यवर्गीय पिता समधी का अटूट वैभव देखकर वैसे ही चकरघिन्नियाँ खा रहे थे, नासमझ पुत्री का रोना देखकर उन्हें बेहद गुस्सा भी आ रहा था, ''इसका रोना तो अपनी डॉक्टरी के लिए है। कहती थी, मैं डॉक्टरी पढ़ूँगी। मूर्ख कहीं की! रानी बनकर राज करने जा रही है, बीसियों डॉक्टरनियाँ तो अब इसके यहाँ पानी भरने आया करेंगी...'' खोखली-सी हँसी हँसकर नलिनी के पिता ने उसकी पीठ सहलाई थी।

''ओह, तब तुम मत रोओ बेटी! मैं तुम्हें वचन देता हूँ कि तुम्हें डॉक्टरी पढ़ाऊँगा...'' उसके श्वसुर ने उसके कन्धे पर हाथ रखकर कहा और उनका वही हाथ, फिर उनकी मृत्यु तक उसके कन्धे से नहीं उठा।

विधुर श्वसुर की पितृतुल्य ममता पाकर वह धन्य हो गई थी। जिस वर्ष उसने मेडिकल कॉलेज में प्रवेश किया, उसी वर्ष सम्भावित मातृत्व की बेड़ियाँ उसके पैरों में खनकने लगी थीं, किन्तु उस मूर्खा ने विधाता का अकृपण हाथ से दिया गया वह अपूर्व दान स्वयं ही लौटा दिया था। पूरे बीस दिन उसे क्लीनिक में रहना पड़ा था और फिर जब वर्षों पश्चात उसने स्वयं विधाता के सम्मुख आँचल फैलाया, तब उस विलक्षण सनकी दानी ने मुँह फेर लिया। फिर भी कभी श्वसुर ने उसे एक पल को भी यह अनुभव नहीं होने दिया कि उसकी सूनी गोद ने उसका मूल्य घटा दिया है। केवल मृत्यु के एक घंटे पूर्व वृद्ध श्वसुर का अब तक यत्न से लगाया गया मुखौटा पल-भर को खिसक गया था।

''बेटी, एक ही इच्छा मन में रह गई,'' और फिर उनका गला भर आया था। श्वसुर की कौन-सी इच्छा उनके संग चली जा रही है, यह नलिनी खूब समझ गई थी। आज उसने अपनी वह मूर्खता न की होती तो वह चार कन्धों पर हुलसते जा सकते थे। श्वसुर की मृत्यु ने उसे बुरी तरह झटक दिया था। क्रोधी विलासी पति का अस्तित्व उसे जीवन में पहली बार ग्रस्त कर उठा। उतने बड़े मकान के शेर के पिंजरे में अब उस आदमखोर के साथ उसे अकेले

ही रहना था। उस सर्कस के अधसीखे क्रोधी सिंह को साधनेवाला अनुभवी रिंगमास्टर उसे हाथ का चाबुक थमाकर सदा के लिए अवकाश ग्रहण कर चुका था। इसी से उसने अब अपने को आकंठ अपनी नौकरी में डुबोकर रख दिया।

पति अपनी कम्पनी की नाना उदार सुविधाओं के बीच, देश-विदेश के सौन्दर्य-तीर्थों में, मनचाही गंगा नहा सकता था। यही नहीं, एक-से-एक सुदर्शन क्षीण कटि की गंगाजली के छलकते गंगाजल से उसका घर आए-दिन पवित्र होता रहता। कभी पति की कम्पनी की एक रिसेप्शनिस्ट आकर सात-आठ दिन बिता जाती, कभी एकाध विदेशी नकली दम्पति की मरीचिका के चमकते निर्मल सैकता को वह हाथ पर चल रही जूँ-सा पकड़ लेती, कभी पाकिस्तान की किसी तस्कर सुन्दरी का उससे परिचय कराकर वह कहता, "हाजी साहब की बेटी हैं जोहरा हसन। बाबूजी के प्रिय मित्र थे हाजी साहब। बड़ी धार्मिक हैं। इस छोटी उम्र में ही मक्का-मदीना जा रही हैं, आठ दिन हमारे पास ठहरेंगी..."

व्यंग्य से नलिनी के होंठ टेढ़े पड़ जाते। बौडी-स्टौकिंग में बँधे मुखर उभार को, तीखी एड़ियों पर साधती वह सिन्धुरागामिनी पूरे आठ दिनों तक उसकी छाती पर मूँग दलती रही थी। सबकुछ देखकर भी नलिनी ने देखे का अनदेखा कर दिया था। इतना वह जानती थी कि एक-न-एक ऐसी ही कोई विजातीय रहस्यमयी सुन्दरी उसके पति को ले डूबेगी। वह स्वयं पति की ओर से उदासीन हो गई थी। इसी से उसे अब निरन्तर विदेशी-प्रवासी पति के विरह का न भय था, न स्वदेशागमन के पश्चात मिलन का उल्लास। तीन वर्षों से, उन दोनों के शयनकक्ष भी एकदम दो सिरों पर थे। उसे कभी-कभी रात को भी मरीज़ देखने जाना पड़ता, और उसके जाने या आने का खटर-पटर सुनकर उसका पति बुरी तरह झल्लाने लगता था, "क्या रात, आधी रात को नींद ख़राब करती रहती हो! कल से अपना कमरा अलग कर लो, समझीं?"

किन्तु नलिनी फिर भी नहीं समझी, तब ही शायद परिस्थिति ने उसे दृष्टान्त सहित सबकुछ समझा दिया था। उस दिन उसका ऑपरेशन-डे तो था ही, उस पर इमरजेंसी की बेगार में भी पकड़ी गई थी। बड़ी रात को वह एक सिजेरियन, एक बीच और एक ट्यूबल प्रैगनेन्सी को निबटाकर घर लौटी तो देखा कि नित्य की प्रतीक्षारता पद्मा कहीं नहीं है। पद्मा मैथ्यूज चार वर्षों से छाया की भाँति दिन-रात उसके साथ रहती थी। मूडी मालकिन के जटिल

व्यक्तित्व की एक-एक भाँज को वह खोल-खोलकर समझ चुकी थी। कब डॉक्टर टंडन बोलना पसन्द करती हैं, कब चुप रहना चाहती हैं, कब चाय लेंगी, कब कॉफी, यहाँ तक कि किस दिन कौन-सी साड़ी पहनना चाहेंगी और उसके साथ कौन-सा ब्लाउज़, कौन-सी चप्पल, पर्स, सब वह छाँट-छूँटकर पलँग पर लगा जाती। सरकारी वेतन के अतिरिक्त, उदार स्वामिनी के औदार्य से उसका बटुआ निरन्तर छलकता रहता। रूप न देकर भी उस केरल-कन्या की देह के सौन्दर्य को विधाता ने बड़ी लगन से सँवारा था। वह केवल अपनी अलस चाल से ही किसी भी मनचले पुरुष का दिल बाँधकर कील से जड़ सकती थी। धीरे-धीरे वह चतुरा स्वयंदूती जान गई कि उदार गृहस्वामिनी की धन की तिजोरी की ही भाँति उसकी सौभाग्य-तिजोरी पर भी खुला ताला, बड़ी लापरवाही से लटका रहता है। एक की कुंजी का गुच्छा तो गुरुनितम्बिनी की कटि में झूलता ही था, अब दूसरी कुंजी की ओर वह स्वयं ही लपक गई। एक दिन आधी रात को नलिनी को मेडिकल कॉलेज जाना पड़ा। वह उस दिन जान-बूझकर ही पद्मा को घर छोड़ गई थी। पति का कदर्य रुचि का वह उस बार स्पष्ट प्रमाण लेने ही शायद उल्टे पैरों लौट आई थी। पद्मा नित्य उसके कमरे में ही सोती थी, किन्तु उस दिन पद्मा के पलँग पर एक सिगरेट-केस पड़ा था। उस सिगरेट-केस का सूत्र पकड़कर वह क्रोध और अविश्वास से काँपती सीधे पति के कमरे में चली गई थी। यही सिगरेट-केस उसकी अपनी पहली तनख्वाह की पति को दी गई पहली प्रेम-भेंट थी।

सामान्य रूप से भिड़ा द्वार हाथ का स्पर्श पाते ही स्वयं खुल गया। नलिनी का पति बेख़बर सो रहा था, उसकी काली-भुजंग-सी बाँह पर सिर धरकर लेटी थी पद्मा मैथ्यूज। नलिनी को अचानक कमरे में देखकर वह हड़बड़ाकर उठ गई। और फिर कुछ ऐसा हुआ, जिसके लिए नलिनी प्रस्तुत नहीं थी। पद्मा सिर झुकाए रोने लगी। नलिनी ने आज तक उसे कभी रोते नहीं देखा था। बड़ी-बड़ी आँसू की बूँदें उसके बंधनहीन वक्ष के लुभावने उभार को भिगोने लगीं।

"जाओ पद्मा, सो जाओ। अपने बिस्तर तुम गोल कमरे में लगा लो। मैं बेहद थकी हूँ। आज अकेली ही सोना चाहती हूँ," नलिनी का कंठ-स्वर कठोर न होकर भी गोलियाँ-सी दाग रहा था। आँखें पोंछती पद्मा बाहर चली गई। एक क्षण को नलिनी अपना मानसिक सन्तुलन खो बैठी। सोये पति को झकझोरने उसकी बाँह आगे बढ़ी, फिर उसने बाँह स्वयं ही पीछे खींच ली और

तेजी से बाहर निकल आई।

दूसरे ही दिन अपने निष्कासन के लिए अपने को स्वयं ही प्रस्तुत कर पद्मा ने अपना बोरिया-बिस्तर लपेट लिया था, किन्तु नित्य की भाँति वह चाय की ट्रे लेकर नलिनी के कमरे में गई तो अपनी विलक्षण स्वामिनी को देखकर अवाक् रह गई। नित्य के ही सौम्य स्मित से नलिनी ने उसका स्वागत किया। न डाँट, न डपट, न सुन्दर चेहरे पर एक शिकन। फिर भी पद्मा सिर से पैर तक काँपकर रह गई थी। नलिनी ने एक शब्द भी नहीं कहा, किन्तु उन शान्त झील-सी आँखों की अदर्शी लपटों ने पद्मा को झुलसाकर रख दिया था। एक नारी दूसरी नारी को इससे बड़ी सज़ा और दे भी क्या सकती थी! नलिनी ने अपने पति से एक शब्द भी नहीं कहा। ठीक भी तो था, उसके पति की रुचि क्या एक ही पद्मा तक सीमित थी? चाहने पर भी वह क्या अपनी असंख्य सौतों से जूझ सकती थी? रो-धोकर, चीख-चिल्लाकर, सीन क्रिएट कर क्या लाभ? छलकते दूध के गिलास में मक्खी गिरती देख वह स्वयं यदि नहीं पी सकती तो उसे फेंक ही क्यों दे? जब कोई मक्खी निकालकर उस दूध को पीता चाहती है, तो उसका क्या बनता-बिगड़ता था?

पति से उसकी सामान्य बोलचाल और भी कम हो गई और फिर दाम्पत्य जीवन के उस घुटन-भरे वातावरण से विधाता ने उसे स्वयं ही क्षणिक मुक्ति दिला दी। पति को विदेश जाना पड़ा और भाग्य ने शायद विस्मृत उसके प्रेमी के आह्वान के साथ गुप्त मन्त्रणा कर बम्बई बुला लिया। अपनी उसी यात्रा के बीच, वह मार्ग के उस अपरिचित स्टेशन पर निश्चिन्त होकर उतर सकती थी। उतनी दूर न उसे आत्मीय स्वजनों की सन्धान दृष्टि का घेरा बाँध सकता था, न क्रोधी-शक्की पति का। और यदि कोई मिल भी गया, तो वह यह कहकर उसे घिस्सा दे सकती थी कि वह अपने ननिहाल के पूर्वपरिचित फैमिली डॉक्टर को देखने निकल पड़ी है।

अस्पताल से थकी-माँदी वह अपने कमरे में लौटी और द्वार बन्द कर अपनी धवल शय्या पर पसर गई। इसी एकान्त के लिए तो वह दिन-भर छटपटाती रही थी। बटुए से निकालकर उसने एक बार फिर पत्र पढ़ा, और आँखें मूँद लीं। अद्‌धी के कुर्ते की ढीली बाँहों के विस्तृत घेरे ने जैसे उसे फिर बाँध लिया। उसके कानों के पास मुँह सटाकर मीठी आवाज़ में गानेवाला उसका सुदर्शन प्रेमी क्या अब बदल गया होगा?

निये गैछो हिया

की नामे डाकिया
नयने नयन दिया...

उन दिनों, सचिनदेव बर्मन के तरुण कंठ का यही गीत बंगाल के लक्ष-लक्ष तरुण-तरुणियों को मत्त कर देता था। कहते थे कि जब वह कहीं इसे गाते, मुग्ध स्त्रियाँ हाथ की शाँखा चूड़ियाँ निकाल-निकालकर उन पर निछावर कर देती थीं और जब उसी गीत को अविकल वैसे ही सुमधुर कंठ से दुहराकर उसके प्रणयी ने उसे बाँहों में घेर लिया, तो उसने बंगाल की सधवाओं की शाँखा से भी अधिक मूल्यवान वस्तु उस सुकंठी गायक पर निछावर कर दी थी। खजूर के एक-दूसरे से लिपटे दो मिथुन वृक्षों के पीछे डूब रहे सूर्य ने उस लोहितवर्णी सन्ध्या को किसी अनुभवी रंगमंच संचालक की दक्षता से ही, अबीरी बनाकर छोड़ दिया था, केवड़े के उस सुवासित झुरमुट के पास ही लाल मिट्टी की चट्टान पर बैठी, उस विजातीय भुवनमोहिनी षोडशी के देवदुर्लभ सौन्दर्य को देखकर मृगांक देववर्मन पागल हो गया था। ऐसा रंग क्या बंगाल में दीया लेकर खोजने पर भी कहीं मिल सकता था? न जाने कितनी देर तक दोनों एक-दूसरे की बाँहों में खोए, बिना एक शब्द बोले बैठे ही रह गए। फिर हड़बड़ाकर नलिनी ही पहले उठी थी।

"बाप रे बाप, नानी क्या कहेंगी! इतनी देर हो गई, वह भी इस केया वन में! यहाँ तो सुना है कि एक-एक पेड़ पर केउटे साँप लिपटे रहते हैं।"

उसने कहा था, "अपनी नानी से कहना नलिनी, आज एक भयानक केउटे साँप ने उनकी सुन्दरी नातिन को भी डस लिया है और उसका विष अब संसार का कोई ओझा नहीं उतार सकता। क्यों है न?"

उसे फिर खींचकर मृगांक ने उसी चट्टान पर बिठा दिया था और न जाने कब तक वह उन पीन भुजदंडों के बीच आँखें बन्द किए काँपती पड़ी रही थी। फिर स्वयं मृगांक ने ही उसे बड़े यत्न से बाँहों का सहारा देकर खड़ी कर दिया था, "चलो नलिनी, घर चलें।" उसने कहा तो नलिनी के पैर काँपने लगे थे। उसे लगा कि वह गिर पड़ेगी। कैसी नादानी कर बैठी थी वह! कहीं कुछ हो गया तब? नानी, तीनों मामियाँ, मामा उसका चेहरा देखकर ही क्या नहीं समझ जाएँगे? अंगारे-से दहकते गालों के उस गुलाबी रंग को क्या वह छुरी से छीलने पर भी छुटा पाएगी?

किन्तु घर पहुँची तो नानी, मामियाँ, मामा, सब अचानक सर्पदंश से हो गई प्रतिवेशी किशोर की आकस्मिक मृत्यु का समाचार पा, मोटर लेकर चले

गए थे। बूढ़ा चौकीदार द्वार पर ऊँघ रहा था। "देखो नलिनी, ईश्वर कितना समझदार है! अब तुम्हीं बताओ, इतनी बड़ी कोठी में भला एक सुन्दरी कुँवारी लड़की को मैं अकेली छोड़कर कैसे जा सकता हूँ? आख़िर, मित्र परिवार के प्रति मेरा भी तो कुछ कर्तव्य है।" उसका धृष्ट दुस्साहसी प्रेमी एक बार फिर उसके काँपते अधरों पर झुक गया था।

परदुःखकातर मामा, नानी और मामियाँ आँचलों की चाबियों के गुच्छे खनकाती लौटीं तो उनके शोक-विह्वल चेहरों पर किसी प्रकार की जिज्ञासा नहीं उभरी, न किसी ने उससे यह पूछा कि वह कहाँ गई थी और न किसी को यह जानने की ही उत्सुकता थी कि वह इतनी देर में कहाँ से लौटी। उलटे नानी मृगांक को देखकर आश्वस्त ही हुई थीं। "ठीक किया बेटा, तुम रुक गए। बेचारी लड़की इतनी बड़ी कोठी में अकेली घबराती।" ननिहाल का यही अविवेकी औदार्य शायद उसे ले डूबता पर इसी बीच पिता उसे पंजे में दबोचकर उठा ले गए थे। ट्रेन की खिड़की से सिर बाहर निकाले, वह आँखें पोंछती, तेजी से पीछे छूटे जा रहे बंगाल के सुरम्य घाट, पोखर और ताड़ के वृक्षों को देखती रही थी। साड़ियों के बीच यत्न से सँजोई केवड़े की वह कोमल पत्ती ही उसके संक्षिप्त प्रेम-प्रकरण के फटे पृष्ठ फड़फड़ा रही थी। दोनों ओर आरी के दाँत-से नन्हे-नन्हे काँटों के बीच लिखी गई उन पंक्तियों को वह जितनी ही बार पढ़ती, उतनी ही बार उसकी आँखें आँसुओं से धुँधली हो जातीं।

समय के साथ-साथ जब वही कोमल पत्ती सूखकर खंजर-सी तीखी हो गई थी, हाथ में लेते ही उसकी कटारी-सी तीक्ष्ण धार चुभने लगी थी। नलिनी ने बम्बई-यात्रा के लिए सूटकेस निकाला तो साड़ियों के बीच उसे भी रख लिया। क्या पता, वह सचमुच ही मृत्यु शय्या पर हो! कम-से-कम इस सूखे पर्ण का प्रमाणपत्र दिखा तो सकेगी उसे–'देखा मृगांक, मैं भी तुम्हें नहीं भूली हूँ।'

चलने से पहले वह बड़ी देर तक अपना प्रतिबिम्ब देखती रही थी।

ओफ, इधर कैसा चेहरा हो गया था उसका! सूखकर एकदम काठ। पद्मा-कांड ने उसे इधर भीतर भी झकझोर दिया था। सौत तो आटे-चून की भी बुरी होती है, फिर यह जीती-जागती सौत, दिन-रात उसकी छाती पर मूँग दले जा रही थी। पतली नाक पर उसने पफ फेरा तो स्वयं आश्वस्त हो उठी। यह अब भी निःसन्देह उसका सर्वोत्तम नक्श था। किन्तु शरीर की लुनाई को

भी क्या वह सँजोकर रख पाई थी? क्रोधी, कामी, हृदयहीन पति ने क्या उसके यौवन का मधुपात्र किसी वैम्पायर की भाँति सोख नहीं लिया था? उसके सौन्दर्य का अब एक ठूँठ-सा अवशिष्ट रह गया था। चेहरे की बची-खुची श्री उसके मरीज़ों ने हर ली थी और उसका भी जो शेष था, वह कुंठित मेट्रेन-नर्सों ने, लड़ती अस्पताल की ज़मादारनियों, छोकरे डॉक्टरों और अधूरी डॉक्टरनियों के नित्य नवीन प्रणय-प्रसंगों ने चाट-चूटकर रिक्त कर दिया था। वह होस्टल सुपरिन्टेडेन्ट भी तो थी; किन्तु बनने-सँवरने पर अब भी डॉक्टर नलिनी टंडन, राह-चलते लोगों की दृष्टि को अनायास ही बाँध सकती थी। वह उन भाग्यवती गत-यौवनाओं में से थी, जिनका यौवन जाते-जाते भी उनका आँचल पकड़कर ठिठक जाता है।

आज उसका वही कालजयी सौन्दर्य उसे आश्वस्त कर उठा। ट्रेन चली तो उसने अपना हलका-फुलका सूटकेस किनारे खिसकाकर पैर फैला लिए। कानपुर तक वह अकेली ही रहेगी, यह जानकर उसे प्रसन्नता ही हुई। न जाने कितनी बार उसने बटुए से निकाल-निकालकर विस्मृत प्रेमी के पत्र को पढ़ डाला। कानपुर आया और अपनी रिजर्वेशन स्लिप ढूँढ़ती, उसकी सहयात्रिणी अपनी दो पुत्रियों और चुलबुले पुत्र को लेकर आँधी-सी उसके डिब्बे में घुस आई। साथ ही कनस्तर, विदेशी बिल्ले चिपके बदरंग अधेड़ सूटकेस, विराटकाय लम्बोदर होल्डाल से कमरा खचाखच भर गया। एक क्षण में नया झकाझक चमकता कम्पार्टमेन्ट अस्तबल बनाकर रख दिया था उस परिवार ने। नलिनी के मन की जैसी क्षत-विक्षत अवस्था थी, उसमें ऐसे बहुरूपी परिवार के लम्बे सान्निध्य की कल्पना उसे सहमा गई। वह स्वयं स्वभाव से ही सुघड़ थी, अव्यवस्था देखकर उसका तन-बदन सुलग उठता था, चाहे घर हो या अस्पताल, वह धूल की सामान्य परत या कागज का इधर-उधर बिखरा एक छोटा टुकड़ा भी नहीं देख सकती थी। किन्तु अचानक डिब्बे में घुस आई उस लापरवाह महिला को इधर-उधर फैले अपने सामान की कोई चिन्ता नहीं थी।

बच्चों को बैठाकर उसने उन्हें तीन केले थमा दिए और स्वयं नीचे उतरकर स्टेशन छोड़ने आई अपनी माँ को, धाराप्रवाह पंजाबी में डाँट-डपटकर समझाने लगी। गाड़ी वहाँ अब और कुछ ही मिनट रुकेगी—सुनकर, वह और भी तेजी से बोलने लगी थी। "ऐसे काम नहीं चलेगा बीबीजी, तुम जितना दबोगी, तीनों भाई तुम्हें उतना ही दबाएँगे, समझीं? तुम कोई भीख नहीं माँग रही हो, अपना हिस्सा माँग रही हो!"

माँ निःशब्द खड़ी रोती चली जा रही थी। बीच-बीच में, अपने रेशमी सूट की सलवटें ठीक करती, वह जालीदार दुपट्टे को आँखों पर रखकर, सुबकने लगती। गाड़ी ने सीटी दे दी थी, और पुरुष यात्री भी, धीमी गति से स्टेशन छोड़ रही गाड़ी पर चढ़ने लगे थे, पर वह मर्दानी औरत, अभी भी अपनी माँ को दुनियादारी की बारहखड़ी रटा रही थी।

"ममी, ममी, गाड़ी चल दी है, जल्दी चढ़ जाओ।" उसके तीनों बच्चे घोंसले से चोंच निकाले चिड़िया के बच्चों-से चहकने लगे; पर वह बड़े धैर्य से, माँ की पीठ सहलाकर, चलती गाड़ी में एक छलाँग लगाकर चढ़ गई। लगता था, उसे ऐसी चलती गाड़ी में चढ़ने का अभ्यास है।

"आप भी क्या बम्बई जा रही हैं, भैनजी?" उसने हँसकर पूछा।

डॉक्टर टंडन ने केवल सिर हिलाकर स्वीकृति दी, और चेहरे पर अख़बार का तम्बू तान लिया, किन्तु उस वाचाल महिला को चुप करना हँसी-खेल नहीं था। पल-भर में ही वह खोद-खोदकर डॉक्टर नलिनी टंडन की यात्रा के विषय में सब जान चुकी थी। नलिनी डॉक्टर है, बम्बई किसी फैमिली-प्लानिंग सेमिनार में भाग लेने जा रही है, यह जानकर वह बड़ी उत्सुकता से खिसककर, उसी बर्थ पर बैठ गई। "वाह, यह तो बड़ा अच्छा हुआ। भाग्य से आपका साथ मिल गया था। मैं सोच ही रही थी कि कभी कोई आप जैसी नरम डॉक्टरनी मिले तो राय लूँ। वैसे आम तौर पर डॉक्टरनियाँ ऐसी रूखी होती हैं कि कुछ पूछिए मत..."

नलिनी सिर झुकाए अख़बार पढ़ती रही, किन्तु उसकी उदासीनता ने उस महिला को हतोत्साहित नहीं किया, वह फिर धीमे स्वर में फुसफुसाई, "क्यों भैनजी, लूप के बारे में आपका क्या खयाल है? मैंने तो जब से लगाया है बराबर तकलीफ़ रहती है!" माँ की धीमे स्वर की फुसफुसाहट सुनकर उसके चुलबुले पुत्र की अकाल-परिपक्व आँखें चमकने लगीं, और वह भी अपनी सीट छोड़कर माँ से सटकर बैठ गया। स्वास्थ्य-सम्बन्धी प्रश्नोत्तरी अधूरी ही छोड़कर, वह महिला अपने पुत्र की फरमाइश पूरी करने को खाने की कनस्तरी खोलने लगी।

नलिनी का दिल डूब गया। लम्बी यात्रा में वर्षों के भूले-बिसरे रोमांस को आँखों में मूँदकर फिर से एक बार देखने के सारे सपने चूर-चूर हो गए। ऐसी सांघातिक क्षुधा से बुभुक्षित ऐसा स्वस्थ परिवार उसने पहले कभी नहीं देखा था।

"आप भी कुछ लीजिए न!" उसने एक प्लेट में साथ लाई गई नाश्ते की सामग्री सजाकर नलिनी की ओर बढ़ाई।

"नहीं जी, धन्यवाद। मुझे ज़रा भी भूख नहीं है।" नलिनी का स्वर कुछ रूखा ही था; किन्तु उसकी रुखाई इस बार भी उस महिला की तेल लगी और गैंडे की-सी खाल पर फिसलती धरा पर छिटक गई।

"जी, ट्रैवलिंग के दो ही तो मज़े हैं, खाना और सोना।" दो-दो उबले अंडे, दो पुष्ट पंजाबी पराँठों की स्वस्थ तहों को भींच उसने अपने खरगोश जैसे दाँत गड़ा, खींस निपोर दिए।

"ममी, नानीजी ने बिस्कुट भी तो रखे थे, और केक..." पुत्र ने मक्खन की आधी टिकिया मुँह में ऐसे ठूँस ली कि स्वर अवरुद्ध होकर आँखें बाहर को निकल आईं। नानीजी ने केक-बिस्कुट ही नहीं, लगता था, कानपुर की कोई छोटी-मोटी बेकरी ही आनन-फानन उस कनस्तरी में ठूँस दी थी। अंडे, पराँठे, रेवड़ी, गजक, बिस्कुट, केक भकोस, बकरा खाए अजगर-से ही बच्चे, इधर-उधर पसर गए तो वह अपनी चौड़ी हथेली में, सौंफ-सुपारी का मैत्रीपूर्ण प्रस्ताव लिए, फिर नलिनी की ओर बढ़ आई। इस बार नलिनी जैसे हार गई।

"आप क्या बम्बई घूमने जा रही हैं?" नलिनी ने पूछा, और उसी प्रश्न का प्रश्रय पाकर उसकी सहयात्रिणी ने उसे अपने पूरे क्रेडेंशियल थमा दिए। उसका नाम मिसेज कोचर है, वह स्वयं बम्बई के रिजर्व बैंक में काम करती है, कानपुर में उसका मायका है, भारत-विभाजन के उन्हीं शरणार्थियों में उसके मायके का परिवार भी भारत आया, जिनका सबकुछ वहीं रह गया था। "आँवले की चटनी से रोटियाँ खा-खाकर हमने दिन काटे जी, आज कानपुर में लाखों का बिजनेस है। पापाजी नहीं रहे, इसी से वही बिजनेस अब बीबीजी की दुश्मन बन गई है। भाइयों में दिन-रात झगड़ा चलता है, बीबीजी बेहद सीधी हैं और दोनों भाई इन्हीं की सिधाई का फायदा उठाकर पूरी जायदाद हड़पना चाह रहे थे। यही ख़बर पाकर, मैं कानपुर आई थी। मेरे पति तो इन बातों में कोई दिलचस्पी नहीं लेते।"

और फिर वह एक लम्बी साँस लेकर, कनखियों से नलिनी की ओर देखने लगी, जैसे उसकी उत्सुकता का सामान्य-सा आभास पाते ही वह, उसे अपनी सम्पूर्ण आत्मकथा थमा देगी; किन्तु नलिनी ने चश्मा उतारकर आँखें बन्द कर ली थीं। उसका अशान्त मन, स्वयं ही उसे स्मृति की किन-किन अन्धी सुरंगों में, अँगुली पकड़-पकड़कर घुमाने लगा था। उस कोमल गुदगुदे बर्थ पर लेटी

वह जैसे 38 वर्ष की डॉक्टर नलिनी टंडन नहीं, 22 वर्ष पूर्व की षोडशी नलिनी बन गई थी, विपन्न स्मृति, तीव्र गति से घुरनियाँ खिलाती उसे नैहाटी, राजघाट, कृष्णानगर छोड़ती, बरहमपुर लिए जा रही थी, जहाँ ननिहाल की विक्टोरिया में गाड़ीवान नूरअली के पार्श्व में बैठे छोटे मामा, और छोटे मामा से सटकर बैठा मृगांक बार-बार हाथ नीचे लटकाकर उसकी हिलती वेणी खींच लेता था। आकन्द के झुरमुट, वेणुवन की लम्बी कतार, जिनको चीरती सुर-सुर करती बंगाल की दक्खिनी वातास, वंशी-सी बजाती उसकी लटों को छू जाती।

"क्यों री भानजी, हमारे लिए लखनऊ की रेवड़ी-गजक लाई है न, और संदीला के लड्डू?" कोचवान के पास बैठे मामा वहीं से चीखकर पूछते।

"हाँ, हाँ, सब लाई हूँ मामा?" नलिनी हँसकर कहती। लाल कागज में बँधी हंडियाँ, कम-से-कम एक दर्जन लानी पड़ती थीं उसे। लाल पथरीली सड़क पर खड़खड़ाती विक्टोरिया तेजी से भागने लगती तो वह खिड़की से हाथ बाहर निकाल, किनारे बैठे प्रणयी के अद्धी के कुर्ते का छोर पकड़कर खींच देती। वही सिगनल पाकर, तरुण प्रेमी की लम्बी अँगुलियाँ, कुर्ते का छोर थामे, सुर-सुन्दरी की नाजुक हथेली को थाम उसे मूक प्रणय-पगा आश्वासन दे उठतीं। चार मील की उस यात्रा के बीच, विभिन्न प्रान्तों के वे दोनों हाथ, एक-दूसरे से गुँथे चले जाते। और फिर एक दिन उसी विक्टोरिया में कठोर पिता के पार्श्व में सहमी नलिनी, गुमसुम बैठी स्टेशन चली जा रही थी। इस बार कोई भी उसे छोड़ने नहीं आया था। तीनों सालों, वृद्धा सास और ससुर से लड़-झगड़कर ही विधुर जामाता पुत्री को अपने साथ खींच ले गए थे। इसके बाद वह कभी ननिहाल नहीं जा पाई। उसे लगता था, मँझली मामी ने ही उसके पिता को पत्र लिखकर चुगली खाई थी। बड़ी मामी, एकदम निरीह और भोली थीं, छोटी मामी उसकी समवयसिनी थी और मामी से अधिक उसकी सहेली थी। मँझली मामी को, उसका देववर्मन के साथ साइकिल पर बैठकर इधर-उधर घूमना, फूटी आँखों नहीं सुहाता था।

"पता नहीं, बुढ़ापे में माँ भी कैसी सठिया गई हैं।" वह मँझले मामा से एक दिन कह रही थीं—"दिन डूबे तुम्हारी लाडली भानजी, उसी मुए मृगांक की साइकिल पर बैठी इधर-उधर घूमती है। सुना, हरि बाबू के पोखर में तैरना भी सिखा रहा है राजनन्दिनी को। ठीक है भई, हमारा क्या, घर की कुँवारी लड़की तुम लोगों के पास आई है, कल कुछ हो गया तो तुम्हीं लोगों की नाक कटेगी।"

और शायद उन्हीं की दूरदर्शिता ने मामा की नाक बचा दी थी। वह तो बहुत बाद में कटी, जब फूँक-फूँक कदम रखनेवाली मँझली मामी की पुत्री चौधरी जिया उल हसन के बेटे उस्मान उलहसन के साथ ढाका भाग गई। और फिर देखते-ही-देखते नलिनी की ननिहाल की सुवर्ण लंका कैसे भस्म हो गई थी! अब तो शायद खाक भी नहीं बची थी। तीनों मामाओं को, नेत्रहीना नानी के सामने ही उनकी प्रासादोपम हवेली के खम्भे में बाँधकर, नक्सलपंथियों ने गोली से भून दिया था। उनका अपराध था, उनकी जोतदारी समृद्धि का अटूट वैभव। यही नहीं, उनकी छाती में लेखनी डुबा, उन दीवारों पर उन्हीं के रक्त से वे लिख गए थे

'आमरा विप्लव चाई,
लाल सेलाम...'

चलते-चलते उन्हीं में से एक दयालु हत्यारे ने नानी को भी गोली मार ठंडा कर दिया, तीनों मामियों का आज तक पता नहीं लग पाया था। ये सब समाचार उसे नूरअली कोचवान के बेटे अमीरअली ने ही दिए थे। वह लखनऊ के किसी होटल में काम करता था और बीच-बीच में नलिनी से मिलने चला आता था।

ननिहाल का वंश तो निर्मूल हो ही चुका था, पर देववर्मन? अमीरअली से उसने एक बार पूछा भी था, पर वह भी उसके विषय में कुछ नहीं बता पाया। तब कहाँ चला गया था वह? क्या इतने वर्षों में वह उसे एक पत्र भी नहीं लिख सका? निश्चय ही उसने विवाह कर लिया होगा। ऐसा सुदर्शन पुरुष क्या कभी कुँआरा रह सकता था! व्यंग्य से नलिनी के होंठ टेढ़े हो गए। गाड़ी किसी बड़े स्टेशन पर रुक गई थी—नासिक रोड। ओह, यही स्टेशन तो था वह! उसने पूरा नक्शा खींचकर ही तो भेजा था। फलाँ सड़क पर पपीते के पेड़ों से घिरा पीला बँगला, खपरैल की छत है, और आँगन में खड़े अधजले पीपल के विराट् वृक्ष की शाखा-प्रशाखाएँ दीवार तोड़कर एक ओर लटक आई हैं। बाहर एक बड़े-से बोर्ड पर ददुगजकेसरी का विज्ञापन है। नलिनी हड़बड़ाकर खिड़की से झाँकने लगी। क्या पता ऐसे ही स्टेशन टहलने चला आया हो, फिर दूसरे ही क्षण अपनी बचकानी काल्पनिक उड़ान पर उसे स्वयं हँसी आने लगी। कैसी मूर्खा थी वह! उसने लिखा था कि वह मृत्यु-शय्या पर पड़ा है, यहाँ कैसे चला आ सकता था?

''क्यों बहिनजी, चाय-शायवाला दिखा कोई? यहाँ का बटाटा बड़ा गर्म-गर्म

बड़ा अच्छा लगता है, लोगी क्या?''

बिना उसके उत्तर की प्रतीक्षा किए उसकी सहयात्रिणी, देखते-ही-देखते धम्म से नीचे कूदकर पास ही की दुकान से दो हाथों में धुआँ छोड़ते गर्म बटाटे बड़े के दोने ले आई। "अरे, यह भी नहीं लेंगी? चखिए न!'' नलिनी ने इस बार भी उसका निमन्त्रण स्वीकार नहीं किया, किन्तु फिर भी उस आनन्दी महिला का चेहरा मलिन नहीं हुआ। जान-बूझकर ही नलिनी खिड़की थामे तब तक खड़ी रही, जब तक गाड़ी ने क्रमशः गति तीव्र कर, स्टेशन बहुत पीछे नहीं छोड़ दिया।

भीतर गई तो पत्ते चाट-चूटकर कोचर-परिवार, सुराही रिक्त करने में जुटा था। लम्बी यात्रा की थकान से अब उनके उत्फुल्ल चेहरे, कुछ-कुछ फीके पड़ने लगे थे। नासिक बहुत पीछे छूट गया था, पर नलिनी का कलेजा अब भी धड़क रहा था। मिसेज़ कोचर, एक बार फिर, उसका सिर चाटने बैठ गई थी। लम्बी यात्रा के बीच सहयात्री, एक-दूसरे के प्रति कितने उदार हो जाते हैं, इसका अनुभव पहली बार नलिनी को हुआ। और कहीं, ऐसी बकर-बकर करनेवाली महिला उसे मिलती, तो वह उसे 'स्नब' कर देती, किन्तु आज उसकी बकर-बकर भी उसे बुरी नहीं लग रही थी। चटपटे बड़े की मिर्च-मसाले की चुटकियों ने मिसेज कोचर की तीखी जिह्वा को और भी प्रगल्भा बना दिया था। कुछ ही देर में वह नलिनी को बता चुकी थी कि वह अपने वैवाहिक जीवन से असन्तुष्ट है।

"दिल्ली में भैनजी, मैंने इतनी बड़ी कोठी एल.आई.सी. से लोन लेकर, अपनी ही हिम्मत से खड़ी कर दी। ऐसे ही मैंने नौकरी के लिए भी ससुरालवालों से झगड़ा मोल लेकर कमर कसी थी। न कसती तो आज मेरे ये बच्चे, ऐसी फर्राटे की अंग्रेज़ी बोल सकते?'' गर्व से उसने अपने तीनों बच्चों को एक बार देखकर चट दृष्टि फिरा नलिनी के सुन्दर गम्भीर चेहरे पर निबद्ध कर दी।

"जितनी बार नौकरी के लिए इनसे कहती, ये भड़क जाते। कहते—हमारे घर के मर्द औरतों की कमाई पर नहीं पलते; पर मैंने इनके घर की औरतों का पालन देख लिया था जी! मैंने एक दिन चुपचाप एप्लाई कर दिया। क्वालिफिकेशन भी तो मेरी ऐसी-वैसी नहीं थी। इकानामिक्स में एम.ए. में फर्स्ट क्लास ली थी, चट से इंटरव्यू के लिए बुला ली गई और पट से छाँटी भी गई, मैंने सोचा, अब ज़रूर हंगामा होगा। पर ये दफ्तर के लिए तैयार हुए

तो बोले—'तुम भी तैयार हो जाओ, तुम्हें भी तुम्हारे दफ्तर छोड़ दूँगा।' मैंने तो ये देखा है भैनजी," वह अपना अनुभूत नुस्खा, नलिनी को थमाती, तकिया ऊँचा करके बैठ गई, "मर्दों से किसी मनचाही बात के लिए लाख गिड़गिड़ाकर मिन्नतें कर लो, कभी सीधे मुँह से हाँ नहीं कहेंगे। अगर हिम्मत करके अपनी मनचाही कर लो, तो खुद ठंडे पड़ जाएँगे। अब दस साल से ठाठ से नौकरी कर रही हूँ, एक मकान बनवाकर दो हज़ार रुपये महीने पर किराये पर उठा दिया है; एक फ्लैट बम्बई में ले लिया है, बच्चे अच्छे अंग्रेज़ी स्कूलों में आला तालीम पा रहे हैं, अपना शौक अपने पैसों से पूरा करती हूँ। पर दुःख एक ही बात का है भैनजी, मर्द की जात ही मतलबी होती है; मतलब साधा और पीठ फेर ली। अब इतनी बड़ी कोठी बनवाने में मैंने कौन-कौन-से दुख नहीं झेले! फरेबी ठेकेदार ने झूठे दस्तखत का जाल बिछा, मेरी मिट्टी पलीद कराने में कोई कसर छोड़ी थी! दो हज़ार मज़दूरों का घेराव करा मेरे नारे लगवा दिए थे मुए ने—सुशीला देवी मुर्दाबाद! उधर उसी रात की गाड़ी से मेरा बम्बई का रिजर्वेशन हो चुका था, पर मैंने भी हिम्मत नहीं हारी। बच्चों का हाथ पकड़ा और पिछवाड़े के दरवाज़े में ताला मारकर, बाहर निकल गई। दो कदम पर एक विदेशी राजदूत की कोठी थी, वहीं घुस गई। भाग्य से वह राजदूत अपने लॉन में ही टहल रहा था। मुझे देखा तो चट से बढ़ आया। मेरे चेहरे पर हवाइयाँ उड़ रही थीं। मेरी कहानी सुनी तो बच्चों के साथ मुझे भीतर ले गया। वहीं से फोन कर मिनटों में पुलिस का घेरा डलवा दिया। यही नहीं, हमें अपने साथ डिनर खिलाकर, ख़ुद स्टेशन पहुँचा गया। एक हमारे हिन्दुस्तानी पड़ोसी भी थे, जिन्होंने नारे सुने तो खिड़कियाँ, दरवाज़े बन्द कर, दरारों से तमाशा देखने लगे। और एक यह अनजान विदेशी था, जिसने विपत्ति में हमारी बाँह थाम ली। पर परायों को क्या दोष दूँ भैनजी, यहाँ तो अपना सोना खोटा निकला। ऐसी-ऐसी मुसीबतें झेलती घर पहुँची तो देखा, मेरे पति आराम से चादर ताने सो रहे हैं। मैं बहुत कम रोती हूँ, पर उस दिन तो मैं इतना रोई कि मेरी हिचकियाँ बँध गईं।"

पति की उस अतीत की उदासीनता का स्मरण कर, सहसा उसकी आँखें गीली हो आईं। चश्मा उतारकर, वह काँच पोंछने लगी तो नलिनी ने देखा, अब तक मोटे लैंस में छिपी वे बड़ी-बड़ी आँखें सचमुच ही शरबती थीं और पलकें लम्बी-लम्बी थीं। निश्चय ही वह यौवनकाल में आकर्षक रही होगी। फिर वह चश्मा पोंछती हृदयहीन पति की और भी अन्तरंग परतें उधेड़ने लगी,

“मुझे तो लगता है भैनजी, जैसे-जैसे मर्द की उम्र बढ़ती है, उसकी शौकीनियाँ भी बढ़ने लगती हैं। कभी-कभी तो मैं तंग आ जाती हूँ। बच्चे सयाने हो गए हैं, फिर आप तो जानती हैं, बम्बई में फ्लैट क्या दो-तीन बेडरूम की सुविधा देते हैं? ले-देकर एक ही बेडरूम है।”

वह और भी मुखरा बनी शायद नलिनी को अपने वैवाहिक जीवन की प्रत्येक समस्या समझाने पर तुली जा रही थी कि उसका लड़का धम्म से नीचे कूद आया। “मम्मी, हम सुबह छः बजेवाली बेड-टी लेंगे। आपने बैरे से कह दिया है न! और हमें अभी भी भूख लगी है...”

“जब देखो, तब मरे को भूख ही लगी रहती है, हाय, ये कोई वक़्त है भूख का! चल, सो जा ऊपर।”

पर उसके जिद्दी पुत्र ने स्वयं ही नानीजी की उदार कनस्तरी खोलकर बिस्कुट का पैकेट निकाला, और बन्दर जैसी फुर्ती से उचककर ऊपर चढ़ गया।

“देख रही हैं न? ये ही हाल लड़कियों का है। पता नहीं, कैसा ज़माना आ गया है! बोर्डिंग में हम भी रहीं भैनजी, पर मजाल है जो कभी वीनाजी के आँख के इशारे बिना उठी-बैठी हों! एक चवन्नी खरचने में भी कलेजा दरकता था और एक ये हैं! नित्य नये कपड़े, वह भी ऐसे फकीरों की कम्पनी से अल्लम-गल्लम। किसकी चोटी किसका तेल, एक तो मुई बम्बई के सब स्कूलों में कोएड की भीड़ है, इसी से बच्चे और बहक गए हैं। मैं इनकी उम्र की थी तो चोटी कूल्हों तक लटकती थी और इन्हें, देखिए, एकदम हरिद्वार की जोगिनें बनी फिर रही हैं, उधर लड़कों के बाल देखिए तो कन्धे तक अयाल लटकाए चले जा रहे हैं। आप तो डॉक्टर हैं, सच बताइए, आपको नहीं लगता कि आजकल लड़के जनाने और लड़कियाँ मर्दानी बनती जा रही हैं?”

इस बार नलिनी हँसी नहीं रोक पाई।

पर मिसेज़ कोचर को उसकी हँसी अच्छी नहीं लगी। “आप हँस रही हैं, पर देख लीजिएगा, वह दिन भी दूर नहीं है, जब ये मुए लँडूरे, साड़ियाँ पहने कूल्हे मटकाते इधर-उधर डोलेंगे। मैं तो कहती हूँ, आज जिसके बच्चे नहीं हैं, वही सुखी है भैनजी!” वह लम्बी साँस खींचकर कहने लगी, “मेरी बीबीजी कहा करती थीं कि औलाद भी कभी-कभी माँ की ‘हौलात’ बन जाती है। मुझे लगता है, मैं भी बीबीजी की तरह अपनी औलाद की हवालात में बन्द होती जा रही हूँ।”

वह फिर शायद नलिनी की ओर से कोई हुंकारा न पाकर, अपनी पंजाबी सन्ध्या गुनगुनाती, पीठ फेरकर लेट गई। गाड़ी गहन अन्धकार को भेदती, धड़धड़ाती चली जा रही थी। गज-भर की दूरी पर लेटी मिसेज़ कोचर के पार्श्व-परिवर्तन को देखकर नलिनी समझ गई कि उसे नींद नहीं आ रही है। स्वार्थी पति की अन्यायपूर्ण उदासीनता, जैसे दोनों को समान रूप से एकसाथ डंक दे रही थी। कैसा आश्चर्य था, कि जिसे कल तक नलिनी जानती भी नहीं थी, वही उसे अपने जीवन की परम अन्तरंग घटनाएँ किस विश्वास से सुनाती चली गई थी, किन्तु दोष क्या उसका था? एक तो लम्बी यात्रा का एकान्त सहयात्रियों को बड़ी सहजता से मैत्रीसूत्र में जकड़ लेता है, उस पर वे दोनों स्त्रियाँ थीं। सामान्य-सा परिचय भी एकान्त के साहचर्य में दो स्त्रियों को ऐसे घुल-मिला देता है, जैसे वे वर्षों की पूर्वपरिचित हों। अपने हृदय के अन्तरतम कक्ष की कुंजी फिर दूसरी को थमाने में नारी नहीं हिचकती, ऐसा निष्कपट आत्म-निवेदन, कभी किसी पुरुष के लिए सम्भव नहीं होता। पुरुष क्या स्वभाव से ही सजग शंकालु नहीं होता? गहन मैत्री या पतिव्रता पत्नी का एकनिष्ठ प्रेम भी क्या उसे पूर्ण रूप से कभी आश्वस्त कर सका है? जहाँ प्रिय वाक्य प्रदानमात्र से ही किसी नारी का विश्वास प्राप्त किया जा सकता है, वहाँ पुरुष-हृदय की गहराई सहज में ही नहीं नापी जा सकती।

नारी के इसी स्वभाव-दौर्बल्य का तो संसार आए दिन लाभ उठाता है। पास ही लेटी, करवटें बदलती सहयात्रिणी की व्यथा सहसा नलिनी की स्वयं व्यथा बन गई। उसने कनखियों से देखने की चेष्टा की। मरियल-सी रुग्ण ज्योत्स्ना, अँधेरे कमरे को आलोकित कर गई थी। मिसेज़ कोचर, दोनों हाथ छाती पर धरे गहरी नींद में डूब गई थी। लगता था, हृदय का व्यथापात्र, नलिनी के सम्मुख रिक्त कर, वह एकदम हलकी स्वप्नाकाश में विचरण करने लगी थी। काश, वह भी अपनी व्यथा हलकी कर पाती। किन्तु क्या ऐसा कर सकती थी वह? उसके स्वार्थी पति का अपराध क्या मिसेज़ कोचर के पति के अपराध से अधिक जघन्य नहीं था? पद्मा की कृतघ्नता किसी विष-बुझे भाले की फाल की भाँति, आमूल उसके विदीर्ण वक्ष पर धँसी, तिल-तिल उसे घुला रही थी। उसे निकालते ही फव्वारे-सी रक्तधार, उसी क्षण उसके प्राण ले सकती थी। इधर निरन्तर बढ़ा जा रहा उसका रक्तचाप. कभी भी अपने सम्भावित प्रहार से, उसे धराशायी कर सकता था। अत्यधिक क्रोध, विषाद या उल्लास का अनियम, किसी क्षण, उसे स्ट्रोक का उपहार दे, पंगु बनाकर

छोड़ सकता था, इसी से जिह्वा और विवेक दोनों को वह संयम के चाबुक से साधती रहती थी। किन्तु धीरे-धीरे उसके हाथ का चाबुक जैसे नियति खिसकाती चली जा रही थी। क्या अन्त तक वह उस अनजान स्टेशन पर उतर पाएगी? सारी रात उसने करवटें बदलकर ही काट दी, सुबह के धुँधलके में पल-भर को झपकी पलकें फिर स्वयं ही खुल गईं।

"गुड मार्निंग डॉक्टर," उस सम्बोधन से नलिनी चौंककर उठ बैठी। मिसेज़ कोचर जगकर अपने बर्थ पर बैठी हँस रही थी। रात के उदास चेहरे का मालिन्य उसकी स्वच्छ उजली हँसी से धुल-पुँछ गया था। अच्छे जुलाब की तत्परता, जैसे बदहज़मी से धुँधले पड़े चेहरे की त्वचा को चिकनी बना देती है, ऐसे ही रात के कन्फेशन से मिसेज़ कोचर के प्रौढ़ चेहरे की त्वचा में एक कुँआरा निखार आ गया था।

"बस कुछ ही घंटों की बात है," वह कहने लगी, "गाड़ी राइट टाइम पर पहुँची तो हम एक घंटे में ही बी.टी. पहुँच जाएँगे। आपको कोई लेने आएगा क्या? नहीं तो हमारे साथ चलिए न, कोई कष्ट नहीं होने देंगे आपको!"

वह फिर हँसी, और नलिनी को पहली झलक में साधारण लगा वह चेहरा, सहसा असाधारण रूप से आकर्षक लगने लगा। "चलूँ, ब्रुश कर हाथ-मुँह धो लूँ। आप भी फारिग हो लीजिए भैनजी, नहीं तो ये कॉरीडोरवाले फर्स्ट क्लास के बाथरूम तो अब थर्ड क्लास से भी बदतर हो गए हैं। रेग्यूलर क्यू लगा रहता है।"

वह हाथ में साबुन-तौलिया ले, अपनी कोल्हापुरी चप्पल फटर-फटर करती चली गई। ट्रेन किसी लम्बी अँधेरी सुरंग से गुजर रही थी, पल-भर का वह घटाटोप अन्धकार नलिनी के तृप्त ललाट पर यूटीकोलोन की-सी ठंडी पट्टी रख गया। काश, यह गाड़ी आज उसके साथ सदा के लिए किसी ऐसी अन्धी सुरंग में खो जाती! किन्तु, सुरंग का क्षणस्थायी अन्धकार विलीन होते ही मिसेज़ कोचर की दोनों पुत्रियाँ नीचे उतरकर माँ की बर्थ पर बैठ गईं। नलिनी ने प्रकाश में पहली बार उन्हें ठीक से देखा।

दोनों ही अपनी माँ से कहीं भी नहीं मिलती थीं, न उन्हें मिसेज़ कोचर की तीखी नाक और बड़ी-बड़ी आँखें मिली थीं, न उज्ज्वल-परिछिन्न रंग। एक तो उनकी अटपटी वेशभूषा ने उन्हें और भी अनाकर्षक बना दिया था। सड़क पर फिरनेवाले आवारा छोकरों-से कर्त्तित केश, जिन्हें वे छोकरों की भाँति बार-बार गर्दन झटककर पीछे फेंक रही थीं; मुँहासों से असमय की खुरदरे पड़

गए कपोल, जैसे पैर रगड़नेवाला पथरीला झामाँ हो; श्यामल देहकान्ति को और भी श्यामल बना रही गहरे, नीले रंग की डेढ़-डेढ़ गज पायंचोंवाला हाथीपगा पाजामा और चटक पटियाला पिंक खद्दर का गुरू कुर्ता। गाय-भैंसों के कंठ में झूलनेवाली मनकों जैसी मालाएँ गले में हिलाती वे जगते ही 'स्काच एंड सोडा' की धुन को ले-लेकर बहस-बहस में भिड़ गई थीं।

"चल हट, यह लाइन ऐसे गाई जाती है..."

"हट, ऐसे है, आने दे ममी को, अभी पूछती हूँ रिकार्ड प्लेयर किस सूटकेस में है? बोल, कितने की शर्त?"

"गुड मार्निंग चिल्ड्रन!" हँसती हुई मिसेज़ कोचर पेटीकोट पर ही साड़ी लपेटकर आ गई और रोबीली माँ के अप्रत्याशित आगम ा से तीनों अपनी शर्त भूल गए। "गुड मार्निंग ममी"—बच्चों की समवेत अ.भ्यर्थना से मिसेज़ कोचर का ताजा-धुला चेहरा और भी निखर आया। "थैंक्स गॉड, और कोई नहीं जगा था। हैड ए नाइस बाथ!" ब्लाउज़ के भीतर से छोटा बटुआ निकाल, उसने चाबी निकाली और अपनी जीर्ण फाइबर का सूटकेस बाहर खींच लिया। सूटकेस का जीर्ण कलेवर ही बता रहा था कि स्वामिनी की ही भाँति वह भी अपनी जीवन-यात्रा के दौरान अनेक टक्कर खा चुका है; किन्तु स्वामिनी की ही भाँति वह भी किसी समय सुन्दर रहा होगा।

शायद नलिनी की कौतूहलदीप्त दृष्टि को मिसेज़ कोचर ने भाँप लिया था। सूटकेस में लटके देश-विदेश के बिल्ले देखकर नलिनी शायद सोचने लगी थी वह भी इन्हीं नामी होटलों में रह चुकी है, इसी से स्वयं ही हँस-हँसकर मिसेज़ कोचर अपनी पोल खोलने लगी, "बम्बई में ही, आज से आठ साल पहले कुछ चालीस रुपये में खरीदा था भैनजी, और बराबर सर्विस दे रहा है, चाहे कितने ही कपड़े ठूँस लें। वहाँ सिन्धी, गुजराती व्यापारी आए-दिन विदेश यात्रा पर जाते रहते हैं, लौटे और नये-के-नये सूटकेस बेच, फिर दूसरे ले आए। कभी-कभी बड़ी अच्छी चीजें हाथ लग जाती हैं। अब देखिए न, यह फ्रैंच शिफौन अस्सी में मिल गई।"

एक साथ ही किसी कुशल जादूगर की फुर्ती से मिसेज़ कोचर ने किसी शून्य से निकल रहे रेशमी रंगीन रूमालों की भाँति पाँच-सात शिफौन की साड़ियाँ निकालकर नलिनी को चमत्कृत कर दिया।

गाड़ी बम्बई पहुँचने ही वाली थी। फुर्ती से स्वयं तैयार हो मिसेज़ कोचर ने देखते-ही-देखते अपने बच्चों को भी डाँट-डपटकर तैयार कर दिया।

"याद रखना लड़कियो, तुम्हें लेने तुम्हारे चाचा आएँगे।"

"हमारे चाचा, अगले महीने हमारे लिए मुसलमान चाची ला रहे हैं," मिसेज़ कोचर का पुत्र नलिनी के कान के पास फुसफुसाया, "बहुत स्मार्ट है हमारी होनेवाली चाची। विग लगाती और मिनी स्कर्ट पहनती है। एयर इंडिया में काम करती है।"

"ठीक ही कह रहा है यह।" एक लम्बी साँस खींचकर मिसेज़ कोचर नलिनी की बर्थ पर बैठ गई। "बहुत समझाया मैंने! ऐसा सुन्दर है रजिन्दर कि देखकर भूख भागती है। मैंने ही एक तरह से पाला है उसे। एक-से-एक सुन्दर पंजाबी लड़कियों से हमारा बम्बई समाज पटा पड़ा है, पर इस सिरफिरे को यही लड़की पसन्द आई। स्मार्ट ही स्मार्ट है बस, पर भई, यह भी कैसी स्मार्टनेस कि पेट-कमर नंगी कर, साड़ी कूल्हे पर टिका लो। हमने तो साफ-साफ कह दिया है भई, जब तक शादी नहीं होगी, शौक से हमारे साथ रहो, फिर अपनी नई बिरादरी में अपना तम्बू गाड़ना। हमें तो अपनी बेटियाँ अपने ही समाज में ब्याहनी हैं।"

"हाउ कैन यू से दैट ममी!" उसकी बड़ी लड़की शैतानी से माँ की ओर देखकर मुस्कराने लगी।

"मैं बताऊ, मैं बताऊँ," मिसेज़ कोचर का पुत्र उछल-उछलकर चीखने लगा, "इसका बॉयफ्रेंड भी मुसलमान है, यूसुफ! है न दीदी?"

"चल परे हट," मिसेज़ कोचर ने पुत्र को दूर धकेल दिया, "अब आप ही बताइए, भैनजी, कहीं मेरी लड़की की बारात आई और मेरी दौरानी नमाज पढ़ने बैठ गई तो मैं कौन-सा मुँह दिखाऊँगी समधियाने में!"

'हो-हो' कर हँसती, दुहरी होती उसकी दोनों पुत्रियाँ एक-दूसरी पर गिरी-पड़ी जा रही थीं कि 'बम्बई-बम्बई' कहता उसका पुत्र आनन्द से हाथताली देता नाचने लगा। स्टेशन पर उन्हें लेने उनका सजीला देवर उपस्थित था। नलिनी को लेने सेमिनार का बिल्ला लगाए एक रोबीली पारसी डॉक्टरनी आई थी। दो दिन की परिचिता मिसेज़ कोचर से नलिनी विदा लेने लगी तो उसने पल-भर को नलिनी के मुँदे हाथ पकड़कर एकान्त में खींच लिया। "मुझे गलत मत समझ बैठना बहना! आप भी ना जाने क्या सोच रही होंगी! रास्ते-भर अपने पति की निन्दा ही तो करती आई हूँ; पर यकीन मानिए, उसके अन्याय का कड़ा चाबुक भी मुझे कभी एक हिन्दू नारी के आदर्श से डिगा नहीं पाया। इतना मैं जानती हूँ बहन," फिर वह हँस-हँसकर कहने लगी, "कि हम स्त्रियों

के लिए हमारा नाम ही सबकुछ है, इसी से हमें फूँक-फूँककर कदम रखना पड़ता है कि कभी किसी की अँगुली न उठे।''

नलिनी हतप्रभ-सी खड़ी ही रह गई थी। क्या यह दो दिन की परिचिता उसे अनजाने ही अपनी सीख दे रही थी? मिसेज़ कोचर का परिवार विदा लेकर टैक्सी पर सामान लदवाने लगा तो उसे लेने आई पारसी डॉक्टरनी ने कार का द्वार खोल दिया। किसी विदेशी सेंट की मदिर सुगन्ध ने नलिनी की चेतना को झकझोरकर जगा दिया। बम्बई की जनसंकुल सड़कों पर उनकी कार सर्राटे से भाग रही थी। सेमिनार से तो उसे कल छुट्टी मिल जाएगी, फिर क्या वह बम्बई घूमना चाहेगी? पारसी युवती ने बड़े उत्साह से पूछा, ''मैं आपको पूरा बम्बई घुमा दूँगी। बम्बई का ओर-छोर मेरा जाना-पहचाना है।''

''नहीं,'' स्वयं अपना ही कंठ-स्वर नलिनी को अनजाना लग उठा, ''मेरे एक मित्र मृत्युशय्या पर मेरी प्रतीक्षा कर रहे हैं, आई मस्ट गो टू हिम!''

''ओह, आई ऐम सो सॉरी,'' उस मेज़बान का स्वर अत्यन्त नम्र होता अवरोह में उतर आया, ''आपने रिजर्वेशन क्या करा लिया है डॉक्टर टंडन? यहाँ सहज में ही रिजर्वेशन मिलता नहीं।''

''देख लेंगे! खड़ी-खड़ी ही निकल जाऊँगी। खड़ी होने की जगह तो मिल ही जाएगी।''

जिस यात्रा में उसे जाना था, रिजर्वेशन-स्लिप भुलाकर जाना ही श्रेयस्कर था।

अन्ततः यह हुआ भी था। किसी मन्त्रपूत डोर से बँधी नलिनी उस अनजान स्टेशन पर उतर, हाथ के मुड़े-तुड़े पत्र की भौगोलिक व्याख्या दुहराती, ठीक पहुँच गई थी।

पीले जर्जर बँगले को देखकर उसके पैर सहसा अवश हो गए। अधमूँदे द्वारों की दरार से रेंगती मृत्यु की चिरपरिचित अटपटी गन्ध से उसके अनुभवी नथुने फड़क उठे। जब से वह इस गन्ध को पहचानने लगी थी, उसका डॉक्टरी पेशा, स्वयं उसके लिए एक बहुत बड़ा सिरदर्द बन गया था। जब उसने अचानक हाथ में आ गई, अपनी इस विधाता-प्रदत्त शक्ति का उल्लेख अपनी एक वरिष्ठ अधिकारिणी से किया, तब वह ठठाकर हँस पड़ी थी।

''संसार में आज तक कौन-सा ऐसा भाग्यशाली सर्जन जन्मा है नलिनी, जो निश्चित मृत्यु का ऐलान कर सका है? कभी दम तोड़ रहा मरीज़ भी इस दुनिया में लौटकर हमें हरा देता है, और कभी हमारे प्रयास से, मौत के मुँह

से निकला मरीज़ फिर उसी मुँह में बन्द हो जाता है, यही तो विज्ञान की पराजय है।" डॉक्टर दारूवाला का गम्भीर चेहरा, उस दिन अपनी ताजी चोट का स्मरण कर और भी गम्भीर हो उठा था। दो ही दिन पूर्व, उसकी अनुपम शल्य-क्रिया को अँगूठा दिखाती मृत्यु, उनकी लगभग स्वस्थ हो उठी एक युवती मरीजा को अपने साथ खींच ले गई थी। डॉक्टर दारूवाला की मृत्युंजयी शल्य-क्रिया ने उन्हें अन्तर्राष्ट्रीय ख्याति का सेहरा स्वयं ही पहनाकर आकाश पर उठा दिया था। रोगिणी के पेट में बमगोले-सा मैलिंगनैंट ट्यूमर हो या पैर के बल अस्वाभाविक रूप से जन्मने को तत्पर कोई जिद्दी शिशु, स्वयं ही उनके रणचंडी के-से व्यक्तित्व के सम्मुख थरथराकर हथियार डाल देते। किसी भी घातक कैंसर-ग्रस्त दूषित अंग को काटना उनके लिए उतना ही सुगम था, जितना सेब की सड़ी-गली फाँक को काटकर दूर फेंक देना। फिर भी वह कभी-कभी मृत्यु की छलनामयी पदचाप को पहचानने में चूक जाती थीं। उनकी सहायिका बनी नलिनी, उन्हें कई बार ऐसे विषम क्षणों में चेतावनी दे चुकी थी।

"यह बचेगी नहीं डॉक्टर, आप इसके पति को बुला लीजिए।"

तीस वर्ष की स्वस्थ माँ, पोस्ट ऑपरेशन की गहन निद्रा में डूबी थी, नाड़ी की गति घड़ी के काँटे से ताल मिलाती ठीक चल रही थी, हृदय की धड़कन, रक्तचाप, उसे सौ फीसदी आश्वस्त कर रही थी। कहीं भी आसन्नप्राय मृत्यु की सामान्य-सी आहट भी नहीं थी। "क्या?" हुंकारती डॉक्टर दारूवाला की छोटी-छोटी आँखों से आग्नेय लपटें निकलने लगी थीं। उनके छोटे-छोटे कटे बाल, उनके गोलमोल चेहरे पर बिखर गए थे। उन्हीं की पढ़ाई छोकरी का ऐसा दुस्साहस कि उनकी अच्छी-खासी पेशेंट को ऐसी मूर्ख चेतावनी दे गई। अपनी एक ही गरज से पूरे अस्पताल के स्टाफ को अचेत कर सकती थीं डॉक्टर दारूवाला। किन्तु नलिनी न डरी, न सहमी। अपने उसी आत्मविश्वास से अपनी चेतावनी फिर दुहरा गई थी, "मैं ठीक कह रही हूँ, मृत्यु की गन्ध को मैं इधर, एकदम ठीक पहचानने लगी हूँ, ओह, कैसे समझा दूँ आपको..." और वह अचानक घबराकर रो पड़ी थी। यह कैसी विचित्र सिद्धि दे दी थी भगवान ने उसे! सिद्धि नहीं तो और क्या थी यह? एक-दो नहीं, अब तक पचासों केस में वह अपनी इस अनुभूति शक्ति की पुष्टि कर चुकी थी। कई बार उसकी आश्चर्यजनक भविष्यवाणी डॉक्टर दारूवाला को भी प्रभावित कर चुकी थी। फिर भी, वह उसे हँसकर समझाने लगतीं, "यह सब

फ्लूक है नलिनी, कभी भी इसे सीरियसली मत लेना, इट विल वी द एंड ऑफ गुड कैरियर! हमेशा याद रखो, हम चिकित्सक हैं, आसन्न मृत्यु को देखकर भी हमें उसकी उपस्थिति को अस्वीकार करना है, समझीं? तुम विज्ञान की छात्रा हो और ऐसी मूर्ख बातों में विश्वास करती हो? ऐसा क्या कभी सम्भव हो सकता है?"

"क्यों नहीं हो सकता?" तुनककर नलिनी, एक बार फिर उनकी मुँहलगी छात्रा बन उठी थी। "अभी आपने उस अद्भुत गणितज्ञ महिला का अपूर्व प्रदर्शन नहीं देखा था क्या? विज्ञान कौन-सी दलील से जीत सका है उसे? आप मानें चाहे न मानें, गृत्यु की एक अनोखी गन्ध पा लेती हूँ मैं, और फिर उस मरीज की नसों में मोटी-मोटी सुइयाँ घुसा, ब्लड चढ़ाने की उलटबाँसी करने को मेरा मन नहीं मानता। जब जा ही रही है तब शान्ति से ही क्यों न जाने दूँ बेचारी को? न हो तो एक मौर्फीन या पैथेडीन का इंजेक्शन...।

"ओह, मूर्ख लड़की—I am sure there is something wrong with you..." अधैर्य से डॉक्टर दारूवाला ने उसे कंधे से पकड़कर झकझोर दिया था।

किन्तु नलिनी अपनी उस विधाताप्रदत्त अमोघ शक्ति की सत्यता को कई बार परख चुकी थी। आज वही गन्ध उसे सहसा पीछे धकेलने लगी। तब क्या उसने सच ही लिखा था? कहीं ऐसा तो नहीं था कि मृत्यु उससे भी पहले वहाँ पहुँच गई हो। कैसी अमानवीय स्तब्धता थी! सूखा लॉन, बरामदे में पड़ी अधटूटी आरामकुर्सी का जर्जर बेंत, किसी कमोड की ही भाँति, नीचे लटक आया था। द्वार के अधमुँदे कपाट से नीचे लटका एक जीर्ण पर्दा रह-रहकर हवा में हिल रहा था। एकदम ठीक ही नक्शा खींचकर भेजा था उसने, ददुगजकेसरी का विज्ञापन, बिजली से दग्ध अश्वत्थ तरु और किसी पीलियाग्रस्त रोगी-सा ही पीला रुग्ण बंगला। आश्वस्त होकर वह पर्दा उठाने बढ़ी और फिर स्वयं ही ठिठक गई। ऐसे भीतर जाना क्या ठीक होगा? मृगांक की पत्नी, बच्चे, आत्मीय स्वजन उस अपरिचिता को देखकर दस सवाल पूछ सकते थे। मन-ही-मन उसने अपने भीरु चित्त को फिर दिलासा दिया, यदि वह पत्नी, आत्मीय स्वजनों की भीड़ से घिरा होता, तो क्या उसे ऐसा पत्र लिख पाता?

"मैं अन्दर आ सकती हूँ?" उसने खंखड़-से द्वार की साँकल हिलाकर पूछा। कैसा आश्चर्य था—जिस ठसकेदार डॉक्टरनी के कमरे में बाहर लम्बी

क्यू में खड़ी रोगिणी, ऐसे सहमे कंठ से यही प्रश्न पूछती थी, वही डॉक्टरनी आज स्वयं दीन स्वर में वही प्रश्न पूछती स्वयं एक मरीज़ का द्वार खटखटा रही थी। कोई उत्तर नहीं आया, केवल पुरवाई के तेज झोंके ने पर्दा बड़े औदार्य से उठा दिया—वही परिचित-स्पष्ट मृत्यु-गन्ध फिर जैसे उसे हाथ पकड़कर भीतर खींच ले गई।

एक झूले-से पलँग पर, उसके प्रथम प्रेम का स्मारक स्तम्भ, खंड-खंड होकर पड़ा था। दीवार की ओर मुँह फेरकर निश्चल लेटे उस कंकाल के घने काले केश ही जैसे, उस सुन्दर व्यक्ति के एकमात्र अवशिष्ट रह गए थे। बँगले के उड़े पीले रंग से ही मेल खाता, रक्तशून्य पांडु ललाट देखते ही, नलिनी का कलेजा बैठ गया। धँसे कपोलों की पैनी हड्डियों पर मांस की नाममात्र की एक तह चिपकी रह गई थी, सींक-से दुबले हाथों को नमस्कार की-सी मुद्रा में बाँधे वह न जाने किस अदर्शी देवता का नमन करते-करते, गहरी नींद में डूब गया था—पर क्या वह नींद ही थी या और कुछ? वह और पास खिसक आई। स्वयं उसका अपना कलेजा कंठ में आकर ऐसे धड़कने लगा था कि उसे लगा, धक से उसके मुँह से निकल, उसके प्रेमी की छाती पर ही गिर पड़ेगा। कितनी बड़ी भूल थी उसकी! अपने बहुरंगी जीवन के बीच, जिस प्रथम प्रेम की स्मृति को उसने बहुत नीचे गाड़कर संयम की भीम-शिला से दबा दिया था, वही आज किसी भूकम्पी धक्के में बाहर निकल उसे भी कँपा रही थी। "मृगांक! मृगांक!" वह अधैर्य से उसे पुकारती उसके क्लान्त चेहरे पर झुक गई।

"देखो, मैं आ गई हूँ, तुमने बुलाया था न? आँखें खोलो मृगांक, यह मैं हूँ केया..." क्या उसकी आँखों का भ्रम था यह? सचमुच ही किसी अबोध सुप्त शिशु की भाँति, नींद में मुस्कराने लगा था। "मृगांक!" अब उसका काँपता हाथ प्रेमी के ठंडे ललाट पर झुक गया।

"व्यर्थ ही में परेशान हो रही हैं आप, यह ऐसे टूटनेवाली नींद है..." नलिनी चौंककर मुड़ी। सुनहले फ्रेम का रिमलेस चश्मा पहने, एक अधेड़ व्यक्ति द्वार पर खड़ा था, "नमस्कार, मैं पटवर्धन हूँ, भालचन्द्र पटवर्धन, डॉक्टर वर्मन का मित्र हूँ मैं—बड़ा अच्छा किया आपने, जो आ गईं। कल ही शाम तो बेचारा कह रहा था कि आपको यदि उसका पत्र समय पर मिल गया तो आप अवश्य आएँगी, अरे बैठिए ना, खड़ी क्यों हैं?"

नलिनी खड़ी ही रही, वह बैठती भी कहाँ? कमरे में उस झूले-से पलँग के

अलावा बैठने को कुछ और था ही क्या? "ओह," वह अजनबी फिर अपने प्रस्ताव पर स्वयं ही खिसियानी हँसी हँसता दूसरे कमरे से एक खंजड़सी फोल्डिंग कुर्सी ले आया।

"कब से ऐसी हालत है?" नलिनी ने यत्न से स्वर साधकर पूछा।

"यह पूछिए कि कब से नहीं है।" खोखली-सी हँसी हँस, वह सहसा बिस्तर पर असहाय पड़े मित्र को टकटकी बाँधकर देखता रहा, फिर एकदम ही उसके कंठ-स्वर ने पैंतरा बदल दिया। गम्भीर स्वर में वह अनर्गल बोलता ही चला गया :

"ऐसे भव्य व्यक्ति का ऐसा अन्त! राम-राम! हरि-हरि!" मित्र की निश्चल देह को बड़ी बेरहमी से एक ओर खिसकाकर उसने अपने बैठने की जगह बना ली और अपना चेहरा नलिनी के इतने पास ले आया कि वह सहम गई। क्रमशः घनीभूत हो रहा अन्धकार, मृत्युशय्या पर एकदम ही अजनबी-सा लग रहा मृगांक, और उसका वह विचित्र मित्र! कैसा अस्वाभाविक परिवेश बन गया था यह! बिस्तर पर पड़े हड्डियों के ढाँचे से जैसे कोई विशेष अन्तर नहीं था उसमें, था तो केवल इतना ही कि एक कंकाल बिस्तर पर निश्चेष्ट पड़ा था और दूसरा निरन्तर बोले जा रहा था। न आस-पास कहीं औषधियों की शीशियाँ थीं, न कोई परिचारिका—लगता था, सेवा-सुश्रूषा, देखभाल और औषधि के अभाव में बिस्तर पर पड़ा मृत्यु-पथ का वह यात्री, बड़ी तेज़ कदमों से अपने पथ पर बढ़ा चला जा रहा है—

"मैं इसे, पिछले दस वर्षों से जानता हूँ। इस अनजान शहर में अचानक आ गए इस डॉक्टर का मैं ही पहला मित्र था, मैंने ही इसे अपने यहाँ आश्रय दिया, मेरी माँ असाध्य रोग से चार वर्ष से बिस्तर पर पड़ी थी, इसी ने उसे जीवनदान दिया था, पर भाग्य की विडम्बना देखिए, इसे जीवनदान देनेवाला आज कोई नहीं है।"

"इनकी देखभाल करनेवाला क्या कोई नहीं है?" नलिनी को अपना ही स्वर अस्वाभाविक रूप से तीखा लगा। "आपके बारे में, यह मुझे सबकुछ बता चुका है..." सम्मुख बैठे उस व्यक्ति ने जैसे नलिनी का प्रश्न सुना ही नहीं था। "कुछ विचारहीन व्यक्तियों के कारण संसार में कभी-कभी कैसी दुर्घटनाएँ घट जाती हैं। वर्मन ने फिर विवाह नहीं किया। इस अनजान शहर में ही उसने अपना क्लीनिक खोला और साल बीतते-न-बीतते यह ऐसा प्रसिद्ध हो गया कि दूर-दूर से लोग इसे बुलाने लगे। इसके मरीज, अधिकतर ग्रामीण ही थे,

शहर के मरीज भी कुछ कम नहीं थे, किन्तु उन मरीजों ने आज इसे भुला दिया है। ग्रामीण कृतज्ञता ने ही इसे आज तक जीवित रखा है, कोई दूध दे जाता है और कोई फल।''

नलिनी को, उसका लम्बा निरर्थक प्रलाप, किसी सन्निपात-बाय में बहके रोगी की-सी बहकी आँय-बाँय-सा लग रहा था। निश्चेष्ट नाड़ी हाथ में लिये वह चुपचाप हाथ की घड़ी देख रही थी।

''सुनिए जी, आप लाख नाड़ी पकड़ें, इस रोग का निदान नहीं कर सकतीं। संक्षेप में आपको मैं ही बतला दूँ...'' पहली बार नलिनी ने रोषपूर्ण दृष्टि से कटमटाकर उसकी ओर देखा—किसी पीनक में झूम रहे अफीमची की ही भाँति, वह आँखें बन्द किए बोले चला जा रहा था। पूरे चेहरे पर सफेद बालों की छोटी-छोटी फुनगियाँ उभरी थीं। लगता था, दो-तीन दिन से उसने दाढ़ी भी नहीं बनाई है। तेजी से बोलने में, बार-बार उसका ढीला डेंचर, मशीन के ढीले पड़ गए शटल-सा नीचे लटक आता और वह बिना किसी संकोच के, दोनों हाथों से, उसे जबड़ों में जमाकर फिर उसी रफ्तार से बोलने लगता :

''अभागे ने पैथेडीन ले-लेकर ही अपनी यह दुर्दशा कर ली है। यह बेहोशी इसकी स्वयं अपनी बनाई बेहोशी है। इस स्वयंसिद्ध यमराज से भला कोई इलाज करा सकता है! इसी से धीरे-धीरे मरीजों ने भी आना छोड़ दिया है। जब डॉक्टर ही को ऐसा असाध्य रोग लग गया, तब वह दूसरों का क्या खाक इलाज करेगा! अब तो बेहया, मरीजों से भी फीस के बदले पैथेडीन मँगवाने लगा था। डायबिटिक तो था ही, इधर किडनी भी एकदम घुल गई है। अच्छा हुआ, आप आ गईं, अब इसे आज ही लेकर चल दीजिए...''

''मैं?'' आश्चर्य से अधिक क्रोध ही हुआ था नलिनी को। ऐसा विवेकहीन प्रस्ताव उसके सम्मुख रखने की धृष्टता ही कैसे कर सका था यह अजनबी!

''हाँ जी, आप! और क्या मैं?'' उसके ठिठोली-भरे स्वर में सगे देवर का-सा लाड़ छलक आया। ''केया-केया कर, क्या मेरे लिए बेचैन करवटें बदलता रहा है यह? ऐसा सिंसियर प्रेमी इस युग में दुर्लभ है—समझीं?'' और वह जोर से हँसा। कमरा अब अँधेरे में गले तक डूब चुका था, पलँग पर अचेत पड़े मरीज़ का क्षीण श्वास-प्रश्वास और उसके सिरहाने बैठे उस प्रेम-से कंकाल का अस्वाभाविक अट्टहास नलिनी को सिर से पैर तक कँपा गया। कैसी मूर्खता कर बैठी थी वह!

''भालेया! भालेया! तुम फिर यहाँ भाग आए हो? चलो घर, हाय राम,

अजीब आफत है, बुड्ढे को मौत भी नहीं आती।" धमाधम करती लाँग लगाई धोती का कछौटा सम्हालती, एक काली-भुजंग-सी आकृति ने सहसा प्रकट होकर, उस रंगमंच की रहस्यमय आभा को और भी प्रगाढ़ कर दिया। उसने शायद कुर्सी पर बैठी नलिनी को नहीं देखा। कर्कश स्वर में बड़बड़ाती, वह कुर्सी पर बैठे कंकाल को हाथ पकड़कर घसीटती ले जा रही थी। "हाय राम, इससे तो तू पागलखाने ही में अच्छा था, तेरे पीछे-पीछे ऐसे भागना तो नहीं पड़ता मुझे। हाय, ऐसी सुहागन से तो मैं विधवा ही भली थी!"

वह बड़बड़ाती, उसे साथ ले गई तो कमरा एकदम शान्त हो गया—पर क्या पता, दूसरे ही क्षण कोई ऐसी ही रहस्यमयी मृगांक को भी हाथ पकड़कर खींच ले जाए! एक बार नलिनी के जी में आया, वह जैसे चुपचाप आई थी, वैसे ही चुपचाप बाहर निकल जाए। सवेरे चार बजेवाली गाड़ी वह आराम से पकड़ सकती थी, किन्तु फिर प्रेमी के पत्र की अन्तिम पंक्ति की अनुनय-विनय ने उसके पैरों में बेड़ियाँ डाल दीं।

"कहीं देहरी से ही मत लौट जाना केया..." कैसे जा सकती थी वह?

हो सकता है, तथाकथित पागलखाने से छूटा मृगांक का मित्र ठीक ही कह रहा हो! यदि पैथेडीन का ही नशा होगा, तो वह मोहननिद्रा एक-दो घंटे में स्वयं ही भंग हो जाएगी।

गहन अन्धकार में डूबी वह प्रेमी का हाथ, हाथ में लिए मूर्ति-सी बैठी रही, सहसा वह हाथ काँपा, "कौन?"

बार-बार चेष्टा करने पर भी नलिनी का स्वर नहीं फूटा, अब तक यत्न से सँजोया उसका धैर्य, प्रेमी के क्षीण प्रश्न की एक ही फूँक से, ताश के पत्तों के घर-सा ढेर हो गया।

कुछ भी उत्तर न देकर उसने अपना माथा उन दुर्बल कन्धों पर टिका दिया। उसी सुवासित कबरी की बिसरी सुगन्ध ने उसका उत्तर स्वयं दे दिया। आज भी लक्ष्मीविलास की उस सुगन्ध को पहचानने में मृगांक ने भूल नहीं की।

न जाने कब तक वह उस दुर्बल बाहुबन्धन में निश्चेष्ट होकर पड़ी रही। मिलन के उन अमूल्य क्षणों की चुप्पी के बीच, वर्षों के उपालम्भ, कितने प्रश्न, कितने उत्तर, मुखर हो-होकर, स्वयं शान्त हो गए।

"यहीं एक मोमबत्ती पड़ी होगी..." मृगांक के कंठस्वर को उसका कठिन रोग शायद अछूता ही छोड़ गया था। उस मीठी खनक ने नलिनी को एक बार

फिर निश्चेष्ट कर दिया। टटोलकर मृगांक ने ही मोमबत्ती जला दी थी, धृष्ट आलोक की चमक से चौंककर नलिनी की सुप्त चेतना एक झटके से जग गई। मोमबत्ती की काँपती लौ, भूतल पर फिसलती, उसके चिबुक, नासाग्र पर तूलिका-सी फेर गई। अपरिसीम विस्मय से मृगांक की निष्प्रभ आँखें विस्फारित हो गईं।

"केया, तुम आज भी वैसी ही हो—कैसा आश्चर्य है! वही सुगन्ध, वैसा ही जूड़ा और..." सहसा उसके पपड़ी पड़े होंठों पर फिर वही चिर-परिचित हँसी थिरक उठी, "केया के पत्ते पर तुम्हें दिया गया अपना कंप्लीमेन्ट मैं आज भी उसी गर्व से दुहरा सकता हूँ।"

चौथ की लजाती दुलहन-सी प्रौढ़ा नलिनी एक बार फिर उसी केया-कुंज की षोडशी भुवनेश्वरी बन उठी। उसके दोनों गाल वर्षों पश्चात अंगारे-से दहक उठे।

"जानती हो, तुम्हें मैंने क्यों बुलाया है?" अचानक उसके दोनों हाथ पकड़कर वह हाँफने लगा, "मेरी एकमात्र आत्मीया मेरी माँ काशीवास कर रही है—जीवन में मैंने उसे कभी सुख नहीं दिया, देख तो रही हो, मेरी क्या हालत है, इसी से चाहता हूँ, जाने से पहले उसी दुखियारी के पैरों में माथा रखकर एक बार माफी माँग लूँ। उसके क्षमादान के बिना मेरी आत्मा अशान्त रहेगी—तुम मुझे वहाँ पहुँचा दो केया—ले चलोगी ना?" वह बार-बार अधैर्य से पूछता, उसका हाथ खींचने लगा।

बहुत देर बाद फिर वह एकदम ही शिथिल पड़ गया, झुककर नलिनी ने नाड़ी थाम ली, उसी स्पर्श ने उसे एकाएक फिर मुखर बना दिया, "मेरा कोई नहीं है केया..." उसका स्वर एक पल को टूटकर सूखी सिसकी में बिखर गया...

"एकमात्र मित्र, साल-भर से पागल है, उसी की दया से आज सिर के ऊपर छत है, नहीं तो—शायद लावारिस की तरह सड़क पर दम तोड़ता—ले चलोगी मुझे?"

और रात-भर कभी बेहोशी, कभी प्रलाप, और कभी अचानक ही पथराकर पत्थर बनी जा रही उन आँखों की वेदना ने नलिनी को व्याकुल कर दिया। रात-भर की उसी उधेड़बुन के बीच, वह सहसा अपना अविवेकी निश्चय ले चुकी। जैसे भी हो, उसकी अन्तिम इच्छा उसे पूर्ण करनी ही होगी, और फिर नियति उसकी अँगुली पकड़ ही उससे शायद सबकुछ कराती चली गई थी।

एक रंग-उड़े सूटकेस में ही उसके कपड़े ठूँसने में उसे समय नहीं लगा। कपड़े थे ही क्या, तीन-चार फटी कमीजें, दो-तीन सूट और एक रिक्त बटुआ। किसी को बुलाकर घर की चाबी सौंपने का प्रश्न भी नहीं उठता था, क्योंकि पूरे घर की परिक्रमा कर भी वो किसी को नहीं ढूँढ़ पाई थी। अचेत प्रेमी को वहीं छोड़ वह, बड़ी दूर जाकर एक होटल के छोकरे की सहायता से सवारी जुटा पाई और उसे ही पाँच का एक नोट थमाकर उसने मृगांक को उठाकर गाड़ी में रखा। स्टेशन पहुँची तो सब उसे घूर-घूरकर देखने लगे। ठीक भी तो था, एक प्रकार से मुरदे को ही तो साथ लिए जा रही थी वह। यह भी नलिनी का सौभाग्य था कि उस डिब्बे का एकमात्र सहयात्री, तीसरे ही स्टेशन पर उतर गया। जाने से पहले उसने बड़ी ही करुणापूर्ण दृष्टि से नलिनी को देखा था। रोगी की जैसी सांघातिक अवस्था थी, उसे देखकर ही कोई कह सकता था कि मृत्यु ने उन स्थिर आँखों में अपना खेमा गाड़ दिया है।

उसके जाते ही नलिनी ने चिटखनी चढ़ा दी और मृगांक का शिथिल हाथ अपने हाथों में ले लिया। धीरे-धीरे उसकी चेतना स्वयं लौट रही थी, पर यह क्या निर्वाणकालीन दीपशिखा की चमक थी? बड़े यत्न से उसने मुस्कराने की चेष्टा की, किन्तु होंठ पीड़ा से टेढ़े पड़ गए। लग रहा था, भीतर-ही-भीतर उसका रोग-जीर्ण यकृत, उसकी आँतों को घातक मरोड़ दे रहा है। "क्या बात है मृगांक, कहीं दर्द है क्या?" चिन्तातुर नलिनी उसके पीले चेहरे पर झुक गई।

दुर्बल निस्तेज देह, सहसा थर-थर काँप उठी; किन्तु यह क्या रोग की कँपकँपी थी? उसका मुमूर्ष प्रेमी मृत्यु को सशक्त बाँहों से पीछे ढकेलता, उसे अपनी छाती पर खींचने लगा।

ओह, कैसा विचित्र है पुरुष का स्वभाव! चिता की सम्भावित लपटों को स्पष्ट देख लेने पर भी, नारी-संग की कामना। किन्तु अचानक प्रेमी का वह अस्वाभाविक ज्वारभाटा स्वयं शान्त हो गया।

विषम रोग की व्यथा से शरीर फिर धनुष-सा दुहरा हो गया, अधरों तक आया अधीर चुम्बन एक दीर्घ श्वास बनकर हवा में विलीन हो गया। बाँहें शिथिल होकर नीचे झूल गईं, वह फिर बेहोशी में डूब गया। उस बेहोशी को पहचानने में नलिनी ने भूल नहीं की। मधुमेह का वह घातक कोमा, अब उसे शायद ही किसी से विदा लेने की अनुमति देगा।

हाथ की घड़ी देखती, नाड़ी हाथ में लिए वह अपलक दृष्टि से उसे देखती

रही थी। कभी भी वह जा सकता था, गाड़ी चाहे किसी स्टेशन पर रुके या न रुके, नाड़ी की गति बता रही थी कि उसका सिगनल डाउन हो चुका है। भय से काँपकर नलिनी पत्थर बन गई थी। कैसी भयानक मूर्खता कर बैठी थी वह! कहीं उसे ट्रेन ही में कुछ हो गया तो क्या कर लेगी वह?

हड़बड़ाकर उसने फिर नाड़ी देखी, रेल के डिब्बे की नीली मन्दी रोशनी में उसका चेहरा कितना शान्त, कितना भव्य लग रहा था! उसी शान्त, भव्य मुद्रा ने नलिनी को झकझोर दिया—यह शान्त, यह भव्यता क्या इस लोक की हो सकती थी? इस बार उसने स्पन्दनहीन नाड़ी को अपने होंठों से लगाकर, हाथ को निश्चेष्ट छाती पर रख दिया। आधी रात के धुँधलके में गाड़ी किसी अनजान स्टेशन पर खड़ी थी।

एक पल को नलिनी, उस सतर पड़ी देह को देखती रही, चलती ट्रेन में मृत देह को ले जाना अपराध है, यह वह कहीं पढ़ चुकी थी,. तब क्या करे? भागकर क्या गार्ड को सूचित कर आए? किन्तु सूचित करने पर और जो कई प्रश्न एकसाथ उसे तीर से बेध देंगे।

वह उसका कौन था? मृत्यु कब हुई, कैसे हुई? कितनी मृत्यु देखी थीं इस डॉक्टरनी ने—पति की देह पर पछाड़ खाती पत्नियाँ, पत्नी की मृत देह पर पछाड़ें खाते, अस्पताल की मौर्चरी गुँजाते, बिलबिलाते पति, आत्मीय स्वजन, किन्तु कोई मृत्यु क्या उसे आज तक विचलित कर पाई थी? बिना विलाप के क्या मृत्यु अधूरी नहीं रहती? किन्तु उसकी आँखों के सम्मुख, उसके यौवन के प्रथम प्रणय का स्मारक ढहा पड़ा था, और उसकी आँखों में एक बूँद आँसू नहीं था।

गाड़ी अभी भी खड़ी-खड़ी, जैसे उसी की प्रतीक्षा कर रही थी। वह हाथ का सूटकेस लिए खड़ी हो गई। चादर खींचकर, उसने प्रेमी का मुँह ढाँप दिया। स्टेशन की चहल-पहल देखकर लग रहा था, वह कोई बड़ा जंक्शन है। नहीं-नहीं, अब और अधिक विलम्ब करना ठीक नहीं था। कब किस स्टेशन पर कोई परिचित चेहरा मिल जाए, क्या कोई ठिकाना था? पिछली बार, गुंटूर के अनजाने स्टेशन पर उसे, उसकी विधवा ननद मिल गई थी। वह एकदम बढ़ी, फिर न जाने क्या सोचकर उसने सूटकेस खोला। अब तक सूखी आँखें सहसा आँसुओं से धुँधली हो गईं। साड़ियों की तहों के बीच से उसने वह खंजर-सी सूखी पत्ती निकाली और प्राणहीन छाती पर रखकर बिना चेहरे की ओर आँखें उठाए ही मुड़ गई। उन खुली आँखों की ओर वह अब और नहीं देख पाएगी,

किन्तु द्वार तक जाकर वह जैसे स्वयं अपने से ही हार गई। अधरों तक आकर शून्य में विलीन हो गए मरणासन्न प्रेमी के अधूरे चुम्बन का प्रतिदान दिए बिना ही वह लौट गई, तो क्या स्वयं उसी की अन्तरात्मा उसे जीवन-भर नहीं धिक्कारेगी? वह लौटी, हाथ का सूटकेस नीचे धर, उसने दोनों हाथों में वह हिमशीतल चेहरा भर लिया और क्षण-भर पूर्व मृत्यु-चुम्बित अधरों पर अपने काँपते अधर धर दिए। गाड़ी ने अँगड़ाई ली और गार्ड की तीखी सीटी से उसकी चेतना लौट गई। एक प्रकार से चलती गाड़ी से कूद पड़ी थी वह। देखते ही देखते गाड़ी के शैथिल्य ने गति तीव्र कर दी और उसके प्रेमी की निर्जीव देह लिए उसका डिब्बा भी आँखों से ओझल हो गया। काठ की जिस बेंच को पकड़कर उसने अपना सन्तुलन साधा था, अब भी उसी पर बैठी वह शून्य दृष्टि से सिगनल की लाल-हरी बत्तियों को देख रही थी। मिसेज़ कोचर के शब्द उसके कानों में गूँजते चले जा रहे थे–'हम स्त्रियों के लिए हमारा नाम ही सबकुछ है बहन, इसी से हमें फूँक-फूँककर कदम रखना पड़ता है कि किसी की अँगुली न उठे...'

'मृत्यु के कठिन क्षणों में भी,' नलिनी क्षणिक परिचय के बीच मिली उस सीख को नहीं भूली थी।

'अब किसी की अँगुली नहीं उठेगी नलिनी...' उसका संसारी चित्त स्वयं ही उसे दिलासा दे गया। एक क्षीण हँसी उसके मलिन चेहरे को उद्‌भासित कर गई।

अब तक उसने स्टेशन का नाम भी नहीं पढ़ा था, हाथ का सूटकेस थामे ही वह आँचल सम्हालती उठी तो खर्र से किसी काँटे की-सी खरोंच हाथ में लगी।

पल्ला खींचकर उसने देखा, प्रेमी को लौटाया गया स्मृति-चिह्न, विदा के उस क्षणिक स्पर्श के साथ ही शायद, आँचल की झालर में फँसकर, एक बार फिर उसी के पास लौट आया था।

चीलगाड़ी

काश, मैं अपने विदेशी अतिथिदल के साथ असम के उस गहन वन में आयोजित, नागा सहभोज में न गई होती! सुपारी के पेड़ और पानों के झुरमुट के बीच, एक विराट् अग्निस्तूप की लाल-लाल लपटें आकाश को चूम रही थीं। विचित्र परिधान में अंगों को मोड़ता-मरोड़ता एक नागा तरुण, हमारे स्वागत में अपनी रणसिंही को आकाश की ओर उठा-उठाकर फूँकने लगा था, "तू...तू...तू...तू!"

उस रणसिंही की मीठी स्वर-लहरी ने मुझे फिर बेचैन कर दिया।

एक बार मेरे जीवन में ऐसी ही रणसिंही और बजी थी, कानों को फाड़कर झूलते, भैंस के सींगों के काले कुंडल झुलाता अवधूत जोगी समरनाथ बाजी, अपने गाँजे से आरक्त नयन आकाश को उठा, टेढ़ी रणसिंही को बाँकी मुद्रा में साधे ऊर्ध्वमुखी फूँक दे उठा था, "तू...तू...तू...तू...!" आज उसी विस्मृत फूँक की स्वर-लहरी ने कुमायूँ के गगनांगन को पारकर, इस अपरिचित असम के आकाश को घेर लिया है। जिन स्मृतियों को मैंने अमानवीय दुःसाहस से कुचल दिया था, वे आज फिर जीवन्त हो उठी हैं।

लेडी ब्रैंडन को असम के मूँगा-रेशम का पूरा थान भेंट किया गया है। वे उसे बार-बार गालों से लगा, उसकी स्निग्धता में आकंठ डूबी जा रही है। विदेशी राजदूत की पत्नी के भारत-दर्शन यात्रादल में मुझे सम्मिलित कर, विशिष्ट सम्मान दिया गया है—यह मैं जानती हूँ। इस समय मुझे क्या-क्या कहना चाहिए, वह भी मुझे ज्ञात है। असम के इस मूँगा-रेशम की विशिष्टता, रणसिंही के स्वर-संगीत की व्याख्या, नागा मुखिया के गले में झूलती मुंड-माला की मौलिकता—इन नाना विषयों पर घंटों धारा-प्रवाह बोल सकती हूँ, किन्तु रणसिंही बीच-बीच में बजती जा रही है। तरुण वादक का नंगा शरीर आग की

लपटों में ताम्रवर्णी लग रहा है, वह बार-बार मुझे ही देख रहा है, जैसे मुझे चुनौती दे रहा हो, "देखो न, भूले-बिसरे चेहरे बिसरना क्या इतना आसान है?"

बड़ी अम्मा, देबूलला, बाबूजी, कुन्दन और गैरिक वसनधारी स्वामी आत्मानन्द सब जैसे हाथ बाँधे मंडलाकार इस अग्निस्तूप की परिक्रमा करने लगे हैं। अल्मोड़ा के गिरजे के मीठे घंटे, देवदार के घनद्रुमों से टकराते बार-बार गूँज रहे हैं। मिशन स्कूल को जाती, हँसती-खिलखिलाती, सीटी बजाती ईसाई लड़कों की लम्बी कतार पूरी सड़क घेर रही है और समरनाथ बाजी की उसी करुण स्वर-लहरी के साथ नेपाली कुलियों के कन्धे पर हुमकती मेरी डोली, मायके की देहरी, कल्पनालोक में एक बार फिर लाँघ रही है। घूँघट की यवनिका के बीच बार-बार नथ के लटकन का दृष्टि-व्याघात पड़ रहा था, फिर भी मुझे चाची के गोल-गोल हाथ पर बँधा पीले-लाल सूत का कंकण स्पष्ट दीख रहा था। बाबूजी की तीखी नाक पर रोली पर चिपकाए गए अक्षत बिखर गए थे, उन्हें कन्धे के लाल दुशाले से पोंछते, वे दाड़िम के पेड़ के नीचे खड़े एकटक मेरी डोली को देख रहे थे। शायद पहली बार उन्हें अपनी मातृहीना पुत्री पर दया आ रही थी। उन्हीं के पास खड़ा कुन्दन, अपने अल्लम-खल्लम कोट में बेहद दुबला लग रहा था। उदास, भयत्रस्त आँखों से, वह तेजी से ओझल होती डाँडी को देखकर एकाएक रो पड़ा था। मातृहीन भाई के उस रुदन की सिसकियाँ आज फिर जैसे किसी टेपरिकार्ड पर बजने लगी हैं।

मेरा कन्यादान चाची ने ही किया था, विमाता अपने सत्रह दिन के शिशु को लेकर मायके चली गई थी। सहसा किस बात को लेकर उनकी बाबूजी से ठन गई, कोई भी नहीं जान पाया। वैसे उन्हें मेरी अन्त्येष्टि क्रिया देखकर सन्तोष ही होता। सप्तपदी के समय, मेरे पति को खाँसी का ऐसा विकट दौरा पड़ गया था कि क्षण-भर को बाबूजी का चेहरा भी पीला पड़ गया। 'कल ही तो पी.पी. लगी है', वर पक्ष की फुसफुसाहट मेरे कानों में गर्म शीशा उड़ेल गई थी। पी.पी. किस जानलेवा राजरोग में लगता है, यह मैं भी जानती थी। पी.पी. लगने की पीड़ा से कराहती मृत्युपथगामिनी रुग्णा माँ के चेहरे को क्या मैं भूल सकती थी।

विमाता के षड्यन्त्र ने ही मुझे दुर्भाग्य का द्वार खटकाने भेज दिया था, फिर वे स्वयं क्यों कन्नी काट गईं? संसार में ऐसे भी बहुत-से व्यक्ति मिलते हैं, जो बकरे की बलि नहीं देख सकते, किन्तु उसका मांस-मज्जा चिंचोड़कर

खाने में उन्हें बड़ा आनन्द आता है। बाबूजी ने शायद पहले उस रिश्ते में कुछ आपत्ति की थी, पर मेरे श्वसुर मेरी विमाता के मामा लगते थे, इसी से बाबूजी की दाल गल नहीं पाई।

मेरे श्वसुर के वैभव का अन्त नहीं था। यह ठीक था कि मेरी दो विधवा जिठानियाँ और एक विधवा ननद, मेरी ससुराल की स्थायी सदस्याएँ थीं, किन्तु उस बीस कमरों के विराट् महल में तीन क्या तीस आश्रिताएँ भी रहतीं, तो भी मेरा उनसे टकराने का कोई प्रश्न ही नहीं उठता था। सास नहीं थी, मेरे पति की विधवा ताई ने ही उन्हें पाला था। मेरे श्वसुर की अनुपस्थिति में वे ही घर की देखभाल करती थीं। दिन डूबे मेरी बारात नैनीताल पहुँची थी। भारी जामदानी, लहँगे और दुहरे पिछौड़े के भार से दुहरी होती मैं, जिसके हाथ का सहारा लेकर उतरी, उसका गौर वर्ण देखकर, क्षण-भर को संशय में पड़ गई। मैंने तो सुना था, मेरे पति काले भुजंग हैं, श्वसुर कुल के उसी अपयशी काले रंग को मिटाने के लिए तो मेरा आह्वान हुआ था।

"आज तक कुल और समृद्धि देखकर बहुएँ लाया, जोसीजी!" मेरे श्वसुर ने बाबूजी से कहा था, "इसी से घर का नैन-नक्श चौपट हो गया। अब के सोचा, भाड़ में जाए समृद्धि, चाँद-सी बहू लाकर कुन्दन-से नाती-नतनियाँ जुटाऊँगा, चाहे बहू गाँव की ही क्यों न हो, पर हो लाखों में एक!" सचमुच ही अपनी दोनों जिठानियों और ननदों को देखकर मैं भय से स्तब्ध रह गई थी। क्या चेहरा था बड़ी जिठानी का, बालों से भरा संकुचित ललाट, अन्दर को धँसी क्रूर आँखें, बाहर को निकले विकराल गजदन्त और एकदम मुँड़ा सिर। दूसरी जिठानी भी उन्हीं की टक्कर की थीं, हरिद्वार से वे भी बड़ी के साथ हाल ही में सिर मुँड़ाकर लौटी थीं। वैधव्य से दोनों का चेहरा और भी भयानक लगने लगा था। बड़ी जिठानी के कोई भी सन्तान नहीं थी। दूसरी के एक राक्षसाकृति अपंग पुत्र था, उसे वे चौबीस घंटे गोदी में टाँगे रहतीं, पन्द्रह वर्ष के उस विचित्र जीव की आँखें किसी भूखे वन्य पशु की-सी थीं। कभी-कभी वह आँख की पुतलियों को लट्टू-सा घुमाता, मेरी ओर देखकर ही-ही कर हँस देता और अपने हंडे-सा भीम मस्तक हिलाने लगता। मैं भय से काँप उठती। बड़ी ननद कलकत्ता के समृद्ध कुमाउँनी परिवार में ब्याही थीं, बंगाल के सुदीर्घ प्रवास ने उनके चेहरे की रही-सही कान्ति भी छीन ली थी। अपने दो काले बच्चों की और भी काली आया के साथ वे एक दिन मुझे घेरकर बैठी, ढोलक पर मेरे द्विरागमन के गाने से, मेरे मायके की दुर्गति-गाथा

गाती मेरी दोनों जिठानियों को पुलकित कर रही थीं, "बन्नी की दादी को ले गया मुसल्ला, मुहल्ले में शोर मचा रे...!" मेरी दोनों जिठानियाँ, मेरी दादी के ही मुसल्ले के साथ भाग जाने से सन्तुष्ट नहीं थीं, वे तालियाँ बजाती मेरी अम्मा, चाची, नानी सबको बारी-बारी मुसल्लों के साथ भगाती, हँसी की लहर से कमरा गुँजा रही थीं कि सहसा वही सुपुरुष, हमारे बीच आकर खड़ा हो गया, जिसने मुझे बस से उतारा था।

"मैं आपका देवर हूँ, भाभीजी! देखता हूँ सुन्दरी भाभी को अशोक वाटिका की काली राक्षसियों ने घेर ही लिया। इनमें भी एक त्रिजटा है, भाभी, उन्हीं के चरण गहो, समझीं।"

आसपास के काले-श्रीहीन चेहरों के बीच, बड़ी अम्मा के हँसमुख चेहरे को मैंने पहली बार ठीक से देखा। उन उदार आँखों में न जाने क्या था कि मेरा माथा स्वयं नत हो गया।

"आग लगे, बज्जर पड़े इन देबूलला पर!" मेरी गजदन्ती जिठानी, बनावटी क्रोध के तेवर चढ़ाकर बोली, "जहाँ हम औरतों को बैठी देखा, वहीं घुस आए, हँसी-ठिठोली की भी तो एक उम्र होती है, लला, अब हमारी-तुम्हारी क्या वह उम्र रह गई है? पर चलो, घर में पहली बार सुन्दरी बहू आई है, तुम्हारे भी सात खून माफ करती हूँ।"

देबूलला बड़ी अम्मा के भतीजे थे, हाल ही में उनकी बदली भी नैनीताल को हो गई थी, इसी से अपनी बुआ के साथ रहने लगे थे। विवाह का भंडार उन्हीं के पास था और मेरी दोनों जिठानियाँ वक्त-बेवक्त उन्हीं से उलझी रहती थीं।

"ए हो, लला, चाबी दे दो, नारियल निकालने हैं।" बड़ी जिठानी, देबूलला के चौड़े कन्धे पकड़कर हिला देतीं।

"नहीं, बाबा," देबूलला पान की पीक मुख में गुलगुलाते, ठिठोली की रसपूर्ण पिचकारी छोड़ देते। "राम भजो, तुम विधवा भाभियों की नीयत बिगड़ते क्या देर लगती है! गई नारियल निकालने और चट से चार लड्डू मुँह में धर लिए।"

"हाय राम, मैं मर गई। सुनती है, मँझली, आज इनके लिए एकादशी के दिन हम अपना धरम भ्रष्ट करेंगी, अनाज के लड्डू चुराकर!"

बलखाती दोनों जिठानियाँ, देबूलला पर अकारण ही ढुलक पड़तीं। उन दोनों का मुग्धा किशोरियाँ का-सा सस्ता अभिनय देखकर मुझे कभी बड़ी

झुँझलाहट होती, पर कहती किससे? पति अपने कमरे में बन्द रहते, मेरे श्वसुर प्रायः ही अपने ठेकों के प्रसंग में तिब्बत और ताकलाकोट की ओर उतर जाते। मुझे बड़ी अम्मा के कमरे में बैठकर, हलाहल छलकते ताल को देखना बड़ा अच्छा लगता। उस हवादार कमरे में, सर्वदा एक अद्‌भुत शान्त वातावरण छाया रहता। कमरे की दीवारें असंख्य देवी-देवताओं की तसवीरों से भरी रहतीं, उन्हीं के बीच टँगी रहती बड़े बाबू की एक आदमकद तस्वीर। बन्द गले के कोट, गोल टोपी और घनी मूँछोंवाले उस रोबदार व्यक्ति का, एक-एक नक्शा मेरे पति से मिलता था। उनके जीवन-काल में घर की बहुएँ ठोंक-पीटकर बदसूरत ही छाँटी जाती थीं।

"सुन्दरी बहुओं पर कम विश्वास था उन्हें, वे आज होते तो तुम इस घर में न आ पातीं," मँझली जिठानी ने मुझसे हँसकर कहा था। पर फिर बड़ी अम्मा इस घर में कैसे आ गईं? क्या सुन्दरी बड़ी अम्मा पर भी बड़े बाबू ने विश्वास नहीं किया? बड़ी अम्मा का चिकना चेहरा, किसी विदेशी नन के निष्पाप चेहरे की ही भाँति सुन्दर था। मैंने उन्हें कभी झल्लाते नहीं देखा। उनके पास बैठना मुझे बड़ा अच्छा लगता था, पर बैठ ही कहाँ पाती थी। पल-भर में ही चिड़चिड़े पति चीखने लगते, "कहाँ गई हो? अंगूर का रस अब क्या खाक पिऊँगा? तुम क्या कर रही थीं बड़ी अम्मा के विधवाश्रम में? क्या तुम्हें भी उसकी सदस्या बनने का शौक चर्राया है?" और मैं उस निर्दयी व्यक्ति के निर्मम व्यंग्य से तिलमिला जाती। इधर नियमित रूप से पी.पी. लगने से उनकी तोंद निकल आई थी। कभी-कभी ठंडी हवा लगने के भय से वे कानों पर मोटा मफलर लपेट लेते तो मुझे लगता बड़ी अम्मा के कमरे में टँगे तैलचित्र से, बड़े बाबू उतर आए हैं। कभी-कभी उनके लाड़ का अन्त नहीं रहता। कहते, "चटपट तैयार हो जाओ, सिनेमा देखने चलेंगे।" लाल बेलोर की ज़रीदार वर्दी में, मेरे श्वसुर के झपानी कुली, मेरी डाँडी को हवा में उड़ा ले जाते, पीछे-पीछे अपने चेस्टनट घोड़े में, गरम कपड़ों के ज़िरहबख्तर में ऐंठे चले आते मेरे पति। सिनेमाघर में हमारे बॉक्स के सम्मुख मेरे पति के देशी-विदेशी मित्रों की भीड़ लग जाती। कितनी ही रानी-महारानियों से मुझे हाथ मिलाना पड़ता, सब मेरे पति को मुझ-सी रूपवती पत्नी पाने के लिए बधाइयाँ देते, तो मैं लज्जा से गड़ जाती। अंग्रेज़ी सिनेमा की उत्तेजना से कभी-कभी मेरे पति को वहीं खाँसी का विकट दौरा पड़ जाता और हमें लौटना पड़ता। उनकी इस गिरती हालत

का समाचार सुनकर, बाबूजी भी भागते चले आए थे। उन्हें देखकर, क्षण-भर को बाबूजी के गौर मुखमंडल पर विषाद की झुर्रियाँ उभर आई थीं। पश्चात्ताप से उनका चेहरा कुछ क्षणों को विकृत हो उठा था, पर दूसरे ही क्षण उन्होंने अपने को संयत कर मुझे आश्वासन दिया था, "सब मंगल होगा छोटी, मैं जाते ही महाकाल के मन्दिर में दामाद के लिए मृत्युंजय का अमृतजाप करूँगा।" किन्तु बाबूजी का अमृतजाप भी उनकी मृत्यु को नहीं जीत पाया।

कहते हैं कि यक्ष्मा के रोगी को, अन्त समय तक ज्ञान बना रहता है। मेरे पति की मृत्यु भी बोलते-बोलते हुई थी, "मेरी घड़ी कहाँ है।" उन्होंने चीखकर पूछा था और उसी चीख के साथ उनकी आँख की पुतलियाँ अचल हो गई थीं। मैं भय से सहमी उनके सिरहाने खड़ी ही रह गई थी। अम्मा की दबी सिसकियाँ, दोनों जिठानियों का सटीक विलाप, सब सुनकर भी मैं नहीं रो पाई। उस कठोर, निर्मम व्यक्ति के साथ बिताए गए सात महीने की अवधि में मुझे एक भी ऐसा प्रणय-प्रसंग स्मरण नहीं आ रहा था, जिसका आधार लेकर मैं बिलख सकती।

घर के अन्य पुरुषों का आना असम्भव था, उन्हें ख़बर भेजने में ही तीन दिन लग जाते। फिर अलकनन्दा की जिस रस्सी के पुल से होकर डाक का हरकारा जाता था, वह भी कुछ दिनों से बन्द था। देबूलला ही कर्त्ता बने। कभी श्मशानघाट की यात्रा के लिए चाय-चीनी जुटा रहे थे, कभी अर्थी में बँधी मेरे पति की लम्बी देह की निरर्थक परिक्रमा कर रहे थे। मैं सोच रही थी, कितना स्वार्थी है मानव, श्मशानघाट की नीरस यात्रा के लिए भी चाय-चीनी जुटाना वह नहीं भूलता। घर में अनोखी निस्तब्धता छा गई थी। स्त्रियों के विलाप के स्वर अवरोह में उतर चुके थे, देहरी पर प्रदीप जलाकर रख दिया गया था, जिससे दूसरे लोक को महाप्रस्थान कर गई आत्मा, मार्ग पर प्रकाश पाती रहे, किन्तु इस लोक में जिस अभागिनी के कक्ष का ज्योति-पुंज सदा के लिए बुझ गया था, उसके लिए प्रकाश की हिन्दू शास्त्र में कोई व्यवस्था नहीं थी। दसवें दिन, पीपल के वृक्ष के नीचे मृत पति को अंजलि देते, मैंने अपने हाथों को देखा, तो स्वयं काँप गई थी। बिना चूड़ियों के मेरे नंगे हाथ मूसल-से लग रहे थे। रंग-बिरंगे सूत की धज्जियों से सँवरा पीपल अपने घने पत्तों की छाँव से आधी पगडंडी घेरे था। पंडितजी की श्लोकावृत्ति के साथ पति की प्रेत-मुक्ति के लिए, दोनों हाथों में जल भरकर मुझे दक्षिण दिशा को छोड़ने का आदेश मिला, तो मैं भय से सहमी हाथ का पानी भी छोड़ना भूल गई थी।

बड़ी अम्मा प्रायः मेरे पास ही बैठी रहतीं। तेरहवीं के पश्चात, उन्होंने मेरा पक्ष लेकर पुत्र-शोक से जर्जरित मेरे श्वसुर के सम्मुख मेरी शिक्षा को पुनर्नवीभूत करने का प्रस्ताव रखा था। मुझे छोटी ननद के साथ कालेज जाने की अनुमति मिली तो मेरी दोनों जिठानियाँ कुढ़कर रह गई थीं। ''पर लग गए हैं छोटी के, अब देखो कब उड़ती है,'' मँझली दिज्यू ने हँसकर कहा था। कैसी विचित्र भविष्यवाणी थी।

धीरे-धीरे मेरे पति की बरसी की तिथि भी आ गई। और मेरी दोनों जिठानियाँ, देबूलला को अपने कटाक्षों से रससिक्त कर फिर भंडारघर में चक्कर काटने लगीं। मुझे उन दोनों को देखकर उबकाई आने लगती। एक ओर तो उनके व्रत और कोरे अनुष्ठानों का अन्त नहीं रहता, दूसरी ओर रँगीले देवर के साथ उनका मर्यादाहीन आचरण देखकर मैं दंग रह जाती। दिन में जिस चादर को बिछाकर, भक्ति-भाव से सिर हिलाती और कृपालदत्त पंडितजी से शिवपुराण सुनतीं, रात को उसी चादर की चाँदनी बिछाकर देबूलला और उनके एक रसिक प्रवर मित्र को लेकर, ताश की ब्रिजलीला जमातीं। दोनों जिठानियाँ अंग्रेज़ी के नाम पर ए, बी भी नहीं पहचानती थीं, किन्तु आक्शन और कांट्रैक्ट ब्रिज के अखाड़े के कुशल से कुशल खिलाड़ी को भी वे बुरी भाँति पछाड़ देती थीं।

देबूलला बार-बार मुझे भी आमन्त्रित करते रहते, पर मैं बड़ी अम्मा के पास बैठी रहती। कभी-कभी देबूलला के आग्रह से बड़ी दिज्यू बुरी तरह झुंझला उठतीं, ''नहीं आती, तो बेकार क्यों खींच रहे हो—ताश खेलना क्या दिमागी लोगों का काम है? छोटी ठहरी कॉलेज की लड़की, वह क्यों खेलेगी! वह तो पढ़-लिखकर कलक्टर बनेगी, है न छोटी!''

बड़ी दिज्यू, न जाने आज तुम कहाँ हो! यदि पास होतीं, तो दिखा देती, कलक्टर ही नहीं कमिश्नर ने भी मेरे पाँव धोए हैं। ऐसे ही एक विदेशी अतिथिदल को घुमाने कश्मीर ले गई थी। वहाँ की स्वर्गीय झील में हमारी हाउसबोट 'स्वीट किस' नील-नीले फूलों से सजाई गई थी। ऐंठी-मरोड़ी मूँछों का स्वामी, एक अवकाशप्राप्त आई.सी.एस. कमिश्नर भी हमारे दल में था। नौकरी से अवकाश प्राप्त करने पर भी यह जीवन की मौज-मस्ती से अवकाश प्राप्त करने के मूड में एकदम ही नहीं था। कभी लड़खड़ाती किश्ती का बहाना ढूँढ़, अकारण ही मुझे बाँहों में सँभाल लेता, कभी ज़ोर-ज़ोर से इकबाल की कविता की आवृत्ति करने लगता और कभी मेरे पास झुककर पूछ बैठता, ''बता

संकती हैं, यहाँ हाउसबोट का चलन कब से हुआ?''

मेरे विदेशी पर्यटक भी, मेरी व्याख्या सुनने मेरे इर्द-गिर्द घेरा बनाकर खड़े हो जाते। अपने धूप के चश्मे को साधकर मैं अपनी कंठनली का टेपरिकार्ड चालू कर देती कि किस प्रकार एक विदेशी ने कश्मीर की धरा पर प्रासाद बनाने की अनुमति माँगी थी, कश्मीर-नरेश का चतुर मस्तिष्क विदेशी की चाल को भाँप गया था।–छोटा-सा प्रासाद बनाकर वह चतुर विदेशी किसी दिन कश्मीर की धरा को अपने प्रासादों से भर देगा। रात-ही-रात में एक नये कानून की सृष्टि हुई थी, विदेशी प्रासाद अवश्य बना सकता है, पर उस धरा पर उसका अधिकार नहीं रहेगा। विदेशी ने फिर भी बौद्धिक शतरंज की बाजी जीत ली थी, एक चलता-फिरता प्रासाद जल में तैराकर। स्थल पर बने प्रासाद के अधिकार का प्रश्न उठ सकता था, जल पर तैरते प्रासाद पर कैसी आपत्ति?

मुसलमान कमिश्नर अपने चट किए गए प्रश्न का पट उत्तर पाकर खिल गया था। मेरी सलीमशाही जूतों में कीचड़ लग गया था, चट से अपना रेशमी रूमाल निकालकर पोंछते हुए उसने कहा था, ''आपको एयर होस्टेस किसने बिना दिया, आई.ए.एस. में बैठी होतीं तो निश्चय ही कलक्टर बन जातीं।''

मैं कैसे कहती, कभी यह मेरी बड़ी दिज्यू ने भी कहा था।

प्रयाग के कुम्भ-स्नान के लिए जब मैं बड़ी अम्मा और जिठानियों के साथ त्रिवेणी तट पर गई थी, तब प्रयाग के पंडे की विलक्षण स्मरण-शक्ति देखकर दंग रह गई थी। कुमायूँ का कोई भी ऐसा व्यक्ति नहीं था, जिसकी वंशवेलि की जड़ उसके मस्तिष्क में न हो, फलाँ जो फलाँ के बेटे, बाईं गाल पर तिल, एक आँख कानी। धन्य था वह पंडा, किन्तु आज मैं उस पंडे को भी मात दे सकती हूँ। बड़ी नाव में हमें भरकर वह संगम में डुबकी लगाने ले गया था। हाथ पकड़कर दोनों जिठानियाँ मुझे गहरे जल में खींच ले गई थीं। मिट्टी-रेत से सनी वह पुरानी खंखड़ नाव और फूलों से सजा कश्मीर का वह शिकारा, अन्तर था। अन्तर नहीं था, पुरुष की लोलुप दृष्टि में। जल में डुबकियाँ लगाने पर पतली साड़ी से झाँकते मेरे देह-लावण्य में उस प्रौढ़ पंडे की भूखी दृष्टि और झील में तैरकर बाहर निकलने पर मुझे निगलती उस आई.सी.एस. प्रौढ़ कमिश्नर की भूखी दृष्टि में क्या कुछ अन्तर था? मेले की भीड़ को चीरती दोनों जिठानियों में मँझली के उत्साह का अन्त नहीं रहता। यह मानो उनके शुष्क जीवन की एक सुरम्य पिकनिक थी। भिखारियों की भीड़ की, शिव की

बारात के सम्मुख वे ठगी-सी खड़ी रह जातीं। प्रत्येक अपंग, घिनौने भिखारी का इंटरव्यू लेते-लेते, कभी अपनी हृदयहीन हँसी से दिशाएँ गुँजा देतीं, ‘‘मर अभागे! नाक कहाँ गई रे तेरी! हाय-हाय छोटी, देख-देख, मुँह है ही नहीं... क्यों रे, खाना कैसे खाता है तू?’’ लकड़ी की गाड़ी में लुंजपुंज मांस के किसी लोथड़े से वह ऐसे बेतुके प्रश्न पूछतीं कि पंडा भी बड़बड़ाने लगता, ‘‘बहूजी, तीरथ करने आई हो या मेला देखने!’’

‘‘चुप रहो, पंडाजी, ऐसी चीजें क्या बार-बार मिलती हैं देखने को! बहुत हड़बड़ी मचाई, तो श्राप दे दूँगी, तुम्हारी भी ऐसी ही गति होगी अगले जनम में!’’ हो-हो कर रसिक पंडा मेरी जिठानी के कान के ही पास मुँह ले जाकर न जाने क्या कहता कि वह हँसती-हँसती दुहरी हो जातीं। स्पष्ट न सुन पाने पर भी पंडे के अस्पष्ट स्वर मैंने सुन लिए थे। उस अभागे नासिकाहीन भिखारी की दुरवस्था का किसी नासिका-लोलुप बीभत्स रोग से सम्बन्ध जोड़कर त्रिपुंडधारी पंडा अपने अश्लील परिहास से रसिकचित्त का परिचय दे रहा था और मेरी दोनों जिठानियाँ अपने रामनामी दुपट्टे मुँह में ठूँसे हँसती-हँसती दुहरी हो गई थीं।

कभी-कभी मुझे बड़ी अम्मा की तटस्थता पर झुँझलाहट हो आती। सबकुछ देखकर भी वे निरन्तर माला जपती रहतीं।

आए दिन हमारे यहाँ कीर्तन-सभा होती। मार्बल-मंडित गोल कमरे को गंगाजल से धोकर, बीच में यज्ञवेदी सजाई जाती। कर्मकांडी ब्राह्मणों की उदर-पूर्ति हेतु मेवे की खीर लबालब कड़ाही में छलकने लगती। उपासना-सभा का सभापतित्व ग्रहण करता, गैरिकवसनधारी सौम्याकृति का पाखंडी स्वामी आत्मानन्द। उसके गौर ललाट पर गोरोचन का टीका रोली से सँवरा रहता, दोनों बड़ी-बड़ी आँखों की रेशमी पलकों का सौन्दर्य, किसी भी सुन्दरी की पलकों से होड़ ले सकता था। निकट से देखने पर भी उसकी वयस की मरीचिका, चतुर-से-चतुर व्यक्ति को भी भटका सकती थी। उसके आने का समाचार, पूरे शहर में हवा की भाँति उड़कर फैल जाता और देखते-ही-देखते, हमारा दालान डाँडी और घोड़ों से भर जाता। भजन-कीर्तन और झाँझ-करताल के संगीत से ऊबकर मैं सीमान्त के कमरे में बन्द हो जाती। उस धूर्त स्वामी की मैं नस-नस पहचानती थी। मुझसे कहता था, ‘‘राधिका!’’ जयदेव के पद गुनगुनाता वह निर्लज्ज, कभी बड़ी अम्मा के सामने ही कहता, ‘‘राधे, मेरे पैर दाब दे।’’

बड़ी अम्मा मेरी चुप्पी का दूसरा ही अर्थ लगातीं, शायद उतने बड़े महात्मा के चरण छूने में मुझे संकोच हो रहा था।

''देख क्या रही है, बहू, दाब दे न पैर!'' बड़ी अम्मा का आदेश मैं कैसे टाल सकती थी? सिर झुकाए उसके चरण दाबने लगती, तो मुझे लगता असंख्य घिनौने कीड़े मेरी हथेलियों में कुलबुलाने लगे हैं। कभी-कभी सबकी दृष्टि बचाकर, वह मेरी हथेली अपने पैरों के बीच दबा लेता, उसकी भूखी आँखों की दुनाली से वासना की गोलियाँ दनदनाने लगतीं, दूसरे ही क्षण मेरी कठोर मुखमुद्रा देख, वह नट की फुर्ती से अपने को संयम की रस्सी पर साध लेता और ऊँचे स्वर में गीता के श्लोकों की आवृत्ति करने लगता। मेरे जी में आता, उसकी स्वर्ण-मंडित पादुका उसके सिर पर दे मारूँ, पर लोगों की दृष्टि में उस परमहंस बाबा की महिमा अपार थी, उसका चरणोदक शीशियों में भरकर विदेश तक भेजा जाता था। मैं कुछ कहती, तो वह लम्पट मुझे ही लपेट लेता। फिर एक बात और थी, उस तान्त्रिक की अघोरी दृष्टि में कुछ ऐसी सम्मोहिनी थी कि वह एक बार आँखें चार होने पर देखनेवाले को मनमानी उठक-बैठक करवा सकता था। मैं कभी भूलकर भी उसकी ओर नहीं देखती थी। उसने भाँति-भाँति की चेष्टाएँ कर ली थीं। कहता, ''राधे, देख तो मेरी आँख में शायद तिनका पड़ गया है, बड़ा गड़ रहा है।'' मैं बड़ी दिज्यू को भेज देती। कभी वह फिर पुकार लगाता, ''राधे, मेरी आँखों में चन्द्रोदय बूटी तू ही डाल दे, बड़ी और मँझली ठीक से नहीं डाल पातीं।'' मैं कोई-न-कोई बहाना बनाकर टाल जाती। उधर देबूलला का दुःसाहस दिन दूना, रात चौगुना बढ़ता जा रहा था। कई बार साहस बटोरकर बड़ी अम्मा से कहने भी गई, किन्तु लाल थैली में छिपे उनके हाथ माला फेरते रहते, आँखों में उनके अन्तर की शुचिता छलक उठती, पाठ करते-करते वे दर्शन के झटके से ही पूछतीं, ''कुछ काम है?''

उनकी भोले शिशु की-सी अम्लान हँसी देखकर मुझे कुछ कहने का साहस ही न होता और मैं चुपचाप लौट आती। देबूलला पर बड़ी अम्मा का अगाध स्नेह था, फिर एक लम्बे अरसे से वे मेरी जिठानियों के साथ रहते आए थे, कभी किसी को उनके विरुद्ध शिकायत नहीं रही थी, मेरे ही लिए वे एकाएक इतने बुरे कैसे हो गए? फिर मेरे पास सबूत ही क्या था? कहीं बड़ी अम्मा भी मुझे गलत समझ बैठीं तो मेरा कहाँ ठिकाना रह जाएगा? जल में रहकर मगर से बैर नहीं हो सकता, फिर मगर क्या एक ही था?

मुक्ति का एक ही उपाय था। चन्द्रावती मसीह मेरे साथ पढ़ती थी। हम दोनों की मैत्री, विमाता की पैनी दृष्टि की लपटों से भी नहीं झुलस पाई थी। मिशन की नाना सुविधाओं की सीढ़ियाँ पार कर वह एक ऊँची नौकरी पा गई थी। दिल्ली में वह अपने मामा के साथ रहती थी; "मामा बहुत बड़े-बड़े लोगों को जानते हैं, मुझे अनायास ही हवाई जहाज़ में एयर होस्टेस बना देते," उसने लिखा था, "पर यह काला-कलूटा चेहरा निगोड़ा बैरी बन जाता है। तू यहाँ चली आ और तेरे परी-से चेहरे को देखते ही वे तुझे एयर होस्टेस बना लेंगे।"

कितना सुन्दर प्रस्ताव था! पृथ्वी के भूखे भेड़ियों की पहुँच से दूर उड़कर एकदम आकाश में! मेरी दोनों जिठानियाँ स्वामीजी के साथ, सुदीर्घ तीर्थयात्रा भ्रमण पर चली गई थीं। बड़ी अम्मा के दोनों हाथ रहते लाल थैली में और आँखों ने छल-प्रपंच को पकड़ना नहीं सीखा था।

मैं भाग गई, क्षण-भर को संस्कारों की बेड़ियों ने पैरों को जकड़ लिया, अन्तरात्मा धिक्कार उठी, 'छिः-छिः, जिस थाली में खाया, उसी में छेद कर रही है। जिस बड़ी अम्मा ने पढ़ाया, स्वतन्त्रता दी, उसी को छलकर भाग रही है।' फिर आँखों में तैरने लगती बाबूजी की कर्मनिष्ठ सतर पीठ, लोगों के व्यंग्यबाणों से छिदता मौसी का करुण चेहरा, पीलिया रोग से उठे रुग्ण मातृत्वहीन कुन्दन की सहमी-सहमी आँखें। कभी-कभी वह भागकर मुझसे मिलने चला आता था, अब किसके पास जाएगा...?

पर आँसुओं के साथ-साथ धुँधली आकृतियाँ धीरे-धीरे बह गईं—मैं अब पृथ्वी छोड़कर आकाश पर आ गई हूँ। दरिद्र भाई की व्यथा हृदय को अभी भी कचोटती है। जब अन्तिम बार वह मुझसे मिलने आया, तो मौसी के बेटे की उतरन का अधरंगा वही नीला ब्लेजर पहने था, जिसकी दोनों कुहनियों पर मैंने लाल पैबन्द लगा दिए थे। अब पैबन्द भी फटकर फड़फड़ाने लगे थे। उसकी आँखों की नीली पुतलियाँ, काँच की नीली गोलियों-सी चमक उठी थीं। हम दोनों भाई-बहनों की आँखें एक ही-सी थीं—गहरी नीली।

चार मील दूर गणनाथ के स्कूल का उतार वह अपने लोहे के पहिये को तार के चाबुक से भगाता मिनटों में पार कर लेता, किन्तु लौटने की चढ़ाई का मार्ग लोहे के निर्जीव अश्व और सजीव अश्वपति दोनों को क्लान्त कर देता।

दिन डूबते ही उसकी बालसुलभ उत्सुकता और बढ़ जाती, "दीदी, तुम क्या आसमान के सितारों में अम्मा का सितारा पहचान सकती हो?" वह

लेटा-लेटा मुझसे पूछता। न जाने किसने उससे कह दिया कि मरने के बाद सब सितारे बनकर टिमटिमाने लगते हैं। "दीदी, तुम्हें कोई दस लाख रुपये दे, तो क्या तुम अकेली जागेश्वर के श्मशानघाट तक जा सकती हो?"

"हाँ," मैं उसके निरर्थक प्रश्न का निरर्थक उत्तर देती और वह मेरे पास सरक आता।

दस लाख रुपये के लोभ में, श्मशानघाट की यात्रा अकेली ही कर लेने की दुःसाहसिनी दीदी का दृढ़ संकल्प उसे विचलित कर देता।

कभी-कभी हमारे ग्राम के आकाश का वक्ष विदीर्ण कर धुआँ छोड़ता जेट विमान निकल जाता, तो वह पगला-सा आता, "अरे, मदनिया-हिरुवा, देखो चीलगाड़ी! दीदी, चीलगाड़ी, आहा रे, चीलगाड़ी, ओ हो रे, चीलगाड़ी!"

अपनी पतली सींक-सी बाँहें आकाश की ओर नचाता वह गोल-गोल घूमने लगता, "चीलगाड़ी रे चीलगाड़ी।"

आज उसकी दीदी उसी चीलगाड़ी में न जाने कितने देश-विदेश घूम चुकी है। राजसी अतिथियों के वायुयान में मेरी उपस्थिति अनिवार्य हो उठी है। मेरी नीली आँखें, गोरा रंग कभी-कभी किसी विदेशी अतिथि को उलझन में डाल देते हैं। "एक्सक्यूज़ मी, क्या आप तुर्क हैं?" वह मुझसे पूछता है—मैं हँस देती हूँ। अपनी भुवनमोहिनी हँसी को मैंने अब पहचान लिया है। भारत के वेदान्त, दर्शन, संगीत से लेकर करी-पाउडर की भोजन-सामग्री, साड़ी पहनने की शिक्षा, सबका विस्तृत विवरण देकर मैं अतिथियों की आकाश-यात्रा को आश्चर्यजनक रूप से मनोरंजक बना देती हूँ। किन्तु अचानक हँसी-कहकहों और प्रश्नोत्तरों के बीच मैं उदासी में डूब जाती हूँ। क्या पता नीचे विराट् धरती पर वायुयान का शब्द सुन, नीले ब्लेजर के लाल पैबन्द फड़फड़ाता अपने लोहे के अश्व को तार के चाबुक से साधे कोई चीख-चीखकर अपने साथियों को पुकार रहा है, "अरे, मदनिया, हिरुवा, देखो चीलगाड़ी..."

सहसा मैं परिश्रम से मुखस्थ किया गया अपना वेदान्त-दर्शन और साड़ी-शिक्षा का पाठ भूल जाती हूँ, मुझे लगता है, आकाश के नीले ब्लेज़र में डूबते सूर्य की अरुणशिखा के दो फटे पैबन्द फड़फड़ा रहे हैं और दो दुबले सींक-से हाथ आकाश की ओर उठा-उठाकर कोई नाचता-घूमता गा रहा है, "आहा रे, चीलगाड़ी! ओहो रे, चीलगाड़ी!"

पिटी हुई गोट

दीवाली का दिन। चीना पीक की जानलेवा चढ़ाई को पार कर जुआरियों का दल दुर्गम-बीहड़ पर्वत के वक्ष पर दरी बिछाकर बिखर गया था। एक ओर एक बड़े-से हँडे से बेनीनाग की हरी पहाड़ी चाय के भभके उठ रहे थे, दूसरी ओर एक पेड़ के तने से सात बकरे लटकाकर आग की धूनी में भूने जा रहे थे। जलते पशम से निकलती भयानक दुर्गन्ध, सिगरेट व सिगार के धुएँ से मिलकर अजब खुमारी उठा रही थी। नैनीताल से चार मील दूर, एक बीहड़ पहाड़ी पर जमा यह अड्डा आवारा रसिकजनों का नहीं था। सात-आठ हज़ार से कम हस्ती का आदमी वहाँ प्रवेश भी नहीं पा सकता था। टेढ़ी खद्दर की टोपी को बाँकी अदा से लगाए तरुण नेता महिम भट्ट, मालदार कुन्दन सिंह, कुँवर लालबहादुर, सुन्दर जोशी आदि एक-से-एक गण्य-मान्य व्यक्ति, महालक्ष्मी का पूजन-प्रसादी ग्रहण कर अपने गुप्त अड्डे पर पहुँच जाते। छाती से ताश की गड्डी चिपकाकार। टेढ़ी आँखों से दूसरे खिलाड़ी के पत्तों की ग्रहस्थिति भाँपना, झूठी गीदड़-भभकियाँ देकर चालें चलना, उन सिद्धहस्त पारंगत खिलाड़ियों के बाएँ हाथ का खेल था। उस दायरे में प्रायः आठ-दस ही खिलाड़ी रहते, क्योंकि चीना पीक के उस बादशाही खेल ही चालें चलना हर किसी के लिए सम्भव भी नहीं होता। मिनटों में ही वहाँ एक हज़ार की चाल तिगुनी कर पत्ते खुलवाए जाते, कभी कत्थे और चीड़ के ठेके दाँव पर लगाए जाते और कभी अयारपाटा और अपर चीना-स्थित भव्य साहबी बँगले। नैनीताल के कई लखपति चीना पीक की उसी वीरानी से वीरान बनकर लौटे थे, फिर भी प्रत्येक महालया को उसी धूम और उसी गरज-तरज से फिर अड्डा जम जाता। "कल रात सुना, चीनियों ने हमारी तीन चौकियाँ और जीत लीं," लालशाह ने हाथ में सुरती मलकर, अपने मोटे लटके होंठों के भीतर भरकर कहा।

"अबे, हटा भी! कहाँ की मनहूस खबर ले आया! सारे पत्ते बिगाड़ दिए!" लालशाह को कुहनी से मारकर, विक्रम पालथी समेट, ओट में अपने पत्ते देखकर बोला, "ले, देखें चीनी एक हाथ हमारे साथ! दस-दस को इसी तरह पटक दूँगा!" पत्ते पटाख से ज़मीन पर फेंककर उसने कहा। पिछली बार वह अपनी शाहनी की, शुतुरमुर्ग के अंडों के आकार की नेपाली मूँगमाला यहीं हार गेया था, इसी से साधारण पत्तों पर वह झूठी चाल नहीं चल रहा था।

"लो भई, एक चाल मेरी!" चुटकियाँ बजाते महिम भट्ट ने सौ का नोट फेंका और गिद्ध दृष्टि से एक ही पल में न जाने किस जादुई शक्ति से सबके अदृश्य पत्ते भाँप लिए। पत्तों की गरिमा उसके लाल आलूबुखारे-से गालों पर भी उभर आई, मन के उत्साह को वह किसी प्रकार भी नहीं दबा पा रहा था। कभी चुटकियाँ बजाता, कभी खद्दर की टोपी को तिरछी करता, कभी गुनगुनाता और कभी ज़ोर-ज़ोर से अंग्रेज़ी गानों की बेसुरी आवृत्ति ही किए जा रहा था। खेल रंग पकड़ रहा था, फरफराते नोटों को एक बड़े-से पत्थर से दाब दिया गया। महिम भट्ट की चाल ऐसी-वैसी नहीं होती, यह सब जानते थे। वह शून्य में लटकनेवाला त्रिशंकु नहीं था। एक-एक सबने पत्ते डाल दिए। केवल एक व्यक्ति ही डटा रहा और वह था एक नौसिखिया खिलाड़ी, गुरुदास! कुछ खेल की जिद, कुछ चातुर्य से उकसाता खिलाड़ी महिम भट्ट उसे ले बैठे। पत्ते खुले, तो वह आठ हज़ार हार गया था। दोनों हाथ झाड़कर वह उठने लगा, तो लालशाह ने खींचकर बिठा दिया, "वाह-वाह! ऐसे नहीं उठ सकते मामू! खेल ठीक बारह बजे तक चलेगा।"

"अब है ही क्या जो खेलूँ!" गुरुदास ने फटे गबरून के कोट की दोनों जेबें उलट दीं।

"अमाँ, है क्यों नहीं? वह साली मेवे की दुकान का क्या अचार डालोगे? लग जाए दाँव पर," महिम भट्ट ने चुटकियाँ बजाकर कहा और पत्ते बँट गए। बारह बजने में पाँच मिनट थे, पर गुरुदास की घड़ी में सब घंटे बज चुके थे—वह कौड़ी-कौड़ी कर जोड़ी गई आठ हज़ार की पूँजी ही नहीं, बाप-दादों की धरोहर, अपनी प्यारी दुकान भी दाँव पर लगाकर हार चुका था। ठीक घड़ी के काँटे के साथ ही खेल समाप्त हुआ। एक-एक कर सब खिलाड़ी हाथों की धूल झाड़कर चले गए थे। कड़कड़ाती ठंड में पेड़ के एक ठूँठ तने पर अपनी कुबड़ी पीठ टिकाए, निष्प्राण-सा गुरुदास शून्य गगन को एकटक देख रहा था। अब वह क्या लेकर घर जाएगा? उसकी प्यारी-सी दुकान, जिसकी गद्दी पर

वह छोटी-सी सग्गड़ में तीन-चार गोबर और कोयले के लड्डू धमकाकर, चेस्टनट-अखरोट और चेरी-स्ट्राबेरी को मोतियों के मोल बेचा करता था, अब उसकी कहाँ थी? महीने की रसद लाने के लिए पाँच का नोट भी तो नहीं रहा था जेब में। टप-टप कर उसके झुर्री पड़े गालों पर आँसू टपकने लगे, फटी बाँह से उसने आँखें पोंछी ही थीं कि किसी ने उसका हाथ पकड़कर बड़े स्नेह से कहा, "वाह दाज्यू! क्या इसी हौसले से खेलने आए थे? कैसे मर्द हो जी, चलो उठो, घर चलकर एक बाजी और रहेगी।"

गुरुदास ने मुड़कर देखा, उसका सर्वस्व हरण करनेवाला महिम भट्ट ही उसे खींचकर उठा रहा था।

"क्यों मरे साँप को मार रहे हो भट्टजी? अब है ही क्या, जो खेलूँगा!" बूढ़ा गुरुदास सचमुच ही सिसकने लगा।

"वाह जी वाह! है क्यों नहीं? असली हीरा तो अभी गाँठ ही में बँधा है। लो सिगार पीओ।"—कहकर महिम ने अपनी बर्मी चुरुट जलाकर, स्वयं गुरुदास के होंठों से लगा दिया।

बढ़िया तम्बाकू के विलासी धुएँ के खँखार में गुरुदास की चेतना सजग हो उठी, "कैसा हीरा, भट्टजी?"

महिम ने उसके कान के पास मुख ले जाकर कुछ फुसफुसाकर कहा और गुरुदास चोट खाए सर्प की तरह फुफकार उठा, "शर्म नहीं आती रे बामण! क्या तेरे खानदान में तेरी माँ-बहनों को ही दाँव पर लगाया जाता था?"

पर महिम भट्ट एक कुशल राजनीतिज्ञ था, कौटिल्य के अर्थशास्त्र के गहन अध्ययन ने उसकी बुद्धि को देशी उस्तरे की धार की भाँति पैना बना दिया था। मान-अपमान की मधुर-तिक्त घूँटों को नीलंकठ की ही भाँति कंठ में ग्रहण करते-करते वह एकदम भोलानाथ ही बन गया था। कड़ाके की ठंड में आहत गुरुदास की निर्वीर्य मानवता को वह कठपुतली की भाँति नचाने लगा। "पांडवों ने द्रौपदी को दाँव पर लगाकर क्या अपनी महिमा खो दी थी? हो सकता है दाज्यू, तुम्हारी गृहलक्ष्मी के ग्रह तुम्हें एक बार फिर बादशाह बना दें।'

अपनी मीठी बातों के गोरखधन्धे में गुरुदास को बाँधता, महिम भट्ट जब अपने द्वार पर पहुँचा, तो बूढ़ा उसकी मुट्ठी में था। "देखो, इसी साँकल को जरा-सा झटका देना और मैं खोल दूँगा। निश्चिन्त रहना दाज्यू, किसी को

कानों-कान खबर नहीं लगने दूँगा।''

बिना कुछ उत्तर दिए ही गुरुदास घर की ओर बढ़ गया। दिन-भर वह अपनी छोटी-सी दुकान में चेस्टनट, स्ट्रॉबेरी और अखरोट बेचता था। उसकी दुकानदारी सीजन तक ही सीमित थी, भारी-भारी बटुए लटकाए टूरिस्ट ही आकर उसके मेवे खरीदते। पहाड़ियों के लिए तो स्ट्रॉबेरी और अखरोट, चेस्टनट, घर की मुर्गी दाल बराबर थी। डंडी मारकर बड़ी ही सूक्ष्म बुद्धि से वह दस हजार जोड़ पाया था, दो हजार शादी में उठ गए थे। तिरसठ वर्ष की उम्र में उसने एक बार भी जुआ नहीं खेला था, किन्तु आज लाल के बहकावे में आ गया था। लाल उसका भानजा था। ''हद है मामू! एक दाँव लगाकर तो देखो! क्या पता, एक ही चोट में बीस हजार बना लो! न हो तो एक हाथ खेलकर उठ जाना।''

''तू आज भीतर से कुंडी चढ़ाकर खा-पीकर सो रहना। मुझे भीमताल जाना है।'' उसने पत्नी से कहा और गबरून के फटे कोट पर पंखी लपेटकर निकलने ही को था कि कुन्दन-लगी नथ के लटकन की लटक ने उसे रोक लिया। सुभग-नासिका भारी नथ के भार से और भी सुघड़ लग रही थी। अठारह वर्ष की सुन्दरी बहू को बिना कुछ कहे भला कैसे छोड़ आते। ''अरी सुन तो,'' कहकर उन्होंने पत्नी को खींच छाती से लगाकर कहा ''तू जो कहती थी न कि पिथौरागढ़ की मालदारिन की-सी सतलड़ तुझे गढ़वा दूँ! भगवान ने चाहा, तो कल ही सोना लेकर सुनार को दे दूँगा।'' बिना कुछ कहे चन्दो पति से अपने को छुड़ाकर प्रसाद बनाने लगी। तीन वर्ष से वह प्रत्येक दीवाली पर पति का यही व्यर्थ आश्वासन सुनती आई थी। उधर बूढ़ा लहसुन भी खाने लगा था, ऐसी दुर्गन्ध आई कि उसका माथा चकरा गया।

रिश्ते में बहू लगने पर भी वह चन्दो की हमउम्र थी और दोनों में बड़ा प्रेम था। ''मामाजी, आज खूब मन लगाकर लक्ष्मीजी को पूजना, मामाजी दस हजार लेकर जुआ खेलने गए हैं।'' अपने सुन्दर चेहरे से नथ का कुन्दन खिसकाकर वह बोली।

जलते घी की सुगन्धि से कमरा भर गया। ''हट, आई है बड़ी! उन बेचारों के पास दस हजार होते तो कार्तिक में मेरी यह गत होती?'' फटे सलूके से उसने अपनी बताशे-सी सफेद कुहनी निकालकर दिखाई।

''तुम्हारी कसम मामी, ये भी तो गए हैं। इन्होंने अपनी आँखों से देखा।''

चन्दो कड़ाही में पूड़ी डालना भी भूल गई। कल ही उसने एक गरम सलूके के लिए कहा, तो गुरुदास की आँखों में आँसू आ गए थे, "चन्दो, तेरी कसम, जो इस सीजन में एक पैसा नफा मिला हो! न जाने कहाँ के भिखमंगे आकर नैनीताल में जुटने लगे हैं, अखरोट-चेस्टनट क्या खायेंगे? दो आने की मूँगफलियाँ ही लेकर टूँग लेते हैं। मेरा कोट देख!" कहकर उसने कोट की फटी खिड़की से कुरते की बाँह ही निकालकर दिखा दी थी। "तू कहती क्या है बहू! दस हज़ार उनके पास कहाँ से आएँगे?"

"लो, और सुनो!" लालबहू झुँझलाकर उठ गई, "तभी तो ये कहते हैं कि मामाजी ने पुण्य किये थे, जो मामी-जैसी सती लक्ष्मी मिली। मिलती कोई ऐसी-वैसी, तो जानते कै बीसी सैकड़ा होते हैं। चलूँ भाई, मुझे क्या! तुमसे माया-पिरेम है, इसी से न चाहने पर भी मुँह से निकल ही जाता है।"

वह चली गई, तो चन्दो सोच में डूबी बैठी ही रह गई। सचमुच वह लक्ष्मी थी। सतयुग की सती, जिसका सुनहरा चित्र कलयुगी चौखटे में एकदम ही बेतुका लगता था। तीन वर्ष पहले उसके दरिद्र माता-पिता पिथौरागढ़ के अग्निकांड में भस्म हो गए थे। कभी उसने चावल चखे भी नहीं थे, मानिरा के माँड से गुजर करनेवाला उसका दरिद्र परिवार नष्ट हुआ तो बिरादरीवाले उस अनाथ सरल बालिका को नैनीताल के एक दूर के रिश्ते के ताऊ के मत्थे पटक गए। प्रायः ही वह गुरुदास की दुकान पर सब्जी लेने जाती। कद्दू, मूली और पहाड़ी बंडे के बीच खड़ी उस रूप की रानी पर साहजी बुरी तरह रीझ गए और एक अन्धे के हाथ बटेर लग गई। साठ वर्ष के साह ने सेहरा बाँधा, तो नैनीताल के उत्साही तरुण छात्रों ने काले झंडे लेकर जुलूस भी निकाला, पर जुलूस के पहले ही, पिछवाड़े से साहजी अपनी दुल्हन को लेकर घर पहुँच चुके थे।

वह साह ही तीसरी पत्नी थी, इसी से उसका जी करता था कि उसे भी चूल्हे के नीचे अपनी दस हज़ार की सम्पत्ति के साथ गाड़कर रख दे, पर धीरे-धीरे उस सौम्य सन्त बालिका के साधु आचरण ने उसके शक्की स्वभाव को जीत लिया। न वह पास-पड़ोस में उठती-बैठती, न कहीं जाती। गुरुदास दूकान पर जाता, तो वह अपने प्रकाशविहीन कमरे में पति के पूरी बाँह के जीर्ण स्वेटर को उधेड़कर आधी बाँह का बनाती, तो कभी आधी बाँह के पुराने बनियान से मोजे बनाती। गुरुदास नया ऊन तो दूर, सलाइयाँ भी लेकर नहीं देता था। एक बार उसने सलाइयों की फरमाइश की, जो चट से गुरुदास ने

अपने पुराने छाते से ही मोड़-माड़कर विभिन्न आकार की चार जोड़ा सलाइयाँ बना दी थीं। किन्तु पड़ोसिनों और आत्मीय स्वजनों के उभारे जाने पर भी चन्दो ने कृपण पति के प्रति बगावत का झंडा नहीं खड़ा किया। उसे सचमुच ही पति के प्रति अनोखा लगाव था। उस लगाव में प्रेम कम, कृतज्ञता ही अधिक थी किन्तु बचपन से वह बूढ़ी दादी और पतिपरायण माता से पतिभक्ति का ही उपदेश सुनती आई थी, "पति से द्रोह करनेवाली स्त्री की ऐसी दशा होती है!" दादी ने अपढ़ भोली बालिका को 'कल्याण' में चील-कौओं से नोंची जानेवाली छटपटाती स्त्री का चित्र दिखाकर कहा था। फिर गुरुदास उसे बड़े ही प्यार से पुचकारकर बुलाता, बड़े से दोने में भरकर जलेबी लाने में वह कभी कंजूसी नहीं दिखाता था और जिसे जीवन के पन्द्रह वर्षों में मिठाई तो दूर, भरपेट अन्न भी न जुटा हो, उसके लिए नित्य जलेबी का दोना पकड़ानेवाला पति परमेश्वर नहीं, तो और क्या होता! गुरुदास चन्दो के अन्धकारमय जीवन का प्रथम प्रकाश था। वह अपनी खिड़की से नित्य नवीन साड़ियों में मटकती, सीजन की सुन्दरियों को देखती, तो कभी उसे डाह नहीं होती। गुरुदास दूकान से लौटता, सँकरी सीढ़ियों पर पति की फटीचर जूतियों की फत्त-फत्त सुनकर वह आश्वस्त होकर उठती, गरम राख से अंगारे निकालकर आग सुलगाती, चाय बनाकर पति को देती, अँगुलियाँ चाट-चाटकर चटखारे लेती, जलेबी का दोना साफ करती और फिर नित्य मन्दिर जाती। मन्दिर के रास्ते में उसे प्रायः ही डिग्री कॉलेज के मनचले लड़के 'वैजन्तीमाला' कहकर छेड़ भी देते, पर उनके फिल्मी गाने, सीटियाँ और हाय-हूय उसे छू भी नहीं सकते। वह सिर झुकाए मन्दिर जाती, नित्य देवी से आँखें मूँदकर एक ही वरदान माँगती, 'मेरा सौभाग्य अचल हो माँ!' शायद उसकी सरल, निष्कपट प्रार्थना ने बूढ़े गुरुदास के समग्र रोगों से एकसाथ मोर्चा ले लिया था। इसी से बुढ़ापे में भी वह लहलहाने लगा था। पास-पड़ोस की स्त्रियों ने गुरुदास के कृपण स्वभाव की आलोचना को नित्य नवीन रूप देकर चन्दो को भड़काने की कई चेष्टाएँ कीं, पर वे विफल ही रहीं। रवि, सोम और बुध को चन्दो मौनव्रत धारण करती थी। मंगल, शनि को पहाड़ की स्त्रियाँ, मिलने-मिलाने कहीं नहीं जातीं। बृहस्पति को वे दल बाँधकर आतीं, पर गुरुदास का प्रसंग छिड़ते ही, चन्दो कोई-न-कोई बहाना बनाकर उठ जाती। आज लालबहू ने उसका चित्त खिन्न कर दिया था, जिस पति को देवता समझकर पूजती थी, क्या वही उसे धोखा दे गया?

उसका नियम था कि वह पति के आने तक सदा बैठी रहती। आज भी वह बैठी थी। पति की परिचित पदध्वनि सुनकर वह उसे असंख्य उपालम्भों से बींधने को व्याकुल हो उठी, पर सौम्यता और शील ने उसके चित्त पर काबू पा लिया। हँसकर वह पति का स्वागत करने बढ़ी, पर पति के सूखे चेहरे ने उसे पीछे धकेल दिया। हार तो नहीं गए?

"चन्दो!" गुरुदास का गला भर्रा गया। दस-ग्यारह दीये अभी भी टिमटिमा रहे थे, उन्हीं के अस्पष्ट आलोक में पति के कुम्हलाये चेहरे को देखकर चन्दो का हृदय असीम करुणा से भर आया। ममता तो अपने पाले कुत्ते पर भी हो आती है, फिर वह तो उसे ही पालनेवाला स्वामी था।

"तू जल्दी पंखी डालकर मेरे साथ चल।"

कहाँ चलने को कह रहे हैं इतनी रात?—बिना कुछ कहे ही चन्दो ने अपनी गूँगी दृष्टि पति की ओर उठाई।

"तुझसे झूठ नहीं बोलूँगा, चन्दो! आठ हज़ार और दूकान सबकुछ हार गया हूँ। महिम कहता है कि घर की लक्ष्मी को बगल में बिठाकर दाँव फेंकूँ, तो शायद जीत जाऊँ। चलेगी न?" वह गिड़गिड़ाने लगा।

सरल-निष्कपट चित्त के दर्पण में संसार की कलुषित-फरेबी चालें कितनी स्पष्ट होकर निखर आती हैं! चन्दो पलक मारते ही सब समझ गई। आधी रात को उसका पति उसे महिम भट्ट के यहाँ दाँव पर लगाने के लिए ही ले जा रहा था। दो ही दिन पहले वह मन्दिर के द्वार में महिम भट्ट से टकरा गई थी। कैसा सुदर्शन व्यक्ति, किन्तु कैसी कुख्याति थी उसकी! पास-पड़ोस में नित्य ही वह उसके दुर्दान्त कामी स्वभाव की बातें सुनती। वह युवती-विधवाओं के लिए व्याघ्र था, कितनी ही अल्हड़ किशोरियाँ उसके वैभव और व्यक्तित्व से रीझकर लट्टू-सी घूमने लगी थीं। फिर भी न जाने अन्यायी में कैसा जादू था कि एक बार देखने पर सहज ही में दृष्टि नहीं लौटी थी।

"चल-चल, चन्दो, देर मत कर," उसे अपनी फटी पंखी में लपेट द्वार पर ताला लगा, गुरुदास उसे निर्जन सड़क पर खींच ले गया।

महिम भट्ट के पिछवाड़े से होकर दोनों उसके गुप्त द्वार पर खड़े हो गए। लोहे की विराट साँकल पर लगी छोटी-सी घंटी को दबाते ही द्वार खुल गया।

"आइए भौजी, आइए-आइए! मेरे अहोभाग्य जो कुटिया को पवित्र तो

किया!'' महिम के काले ओवरकोट से उठती सुगन्धि की लपटों ने चन्दो को बाँध लिया! एक सँकरी गैलरी को पार कर तीनों महिम की कुटिया के दीवानखाने में पहुँचे, तो उसका वैभव देखकर चन्दो दंग रह गई। छत से एक अजीब झाड़फानूस लटक रहा था, जिसकी नीलाभ रोशनी में फटी पंखी में लिपटी कृशकाया चन्दो बुत-सी खड़ी ही रह गई।

''बैठो-बैठो, भौजी, लो गरम कॉफी पियो!'' पास ही धरे कीमती थरमस से कॉफी डालकर महिम ने कहा। चन्दो सकुचाकर पति की ओट में छिप गई।

''ओहो, दाज्यू, ऐसे हीरे को तो इस गुदड़ी में न छिपाया होता! ठीक ही तो कहते हैं कि गुदड़ियों में ही लाल छिपे होते हैं! लो भौजी, यह शाल ओढ़ो। यह पंखी तो तुम्हारा अपमान कर रही है।'' अपना कीमती पश्मीना उसकी ओर बढ़ाकर महिम ने कहा। लज्जावनता चन्दो ने प्याला थामा, तो दोनों हाथों से पकड़कर ओढ़ी गई पंखी नीचे गिर पड़ी। नीचे क्या गिरी कि कृष्ण-मेघ को चीरकर धौत चन्द्रिका छिटक गई। सब भूल-भालकर महिम उसे ही देखता रहा। ऐसा रूप! क्या रंग था, क्या नक्श और बिना किसी बनावटी उतार-चढ़ाव के! चन्दन-सी देह का क्या अपूर्व गठन था! लज्जा, शील और भय से सारे शरीर का रक्त चन्दो के चेहरे पर चढ़कर सिन्दूर बिखेर उठा। नारी-सौन्दर्य का अनोखा जौहरी महिम उसके अंग-प्रत्यंग की सचाई को अपने अनुभव की कसौटी पर कस रहा था और खरे कुन्दन की हर लीक उसे पद-पद पर मत्त कर रही थी।

''अच्छा! अब देर कैसी भट्टजी? हो जाए आखिरी दाँव!'' गुरुदास ने प्याले की चीनी को अँगुली से चाटकर कहा।

''क्यों नहीं, क्यों नहीं!'' महिम ने चाँदी के पानदान से कस्तूरी बीड़ा दोनों की ओर बढ़ाकर कहा, ''दाँव तो लगा रहे हो दाज्यू, पर क्या भाभी से पूछ लिया है?''

विजयी, मुँहफट, उद्दाम यौवन की चोट से गुरुदास की जर्जर काया काँप उठी।

''बुरा मान गए दाज्यू?'' महिम ने बीड़े से गाल फुलाकर कहा, ''हिसाब-किताब साफ रखना ही ठीक होता है। देखो भाभी, दाज्यू आज सबकुछ मुझसे हार गए हैं। तुम्हें ही दाँव पर लगाने का सौदा तय हुआ है। ज़रूरी नहीं है कि तुम्हें हार ही जाएँ। हो सकता है कि तुम्हारी शकुनिया देह की बाजी इन्हें

खोए आठ हज़ार दिलाकर, एक बार फिर मेवे की दूकान पर बिठा दे। पर अगर हार गए, तो तुम आज ही की रात से मेरी रहोगी। तुम्हारे जीवन की प्रत्येक रात्रि पर मेरा अधिकार रहेगा। मैं इसका विशेष प्रबन्ध रखूँगा कि तुम्हारे पति की हार और मेरी जीत का भेद प्राण रहते हम तीनों को छोड़ और कोई भी नहीं जान पाएगा। तुम्हारी अटूट पति-भक्ति का बड़ा दबदबा है और इससे मुझे बड़ी मदद मिलेगी। तुम्हारे पति यदि हार गए, तो..."

बीच ही में महिम को रोककर गुरुदास क्रोध से काँपता खड़ा हो गया। गुस्सा आने पर बलगम का गोला घर-घर कर पुरानी जीप के इंजन की भाँति उसके गले में घरघराने लगता था। अवरुद्ध कंठ से दोनों मुट्ठियाँ भींचकर वह बोला, "मैं कभी हार नहीं सकता, कभी नहीं!"

"अच्छा, भगवान करे ऐसा ही हो दाज्यू! जल्दी क्या है? बैठो तो सही," मुस्कराकर महिम ने उसे हाथ पकड़कर बिठा दिया और ओवरकोट उतारकर पत्ते हाथ में ले लिये। गरम धारीदार नाइट ड्रेस में सुदर्शन, तेजस्वी, नरसिंह महिम भट्ट, पान और दोख्ते से अपने विलासी अधरों की मुस्कान बिखेरता, गावंतकिये के सहारे लेटा, पत्ते बाँटने लगा। दूसरी ओर गबरून के कोट की फटी कुहनियों से, लहसुन की गाँठ-सी हड्डियाँ निकाले, दोरंगी मफलर से अपनी लाल-गीली नाक को बार-बार पोंछता गुरुदास ज़ोर-ज़ोर से देवी कवच का पाठ कर रहा था–'रूपं देहि जयं देहि यशो देहि द्विषो जहि।' उन दोनों विवेकभ्रष्ट जुआरियों के बीच, काँपती-थरथराती चन्दो–कुमाऊँ की सरला पतिव्रता किशोरी, जिसके लिए पति की आज्ञा कानून की अमिट रेखा थी, जो पति की आदेशपूर्ण वाणी को ब्रह्मवाक्य समझकर ग्रहण करने को सदा तत्पर थी। पत्ते बँटे, चालें चली गईं, गुरुदास के बूढ़े चेहरे पर सहसा जवानी झलकने लगी। खुशी से झुककर बूढ़ा नाच-नाचकर, महिम के सामने ही चन्दो को पागलों की तरह चूमने लगा। वह बेचारी लज्जा से मुँह ढाँपकर पीछे हट गई।

"ठीक है, ठीक है दाज्यू! दिल के सब अरमान निकाल लो। फिर मत कहना कि मैंने मौका नहीं दिया!" अपने पत्तों को चूमकर महिम ने माथे से लगाकर कहा।

"अबे, जा हट! आया है बड़ा मौका देनेवाला! ऐसे पत्ते ब्राह्मणों के पास नहीं आया करते, वैश्य पर ही लक्ष्मीजी कृपालु होती हैं, हाँ!" गुरुदास ने फिर

नाक पोंछकर कहा।

"क्यों नहीं, क्यों नहीं! पर मैं तो तुम्हें आगाह किये दे रहा हूँ। दाज्यू, ज़रा सँभल के आना, यहाँ भी कच्ची गोलियाँ नहीं खेली हैं।"

महिम ने चाल तिगुनी की। पत्तों को बार-बार चटखारे लेकर चूमता वह चन्दो की ओर देखकर ऐसी दृष्टता से मुस्करा रहा था, जैसे पत्तों को नहीं, उसे चूम रहा हो। गुरुदास ने देख लिया और गुस्से से भरभराकर वह पत्ते पकड़कर उठ गया। उसका शक्की स्वभाव अब तक खेल की लग्न में कुंडली मारे सर्प की तरह छिपा था, "देखो, हम ताश खेलने आए हैं, इशारेबाजी देखने नहीं।"

"वाह यार दाज्यू, कैसे खिलाड़ी हो! ट्रेल आने पर ही पत्ते चूमे जाते हैं।" महिम के स्वर में अहंकार था।

"किसे सुना रहे हो गुरु! यहाँ भी ट्रेल है।" बूढ़ा बुरी तरह हाँफने लगा।

"कोई बात नहीं। इसमें घबराहट कैसी! लाखों ट्रेलें देखी हैं शाहजी!"

द्यूत-क्रीड़ा के छिपे दानव ने दोनों को सहसा विवेक की चट्टान से बहुत नीचे पटक दिया। चन्दो बेचारी के लिए सबकुछ नया था। वह दोनों हाथ गोदी में धर, आँखें फाड़कर दोनों को देख रही थी। उसकी विस्फारित भोली दृष्टि देखकर महिम से नहीं रहा गया।

"तो लो दाज्यू, खोलो पत्ते!" उसने सौ का नोट फेंका और अपने पत्ते भी खोल दिए। तीन-तीन इक्कों की ट्रेल ने बूढ़े की छाती में तीन-तीन नंगी संगीनें घुसेड़ दीं। उसके हाथ से गिरी पान, हुकुम और ईंट की बेगमें जमीन पर सिर धुन उठीं।

"वाह-वाह! तीन-तीन बेगमें भी तुम्हारी चौथी बेगम को नहीं बचा सकीं!" महिम ने हँसकर कहा। गुरुदास कुछ देर पत्थर की तरह बैठा रहा, फिर अपने गन्दे रूमाल से आँख और नाक की जल-धारा पोंछता एक बार चन्दो की ओर देखकर बुरी तरह सिसकता, किसी पिटे बालक की भाँति गिरता-पड़ता बाहर निकल गया।

महिम ने कुंडी चढ़ा दी और बड़े प्यार से चन्दो की नुकीली ठुड्डी हाथ में लेकर बोला, "भाभी, आज से मैं जुआ नहीं खेलूँगा। जानती हो, क्यों? आज संसार की सबसे बड़ी सम्पत्ति जीत चुका हूँ।"

बड़ी देर बाद कार्तिक की ओस-भीनी रात्रि के अन्तिम प्रहर में काँपती

चन्दो को उसके गृह के जीर्ण जीने तक पहुँचाकर महिम तीर की भाँति लौट गया। वह कमरे में पहुँची तो कमरा खाली था। गुरुदास तड़के ही उठकर, पाषाण देवी के मन्दिर में, नित्य माथा टेकने जाता था। वह चुपचाप फटी रजाई सिर तक खींचकर सो गई। कैसी नींद आई थी, बाप रे बाप! "मामी-मामी! उठो, गजब हो गया!" लालबहू का कंठ-स्वर सुन वह हड़बड़ाकर उठी।

"मामी, मामाजी ताल में कूद गये। मन्दिर के पुजारी ने देखा, काँटा डाला है, पर लाश नहीं मिली। नाश हो इन जुआरियों का! बेचारे को लूटपाट कर धर दिया!..." स्तब्ध चन्दो द्वार की चौखट पकड़े ही धम्म से बैठ गई। किसने उसका सिन्दूर पोंछा, किसने चूड़ियाँ तोड़ीं और कौन नोचकर मंगलसूत्र तोड़ गई, वह कुछ भी नहीं जान पाई। वह पागलों-सी बैठी ही थी।

"राम-राम!" बेचारा आठ हज़ार नकद और दूकान सबकुछ ही तो दाँव में हार गया! वही धक्का उसे ले गया।" पंडितजी कह रहे थे, "सोलह बरस से मेरा यजमान था। बड़ा नेक आदमी था।"

अब तक चुप बैठी चन्दो, दोनों घुटनों में माथा डालकर ज़ोर से रो पड़ी। एकाएक जैसे उसे रात की बिसरी बातें याद हो आईं। दूकान और आठ हज़ार का धक्का नहीं, उसके पति को जिस दूसरे ही दाँव की हार का धक्का ले गया था, उसे क्या कभी कोई जान पाएगा?

चिरस्वयंवरा

पत्र पढ़ते ही मुझे चक्कर-सा आ गया है। हे भगवान्, क्या समय से कुछ पूर्व ही सठिया गई हैं रजनी दी! मैंने एक बार फिर पत्र को अविश्वास से पढ़ा। नहीं, पत्र में परिहास का लवलेश भी नहीं था। फिर मैं क्या उन्हें नहीं जानती थी? जिनके रूखे अधरों पर हँसी तो दूर, जीवन-भर एक सेंटीमीटर की मुस्कान भी कभी नहीं खेली, वे क्या अपनी किसी प्राक्तन छात्रा से ऐसा मजाक कर सकती थीं! फिर मैं तो उनकी छात्रा ही नहीं, दूर के रिश्ते की मौसेरी बहन भी तो थी। इसी से उन्होंने लिखा था, "आत्मीय स्वजनों में एक तुम ही ऐसी हो जिसे मैं निश्चिन्त होकर अपने जीवन के इस महत्त्वपूर्ण मोड़ की साक्षी बनने बुला सकती हूँ। इसी पन्द्रह को मेरा विवाह है। उसी दिन सन्ध्या की मेल से हमारा रिजर्वेशन भी हो चुका है।"

ओह, तो हनीमून की योजना भी बना चुकी हैं रजनी दी! पर कहाँ जाएँगी? जिस वानप्रस्थी अवस्था में अपना विवाह रचा रही थीं, उसमें तो उन्हें अपना हनीमून बद्रीनाथ जाकर मनाना ही शोभा देगा।

जीवन में पहली बार ऐसे विचित्र विवाह का निमन्त्रण मिला था, इसी से समझ में नहीं आ रहा था कि जाऊँ या नहीं। रजनी दी से मेरे रक्त-मांस का रिश्ता दूर का होने पर भी, हृदय का रिश्ता अत्यन्त निकट का था। उनकी सौम्यता, शान्त स्वभाव, समय से कुछ पूर्व ही पक गये सफेद बालों की गरिमा, रुचि से पहनी गई साड़ी और उनका पांडित्य मुझे बचपन से ही प्रभावित करता आया था। मेरे कैशोर्य और यौवनावस्था की शायद ही कोई ऐसी समस्या रही होगी, जिसका उन्होंने अपनी स्निग्ध सुलझी हँसी मात्र से ही समाधान न कर दिया हो किन्तु आज वही अनुकरणीय व्यक्तित्व स्वयं मेरे सम्मुख एक दुरूह पहेली बनकर खड़ा था। ऐसा तुमने क्यों किया रजनी दी? लोग क्या कहेंगे?

दूर-दूर तक, वटवृक्ष की जड़ों-सी फैली तुम्हारी छात्रमंडली, जिसकी दृष्टि में तुम्हारा अक्षत कौमार्य ही तुम्हारे सफेद बालों पर धरा जगमगाता बहुमूल्य राजमुकुट था, क्या कहेगी यह सुनकर? न जाने कितने ही अनकहे उपालम्भों की तरंगें, मेरे अशान्त चित्त की कगार पर, टकरा-टकराकर मुझे विचलित कर उठीं।

रजनी दी ने मुझे निमन्त्रण ही नहीं भेजा, शृंगार-प्रसाधन सामग्री की एक पूरी लिस्ट भी नत्थी कर दी थी, "यह सब सामान तुम्हें अमीनाबाद में मिल जाएगा, बड़ी लाटूश रोडवाली सड़क पर जरीदार जयपुरी नागरा की एक छोटी-सी दूकान है। बेहद प्यारी कामदार जूतियाँ उसके शो-केस में सजी रहती हैं, उन्हीं में से छाँटकर एक जोड़ी लेती आना।"

मैंने लिस्ट देखी, जवा-आलता की शीशी, माँग में भरने का कलकतिया ईंगुर, काली सुनहली कामदार सोहाग की चूड़ियाँ, लाल नागरा और अबीरी रंग की बनारसी क्रेप सिल्क की साड़ी। मेरे हाथ की लिस्ट सहसा मेरे कल्पनालोक में फड़-फड़ाकर पतंग-सी उड़ती, दर्पण के सम्मुख बैठी रजनी दी को सजाने लगी—सफेद बालों के ऊँचे जूड़े पर प्रयत्न से टिकाया गया अबीरी बनारसी आँचल, गठिया से टेढ़ी पड़ गई अँगुलियों पर जवा-आलता की नाखूनी धारी, लाल नागरा और सन-से सफेद बालों के बीच माँग पर बिखरी, कलकतिया ईंगुर की गाढ़ी रेखा। बर्फ से ढकी त्रिशूल की चोटी पर जैसे लाल-लाल बुरुंश बिखरे हो, व्यंग्य से स्वयं ही मेरे होंठ टेढ़े हो गए।

जब मेरा विवाह हुआ, तब ही अट्ठाईस वर्ष की रजनी दी, चालीस की लगने लगी थीं। प्राध्यापिका के शुष्क जीवन ने उन्हीं दिनों कपोलों की लालिमा को झाड़ू लेकर बुहारना आरम्भ कर दिया था। पर फिर भी सुर्ख गालों की ललछौंही आभा सामान्य ही मलिन हो पाई थी। एकदम शौट सिल्क की-सी चिकनी त्वचा थी उनकी। इसी से लगता था कि गहरे लाल टूली रेशम को किसी फूहड़ गृहिणी ने धो-पटककर फीका बना दिया है। किन्तु इधर जब उन्हें देखा, तो मन खिन्न-सा हो गया। अब तो वह शौट सिल्क फीका ही नहीं पड़ा, बहुत दिनों से उपेक्षित, किसी पुराने बक्से में पड़े रेशम की-सी ही सिलवटें भी पड़ गई थीं उसमें। बिना इस्तिरी किए रेशम-से ही उस झुर्रियों-भरे रेशमी चेहरे को देखकर मैं मूर्खा की भाँति फक से कह भी बैठी थी, 'हाय रजनी दी, आप एकदम ही बुढ़ा गईं...'

'अब क्या मेरे रस्सी कूदने के दिन हैं री? अगले साल पूरे पचास की हो जाऊँगी...' उन्होंने हँसकर कहा, तो मैं खिसिया गई। कैसी मूर्ख थी मैं! स्त्री होकर भी आज तक इतनी-सी बात नहीं हृदयंगम कर सकी। संसार की कौन-सी स्त्री भला अपने बुढ़ापे का समाचार सुन प्रसन्न होती है? किन्तु दोष मेरा भी उतना नहीं था, इधर पच्चीस वर्षों में कालचक्र ने, आवश्यकता से कुछ अधिक ही निर्ममता से रजनी दी को असहाय, क्रिकेट गेंद-सा ही इधर- उधर फेंक, उनकी धज्जियाँ ही उड़ाकर रख दी थीं। उनकी बड़ी बहन खिल्लो दी तो उनसे सवा साल बड़ी थीं, पर न एक बाल सफेद, न एक झुर्री। चिकने चेहरे पर चमड़ी ऐसी तनी थी कि लगता था अभी-अभी कपोलों की हड्डियाँ बाहर निकल आएँगी। तीन-तीन बहुओं का वरण कर चुकी थीं, पर अभी भी चूनर ओढ़कर डोली में बैठ जाएँ तो चौथ की दुलहन लगें। काठी अखरोट पड़ाक-पड़ाक दाँतों में ऐसे पड़काती थीं जैसे मूँगफली हों। वहीं पर हमारी रजनी दी पिछली बार आईं तो भुट्टा खाने को तरस गईं। दाँत ऐसे हो गये थे कि तेज हवा का झोंका भी उन्हें इधर-उधर हिलाने लगा था।

जब पिछली बार वे लखनऊ आईं, तो मैंने ही जिद कर, अपने दाँत-विशेषज्ञ से उन्हें नया डेंचर बनवा दिया था। उसे लगाते ही रजनी दी का चेहरा एकदम ही बदल गया था। जिस स्निग्ध हँसी की शीतल छाया में मैं कभी अपने कार्यरत जीवन से ऊबकर पल-भर सुस्ताया करती थी; वह न जाने कहाँ विलीन हो गई। यही नहीं, उनका उच्चारण, चेहरे की गढ़न और कंठ-स्वर भी न जाने कैसा नकली-नकली-सा लगने लगा था। मुझे तो आज भी यही लगता है कि उस दिन यदि मैंने उन्हें वह नकली बत्तीसी न दिलवाई होती तो शायद आज उनका इतना बड़ा सर्वनाश भी नहीं होता। बार-बार वे दर्पण के सम्मुख जाकर अपने प्रतिबिम्ब को ऐसे निहारती रही थीं जैसे स्वयं ही अपने को न पहचान पा रही हों। शाम को मेरे साथ बाजार गईं तो शो-केस में लटकी एक गहरे बैंजनी रंग की कटकी साड़ी पर रीझ गईं। दूसरे दिन पहनकर मुझे दिखाने आईं तो मैं प्रशंसा करना भी भूल गई। सदा श्वेत परिधान धारण करनेवाली रजनी दी की वह भड़कीली साड़ी मुझे असमय वसंतागमन-सी ही बेतुकी लगी थी।

फिर भुवाली जाते ही उनकी चिट्ठी आई कि मैं उन्हें दो तोले के वैसे ही जड़ाऊ कामदार झुमके बनवाकर शीघ्र भेज दूँ जैसे मैंने अपनी लड़की को

विवाह में दिए थे। अपनी किसी छात्रा के विवाह में उन्हें देने थे। झुमके बनवाकर मैं भेज भी नहीं पाई थी कि भारी पोचमपल्ली साड़ियों का आर्डर आ गया—एक नारंगी, एक मैजेंटा। फिर तो उन्होंने दूल्हे को छोड़ सबकुछ ही मुझसे मँगवा लिया था। स्नेक-स्किन का पर्स, मैचिंग चप्पल, फाइबर के एक-से दो जुड़वाँ सूटकेस, मर्दाना नाइट सूट, रेडीमेट कमीजें, लेस लगी नाइटी और हर ऑर्डर के साथ, एक खिसियायी पंक्ति की कैफियत अवश्य रहती—'मेरी फलाँ छात्रा का विवाह है, फलाँ कलीग की पुत्री विदेश जा रही है,' आदि-आदि। तब मैं क्या जानती थी कि रजनी दी की सौभाग्यशाली छात्रा स्वयं रजनी दी है। फिर जब एक दिन उन्होंने बड़े ही दुस्साहस से एकसाथ आधे दर्जन चिकन के मर्दाने कुर्तों का ऑर्डर दे डाला, तब मेरा माथा ठनका। उनकी कौन-सी छात्रा भला अड़तालीस इंची चिकन के मर्दाने कुर्ते पहनकर विदेश जा सकती थी? और फिर तब ही उनके पत्र ने प्रखर रौद्र सूर्य की-सी तप्त किरणों से उस रहस्य-कुहेलिका को स्वयं सोख लिया था।

"डॉ. प्रद्युम्न मेहता को तुम नहीं जानतीं। गत वर्ष अचानक ही अपने अस्वस्थ फेफड़ों की हवा बदलने के लिए भुवाली चले आए थे। मेरे ही बँगले के पास ब्रूकॉजेट में रहने लगे थे। परिचय तो हमारा एक ही वर्ष का है, किन्तु हमें लगता है कि हमारा यह परिचय इस जन्म का नहीं, जन्म-जन्मान्तर का पुराना परिचय है। हमारी यही मैत्री, पन्द्रह को सुखद साहचर्य में परिणत होगी। तुम्हारी उपस्थिति अनिवार्य है। यह मेरा निमन्त्रण नहीं, आदेश है।

तुम्हारी रजनी दी"

मुझे लगा कि वर्षों पूर्व का अतीत मुझे फिर अपनी कक्षा में खींच ले गया है, जहाँ ब्लैकबोर्ड के सम्मुख प्रस्तरमूर्ति-सी खड़ी रजनी दी अपने प्रश्न का उत्तर न पा कठिन मुखमुद्रा बनाकर गरज रही हैं—'क्लास से बाहर चली जाओ मूर्ख लड़की, यह मेरा आदेश है।'

उनके आदेश को भला उनकी कौन छात्रा टाल सकती थी।

जल्दी-जल्दी भागकर, मैंने उनकी लिस्ट की सामग्री जुटाई। छोटे सूटकेस में एक-आध जोड़ी कपड़े धरे और पहाड़ की गाड़ी में बैठ गई। काठगोदाम में गाड़ी रुकी तो मैंने छोटे-से प्लेटफार्म पर दृष्टि कई बार इधर-उधर दौड़ाई। निश्चय ही रजनी दी अपनी पुरानी ऑस्टिन में मुझे लेने आई होंगी। किन्तु कहीं भी कोई नहीं दिखा तो मैं रोडवेज की बस में बैठ गई।

बेचारी रजनी दी, शायद अपने असमय के रोमांस में आकंठ डूबी पड़ी होंगी, इसी से मुझे लेने नहीं आईं। प्रौढ़ावस्था का प्रेम भी तो किसी वेगवती नदी के टूटे बाँध की भाँति उसकी धारा को और घातक बना देता है। मैंने बस में बैठते ही, पर्स खोलकर लिस्ट एक बार फिर देखी, कहीं कुछ भूल तो नहीं गई थी। 'कुछ लाना मत भूलना।' रजनी दी ने लिखा था, 'तुम तो जानती हो, इस भुवाली में सिवाय बाँस और कफ़न के मिलता ही क्या है!' ठीक ही लिखा था उन्होंने। बचपन में सुना था कि 'तू भुवाली जा' पहाड़ की सबसे भयानक गाली है। तब भुवाली नैनीताल और उसके आसपास के ग्रामों का एकमात्र श्मशान था, और फिर कुछ वर्ष पूर्व वहाँ का सैनेटोरियम ही क्या किसी महाश्मशान से कुछ कम भयावह था? धीरे-धीरे चढ़ाई पर हाँफती मेरी बस, भुवाली की गीली सड़कें पार कर रजनी दी के बँगले से कुछ दूर आकर खड़ी हो गई। एक छोकरे-से पहाड़ी दोय्याल को सूटकेस थमाकर मैं चलने लगी। बँगले में पहुँची, तो कहीं भी कोई नहीं दिखा। सूटकेस बरामदे में रखवा, पैसे देकर मैंने कुली को विदा किया और उस अस्वाभाविक स्तब्धता से सहमकर इधर-उधर देखने लगी।

रजनी दी कभी नौकर नहीं रखतीं, यह मैं जानती थी। वे स्वयं स्वभाव से इतनी सुघड़ थीं कि कोई भी नौकर या नौकरानी उनमें परमार्जित रुचि के चौखटे में ठीक नहीं बैठ सकता था। उनका बँगला हमेशा झकझक, उजला चमकता रहता। चाय बनाकर लातीं, तो एकदम साहबी कायदे से ट्रे लगातीं। स्वच्छ प्याले, चमकती चम्मचें, वॉनेट बँधी गुड़िया-सी टीकोजी और ट्रैटिंग का लैस लगा ट्रे क्लॉथ। बहुत वर्षों तक ग्रोवर साहब की विधवा मेम के साथ बँगला लेकर रजनी दी रही थीं। इसी से उनके एक-एक साहबी संस्कार भी उन्होंने बड़ी स्वाभाविकता से घुटक लिए थे। केक बनातीं तो ऐसा हल्का जैसे कपास का फूल। उनकी रसोई की स्वच्छता में, वैसी ही अस्वाभाविकता का पुट अवश्य रहता, जैसा अधिकांश कुँआरी प्रौढ़ाओं की रसोई में रहता है, फिर भी पाककला में वे किसी भी अनुभवी पटु गृहिणी को चारों खाने चित कर सकती थीं। एक-दो बार नौकर रखकर वे देख चुकी थीं। 'उसी झाड़न से नाक पोंछते हैं और उसी से थाली। मुझसे तो भई, जान-बूझकर मक्खी नहीं निगली जाती,' वे कहती थीं।

बरामदा आज भी किसी राजभवन की बरसाती ही-सा दपदप उजला पड़ा था। इसी काठ के बरामदे में अपनी पुरानी खंजड़-सी मशीन पर रजनी दी ने

मेरे न जाने कितने फ्रॉक सिले हैं और कितनी स्कर्ट! फिर इसी बरामदे में उन्होंने मुझे पहली बार साड़ी बाँधना सिखाया है। और इसी प्राचीन गमले की टाइगर लिली तोड़कर अपनी चोटी में लगाने पर उनकी दुबली हथेली का करारा चाँटा खाया है।

पूरे तीस वर्षों बाद आज मैं उसी बरामदे में उनकी सोहाग पिटारी लिये खड़ी थी। भीतर एकदम घुस जाना क्या उचित होगा? हो सकता है, उनका भावी सहचर भी भीतर ही बैठा हो!

"रजनी दी, भीतर आ जाऊँ?" मैंने डर-डरकर पूछा।

"कौन?" भीतर से उनका क्षीण कंठ-स्वर दूर किसी मसान घाट से गूँजता बड़ी मनहूसी से पूरे बरामदे में प्रतिध्वनित हो उठा।

"मैं हूँ रजनी दी, आ जाऊँ...?" मैंने एक कदम उठाकर देहरी पर धर दिया।

"अरे हाँ-हाँ, आ जाओ...पर क्या तुम्हें मेरा तार नहीं मिला?"

आरामकुर्सी में मुर्दे-सी पसरी रजनी दी को देखकर मैं उनके प्रश्न का उत्तर भी नहीं दे पाई।

वे क्या रजनी दी ही थीं? रँगे काले केश, किन्तु पिचके कपोल, नीचे लेट रहा आँचल और धँसी आँखें।

चतुरा रजनी दी शायद मेरे हृदय के भाव भाँप गई थीं। "बैठो," उन्होंने हाथ बढ़ाकर कुर्सी खींची, तो मुझे लगा कि बाँह किसी जीवित मानवी की नहीं, निष्प्राण शव से लटकी बाँह है। तब तक मैंने अपने को सँभाल लिया था। सूटकेस नीचे रख, मैंने हँसकर कुर्सी उनके और निकट खिसका ली, "मैं आपका सब सामान ले लाई हूँ, रजनी दी। पर यह तो बताइए, हमारे जीजा साहब हैं कौन?" मैंने बड़े ही स्वाभाविक स्वर में सामान्य रसिकता लाने की चेष्टा की।

"कोई नहीं।" मेरे सम्मुख बैठी पचास वर्ष की रजनी दी, जैसे मुख में तुलसीदल लिए, मृत्युशय्या पर दम तोड़ रही अस्सी वर्ष की जराजीर्ण वृद्धा दादी बन गई थीं। कुछ ही पलों में असंख्य झुर्रियों ने उनके करुण चेहरे को और भी दयनीय बना दिया था।

"कोई नहीं?" मैं बौखला गई और चाहने पर भी अपने स्वर की तिक्तता को नहीं छिपा पाई। "मैं अपनी गृहस्थी की बीसियों उलझनें छोड़, गिरती-पड़ती

भागी आई और आप इतना बड़ा मजाक कर गईं?"

"मैंने न तब मजाक किया था बहन, न अब कर रही हूँ।" हँसने की चेष्टा में उनके होंठ काँपकर रह गए, "विवाह तब था, पर अब नहीं है।"

"मतलब?" मेरा क्रोध अब सचमुच ही मेरे व्यवहार को अभद्र बना रहा था।

रजनी दी फिर हँसीं, और इस बार उनके पोपले मुँह की दन्तहीन शिशु की-सी हँसी एकदम निष्प्राण थी। "सच कह रही हूँ, अनजाने में ठोकर खाकर गिर रही थी, तुम सबकी रजनी दी; विधाता ने बाँह पकड़कर उबार लिया। प्रेम ने मुझे अन्धी बना दिया था बच्ची।" वह अब उत्तेजित होकर बैठीं, तो टूटी टहनियों-से उनके झुके कन्धे शिथिल होकर बुरी तरह झुक गए—"प्रद्युम्न मुझसे बहुत छोटा था, फिर भी जब उसने एक दिन मुझसे कहा कि वह मुझसे प्रेम करता है तो पहले मुझे विश्वास नहीं हुआ, किन्तु फिर धीरे-धीरे उसकी मुग्ध दृष्टि, रसपगे सात-सात पृष्ठों के प्रेमपत्र और उसके अक्षत पौरुष की विजया का मद, मेरी रग-रग में व्याप गया। मेरा अनूठा प्रेमी मुझे एक बार फिर यौवन के उस विस्तृत प्रासाद में खींच ले गया जहाँ वर्षों तक रहने पर भी मैं अन्धी बनी उसके एक से एक मनोहर कक्ष, गवाक्ष आज तक नहीं देख पाई थी। 'कितनी सुन्दर है तुम्हारी दन्त-पंक्ति' वह कहा करता। 'तुम्हारा चेहरा न देखकर भी यदि तुम्हारे दाँत ही देखता, तब भी मैं तुम्हारे चरणों का दास बन जाता, रजनी।'...और मैं उस तृषार्त पथिक को अपने सौन्दर्य की खोखली मरीचिका में भटकने छोड़ देती। फिर वह मेरी काली केश-राशि की प्रशंसा के पुल बाँधकर रख देता, 'एकदम बंगाल की सुन्दरियों की-सी सुचिक्कन केशराशि है तुम्हारी।'...और मैं, अपने बालों की सुगन्धपूर्ण कालिमा का रहस्य अपने तक ही सीमित रख मुस्कराती रहती।

"ओफ, हम स्त्रियाँ! कभी-कभी स्थान-काल की महिमा भुलाकर, अपने ही हाथों से अपना कितना बड़ा सर्वनाश कर लेती हैं! मैं उसे ही नहीं, स्वयं अपने को भी छलने लगी। तुम तो जानती हो, मैं कभी झूठ नहीं बोलती थी। अपनी छात्राओं को मैंने अपने इसी सत्य भाषण के अनुशासन चाबुक से साधा था। वही चाबुक अब मेरे नवीन प्रेम ने मुझसे छीनकर दूर पटक दिया था। और फिर एक दिन हमने निश्चय किया कि हम दोनों एक-दूसरे के बिना नहीं रह सकते। विवाह की तिथि निश्चय कर, मैंने तुम्हें ही सबसे पहले लिखा था। लिखती भी और किसे? खिल्लो को लिखती, तो शायद वह हवाई जहाज से

यहाँ आकर हम दोनों को गोली से उड़ा देती।"

सहसा रजनी दी का स्वर चुप्पी में डूब गया, जैसे कठिन मधुमेह का कोई रोगी फिर कोमा में डूब गया हो।

"फिर?" मैं अधैर्य से उन्हें अपने प्रश्न की सुइयाँ चुभोती फिर चैतन्यावस्था में खींचने लगी।

"उस दिन इतवार था..." रजनी दी ने अपनी दोनों पतली बाँहें गोद में धर ली थीं।

"...हमने भीमताल की झील में बोटिंग का प्रोग्राम बनाया। 'दिन भर तो वहाँ आजकल टूरिस्ट टूटे रहते हैं, सन्ध्या पाँच बजे तुम्हें लेने अपनी कार में आऊँगा।' वह कह गया था। मैंने दिन-भर लगकर केक बनाया, मफिन बनाए, उसे भी तुम्हारी तरह मेरे हाथ के बने मफिन बेहद पसन्द थे।" उन्होंने ऐसे स्वर में कहा, जैसे कोई शोकसंतप्त जननी अभी-अभी गुजरे अपने इकलौते बेटे की पसन्द का उल्लेख कर रही हो। "पिछली बार तुझसे जो गुलाबी अडयार मँगवाई थी, वह पहनी। बड़ा-सा जूड़ा बनाकर गुलाब लगाया।" रजनी दी अपने अभिसार की, शृंगार-साधना की विशद व्याख्या करने लगीं, तो मैं लज्जा से गड़ गई। किन्तु उनके सौम्य सन्तनी के-से चेहरे पर एक शिकन भी नहीं उभरी, जैसे कोई धर्मपरायणा विदेशिनी मृत्यु से पूर्व किसी पादरी के सम्मुख निष्कपट आत्मनिवेदन कर रही हो।

"...बिन्दी लगाने लगी तो सहसा मेरी श्वास, मेरी हथेली से टकराकर मुझे किसी दन्तमंजन के विज्ञापन की-सी चेतावनी दे उठी। ओफ, कितनी मूर्ख थी मैं! आज अपने जीवन की सबसे महत्त्वपूर्ण सन्ध्या की आगमनी में भी मैं अपने प्रति कितनी उदासीन रह गई थी। एक बार भी डेंचर नहीं साफ किया था मैंने! पाँच बजने में अभी पूरा पौन घंटा था। चटपट डेंचर उतारकर साफ करने लगी, तभी प्रद्युम्न की कार का हार्न बजा। मेरा अधीर प्रेमी पौन घंटा पूर्व ही आ गया था। हड़बड़ाकर मैं अधधुला डेंचर ही पोंछकर लगाने लगी थी कि वह हाथ से फिसलकर चकनाचूर हो गया। वही चूर नहीं हुआ बहन, मेरा सौभाग्य भी उसके साथ चकनाचूर हो गया। इससे पूर्व कि मैं कुछ सोचती, मेरा मुस्कराता सुदर्शन मंगेतर मेरे सम्मुख खड़ा था...

"तैयार हो न? गुड, चलो, जल्दी ही निकल पड़ें। बदली घिर रही है, कहीं झड़ी न लग जाए। भुवाली की झड़ी क्या चेरापूँजी से कुछ

कम वेगवती होती है?

"...परिस्थिति की विषमता ने मेरी वाणी हर ली थी, किन्तु विवशता के आँसू, मैं चेष्टा करने पर भी नहीं रोक पाई। काँपते होंठों के बीच शायद उसने मेरी निरीह जिह्वा के दन्तहीन वैधव्य को देख लिया था। उसका चेहरा एकदम फक् पड़ गया। वह एक शब्द भी नहीं बोला, पर मैंने सोचा, बहुत छल चुकी हूँ, अब और नहीं छलूँगी...

"प्रद्युम्न! मैंने हँसकर कहा, 'जिस दन्तपंक्ति को देखकर तुम मुग्ध हुए थे, वह मरीचिका मात्र थी। मेरे बाल भी सफेद हैं, प्रद्युम्न। इसी अप्रैल में मैं पूरे पचास की हो जाऊँगी। मेरी अँगुलियाँ गठिया से टेढ़ी हैं। मेरी कमर में हमेशा दर्द रहता है। मेरी छात्राओं में से अधिकांश दादी-नानी बन चुकी हैं...और...फिर' मैं रोने के बदले जोर-जोर से हँसने लगी। जितनी ही बार प्रद्युम्न के हतप्रभ चेहरे को देखती, उतनी ही बार एक नई हिस्टीरिकल हँसी का दौरा मुझे दुहरी कर देता। चेष्टा करने पर भी मैं अपनी हँसी नहीं रोक पा रही थी। जीवन में कितनी ही बार मैंने अपनी षोडशी छात्राओं को इसी हिस्टीरिया से चाँटे मार-मारकर मुक्त किया है, किन्तु उस दिन मैं स्वयं असहाय बनी हँसे जा रही थी। आँखों से आँसू बहने लगे, पेट में बल पड़ गये...और जब मैं उस पागलपन के दौरे से अधमरी होकर चैतन्य हुई, तो देखा, मैं कमरे में अकेली हूँ। वह जा चुका था।"

अपने विचित्र रोमांस की करुण कहानी सुना, रजनी दी एकदम निढाल होकर फिर आरामकुर्सी में पसर गईं।

उनकी आँखें बन्द थीं और ललाट पर पसीना झलकने लगा था।

"आखिरी बस कितने बजे जाती है रजनी दी?" मैंने डर-डरकर पूछा। न जाने कैसा भुतहा बँगला लगने लगा था वह मुझे। उनकी नित्य की सँवरी गृहस्थी में जैसे शत-सहस्र मक्खियाँ भिनभिनाने लगी थीं। बिना लगा बिस्तर, पूरे कमरे में फैले फटे प्रेम-पत्र और आरामकुर्सी पर मुर्दा-सी पड़ी स्वयं गृहस्वामिनी! उलझी जटाएँ, धँसी आँखें और दन्तहीन मुख! क्या पता फिर उन्हें अपनी उन्मत्त हँसी का दौरा पड़ जाए?

''रजनी दी, सोचती हूँ आज ही चली जाऊँ...आखिरी बस क्या चली गई होगी?'' मैंने पूछा और उन्होंने अपनी गँजेड़ी की-सी लाल-लाल आँखों से मुझे घूरा तो कलेजा हिम हो गया। निश्चय ही अब वे फिर हो-हो हँसने लगेंगी।

''पाँच बजे,'' उन्होंने क्लांत-स्वर में कहा, ''पौने पाँच बजे चलने पर भी

तुम बस पकड़ सकती हो। दो कदम पर तो बस स्टैंड है।''

मुझे लगा, जैसे वे कह रही हों–'इसी बस से चली जाओ तुम। मुझे अकेली छोड़ दो। एकदम अकेली रहना चाहती हूँ मैं।'

फिर उन्होंने बिना किसी संकोच के अपना पर्स खोला। एक शीशी निकालकर दो गोलियाँ खाईं और गुड़ीमुड़ी बने बिस्तर में अलसाई बिल्ली-सी घुटने मोड़कर लेट गईं।

''नींद की गोली खाए बिना इधर मुझे नींद ही नहीं आती। जा रही हो क्या?''

उनका अटपटा प्रश्न, उनकी अस्वाभाविक नींद में डूबने लगा था। मैं हाथ का सूटकेस लटकाए चली तो वे गहरी नींद में डूब चुकी थीं। फिर मैं उस निद्रामग्ना चिर स्वयंवरा की सोहाग पिटारी साथ लिये चुपचाप बाहर निकल आई।

मास्टरनी

छोटे कद के तिब्बती टट्टू से उतरने में लम्बे डॉक्टर को कोई विशेष असुविधा नहीं हुई। हिलती जीन पर बैठे उस लम्बे-चौड़े डॉक्टर की टाँगें, बिना घोड़े से उतरे ही जमीन छू रही थीं। लगाम को नाशपाती के विराट् पेड़ से उलझाकर, वह फुर्ती से उतरा और बाहर ही खड़े होकर, बड़े रोबीले स्वर में गरजा, "कोई है? कह दो, डॉक्टर साहब आए हैं।"

डॉक्टर, वास्तव में साहब कहलाने योग्य था। उसके जवान चेहरे पर अभी भी कैशोर्य की चिकनाई थी। लगता था निरन्तर बिना किसी आवश्यकता के ही ब्लेड का प्रयोग करने पर भी पौरुष ने उसका आमन्त्रण अभी स्वीकार नहीं किया था। उसकी भरी-भरी काठी के शरीर का आकर्षण निस्सन्देह उसके चतुर दर्जी ने खूब कसकर दाम लेने पर सँवारा होगा, क्योंकि हैरिसन ट्वीड का दामी कोट उसके कन्धों के साथ सिला लग रहा था। पतली मोहरी की हिपटाइट पैंट, बिना पेटी के ही, कमर में सटी होने पर भी बीच-बीच में शायद सरक रही थी। उसी को बड़ी अदा से कसता वह अब अधैर्य से पुकारे जा रहा था; "अरे भई, कोई है नहीं क्या?"

"ओह डॉक्टर साहब, आइए, आइए। अन्दर चले आइए। मैं आ रही हूँ।" एक गोरी, मोटी, अधेड़ औरत, आटा सने हाथों से नमस्कार की मुद्रा में दोहरी होती, पलक मारते ही सीढ़ियाँ उतर आई।

मकान, पहाड़ के अधिकांश देहाती मकानों की भाँति काठ का बना था, जिसके द्वार और झरोखों पर लकड़ी की नक्काशी में तिब्बती द्वारपालों की असंख्य मूर्तियाँ उभरी थीं। कमरे में मोटे-मोटे तिब्बती गलीचे और नम्दे बिछे थे। एक कोने में एक विराट् पलँग प्रायः आधा कमरा घेरे था। सामने की खिड़की से सटा एक लूम धरा था, जिस पर अधबुने गलीचे में; आधी बनी

शेरनी की डेढ़ आँख विचित्र लग रही थी।

"बैठिए, बैठिए, बड़ी तकलीफ की आपने, मैं चाय लाती हूँ!" उस मोटी औरत की हँसी बच्चे-सी लुभावनी थी, और उसके स्वस्थ दाँतों की झलक किसी शिशुमुख में उभरी नई दूधिया दन्तपंक्ति-सी ही मनोहारी लग रही थी।

"देखिए, मैं चाय नहीं पिऊँगा। मरीज कहाँ है? मुझे अभी जल्दी लौट जाना है।" डॉक्टर का साहबी हुलिया निकट से देखने पर, वह बेचारी मोटी औरत सहसा सहम गई।

"क्या बताऊँ," उसने सिर झुका लिया। एक बार खाली पलँग की ओर देखा और फिर बिना डॉक्टर की ओर देखे ही कहने लगी, "अभी-अभी तो यहीं पड़ी थी। कितना समझाया छोकरी को, तीन दिन से बुखार है; तैरने मत जा, पर एक नहीं सुनी। अब आप दवा लिख दीजिए, मैं कागज ले आती हूँ।"

"नहीं," डॉक्टर का उत्तर बड़ा ही रूखा लग रहा था। "बिना मरीज को देखे मैं दवा नहीं दिया करता।" साथ ही वह हाथ का आला हिलाता, बाहर निकल गया और घोड़े की लगाम खोलने लगा।

"एक गिलास चाय तो पी लेते, इतनी दूर से आए हैं।" प्रौढ़ा की आँखों में याचक की-सी करुणा छलक उठी।

बिना कुछ उत्तर दिए ही डॉक्टर उचककर घोड़े पर बैठ गया। एड़ लगते ही घोड़ा ठुमकती दुलकी चाल से उतार उतरने लगा।

इस मास्टरनी की ऐसी की तैसी, वह मन-ही-मन कहने लगा। सेकेण्ड सैटरडे की छुट्टी खराब कर दी। सोचा था, देर तक सोकर छुट्टी मनाएगा, ससुरी ने सुबह ही चौकीदार भेजकर छुट्टी का दिन चौपट कर दिया। इन कुंठाग्रस्त अध्यापिकाओं को बीमार पड़ने के अलावा शायद कोई काम ही नहीं रहता। आपस में दोनों लड़ीं और पड़ गईं बीमार। कुछ नहीं हुआ तो दिल ही धड़का लिया। पिछले इतवार को गप्पू-से गालोंवाली, भूगोल की अध्यापिका मिस पांगती ने बुला भेजा था। उसने अपनी कोलाइटिस का परिचय हींग की तीन डकारों के साथ देकर, जीभ दिखाने को मुख खोला तो प्याज-लहसुन के क्लोरोफार्म से तरुण डॉक्टर का माथा चकरा गया। दूसरा इतवार खराब किया इतिहास की सीनियर अध्यापिका मिस रावत ने। उसकी सूखी सोंठ-सी देह का यौवन, दस वर्षों से सिन्धु घाटी की सभ्यता पढ़ाते-पढ़ाते, स्वयं कहीं उसी घाटी में समय से पूर्व ही दबकर रह गया था। उसे हिस्टीरिया के दौरे पड़ने

पर; तन-बदन का होश नहीं रहता था। किसी भी पुरुष को देखते ही वह तीक्ष्णनखा, दौरा पड़ने पर, नोच-नोचकर भुरता बना देती थी। अब यह तीसरी मास्टरनी मिस सिंह। मन-ही-मन उसकी कल्पना कर डॉक्टर ने अपने को तैयार कर लिया था। सूखा पिचका चेहरा, हिस्टीरिकल फूहड़ हँसी और कुछ ऊँची बँधी धोती से झाँकते क्रेपसोल के मर्दाने जूते। पहाड़ की किसी भी अध्यापिका को वह दूर से ही पहचान सकता था।

बेचारा स्वयं, मेडिकल कॉलेज से, कैसी-कैसी उर्वशियों के सान्निध्य में सात वर्ष बिताकर निकला था। उसकी सहपाठिनी केरलवासिनी सलोनी डॉ. मैथ्यू, जो उसे अपनी एड़ी चुम्बी चोटी के नागपाश में बाँधकर, एरनाकुलम् में जाना चाहती थी, लाल-लाल रँगे होंठ और तीखे नाखूनोंवाली डॉ. चड्ढा, जिसने उस बाँके हाउस सर्जन के जाने के दिन रो-रोकर आँखें सुजा ली थीं, एक भी उसकी पीठ पर हाथ नहीं धर पाई।

सुबोध अपने पिता के दबंग स्वभाव को जानता था। उसके पिता मध्यमवर्गीय एकाउन्टैन्ट थे। नौकरी सामान्य होने पर भी महत्त्वाकांक्षा गगन चूमती थी। उनके मकान मालिक कायस्थ थे और जब उन्होंने अपने आई.पी. एस. पुत्र को चालीस हज़ार के तिलक की बोली पर उठा दिया तो पहाड़ी जोशीजी ने भी कान खड़े कर लिये। चालीस हज़ार के साथ वर्माजी को मिली चकाचक फियट गाड़ी, रेडियो, सोफा और खाने की ऐसी विशाल मेज़ कि हाथी भी चारों खाने चित्त होकर लोट-पोट लगा सकता था। सुबोध का बड़ा भाई भी आई.पी.एस. में आ गया था। फिर क्या था। खरबूजे ने खरबूजे को देखकर रंग पकड़ लिया। बड़े लड़के का कुमाऊँ के सबसे समृद्ध परिवार में विवाह कर, जोशीजी ने एक रात में मूँछों का नक्शा बदल दिया। पहले की झाड़-झंखाड़ मूँछों में बाँकपन देकर अब वे छोटे पुत्र के लिए फियट-प्रसवा समधिन की खोज में जुट गए। दूरदर्शी डॉक्टर पुत्र को उन्होंने उत्तराखंड जाने के लिए मिनटों में पटा लिया—"आजकल इन नए-नए जिलों में जाना देश के लिए जेलयात्रा से भी अधिक फलदायक है।" उन्होंने पुत्र की पीठ थपथपाई, "एक बार चले जाओ, फिर तुम्हें हमारे समधी दिल्ली बुलवा लेंगे। देखते नहीं, उन्होंने अपने दोनों दामादों को तीन महीने के भीतर कैसे दिल्ली बुलवा लिया! उन्हीं की भानजी से तुम्हारी बातें चला रहा हूँ। अब के भी मैं फियट गाड़ी पर अड़ा हूँ, वर्माजी का कहना है कि अड़ा ही रहूँ तो काम बन जाएगा।"

पिता के मित्र वर्माजी की दृष्टि में विवाह-योग्य कन्या के कान-नाक हों

या न हों, उसके दहेज में एक फियट गाड़ी का होना अनिवार्य था।

"हम पहाड़ी कभी शादी-ब्याह करना नहीं सीखेंगे," उसके पिता ने उससे चलते समय कहा था, "हमारे यहाँ तो कन्या के पिता ने एक घड़ी, लाल दुशाला और नये जूते का जोड़ा रख दिया तो गंगा नहा ली। आखिर शोमैनशिप भी तो एक चीज़ होती है। अपने लिए तो कोई लेता नहीं, हमें तो बिटिया ब्याहनी है।"

उत्तराखंड के उस नये जिले का आकर्षण वास्तव में अद्भुत था। नया-नया बना अस्पताल, उसी के बँगले से सटा था। लाल छत के पुराने डाकबँगले को ही डॉक्टर का बँगला बना दिया गया था। डाकबँगला होने से ही शायद वह चारों ओर से खुला था, जिससे अल्मोड़ा और नैनीताल से दौरे पर आए लाट, कमिश्नर, उसी बरामदे में बैठे-बैठे ही प्रकृति का सजा-सजाया गुलदस्ता सूँघ सकें। सामने हिमाच्छादित चोटियों पर रंगीन मेघों का उत्तरीय क्षण-क्षण में रंग बदलता था। काली मिट्टी का एक भीम भूधर, डायनामाइट की चोटी से क्षत-विक्षत हो, किसी मृत दानव की भाँति बँगले का अहाता घेरे पड़ा था। उसी को काट-काटकर मोटर की नई सड़क बना दी गई थी। सामने गर्ब्यांग की घाटी फैली थी। उसका भोटिया नौकर जंगबहादुर उसके लिए खाना बनाकर, ढाँप-ढूँप चला जाता।

अस्पताल से लौटकर, वह बड़ी देर तक अपने बरामदे में बैठा, सुन्दरी भावी पत्नी के सपने देखता, जिसका काल्पनिक पल्लू उसके अदृश्य व्यक्तित्व का स्पर्श लेकर, उसके गालों पर फरफराकर उसे पुलकित कर देता। एक बार उसे उसने अपनी भाभी के साथ देखा था। लड़की असाधारण रूपसी न होने पर भी बेहद स्मार्ट थी। लखनऊ के लौरेटों में पढ़ने से, उसकी चाल-ढाल में कहीं भी पहाड़ी लटका नहीं था। रंग साँवला होने पर भी मुखश्री अपूर्व थी, वह चश्मा पहनती थी और कटे-सीधे बालों को घुँघराले बनाने के लिए प्रत्येक माह में एक बार दिल्ली जाती थी। फियट गाड़ी की पृष्ठभूमि में, नकली घुँघराले केशपाश फहराती आधुनिका भावी पत्नी उसे बड़ी प्यारी लगती।

उस दिन भी वह उसी का मीठा-सा सपना देख रहा था कि मास्टरनी के चौकीदार ने आकर सब गुड़-गोबर कर दिया, "एक बार चलकर देख लीजिए सरकार, मिस सा'ब को बहुत बुखार है।" मन-ही-मन उसकी मिस सा'ब को कोसता वह घोड़े पर जा बैठा था। मास्टरनी सरकारी नौकर थी, कहीं शिकायत

कर दी तो असेम्बली के प्रश्न, उसकी नई-नई नौकरी के लिलार में कलंक थोप देंगे। पर इतनी दूर जाने पर जब वह सड़ियल मास्टरनी बड़ी अदा से तैरने चल दी तो वह क्रोध से बौखला गया। ठंडी हवा लगने से उसका क्रोध धीरे-धीरे शान्त हो गया था। अचानक नुकीले उतार पर उसका घोड़ा अड़ने लगा, उसकी गर्दन पर शेर की-सी अयाल बार-बार उसकी आँखों पर उतरकर, उसे अन्धा बना दे रही थी और पहाड़ी घोड़ा हिनहिनाकर अड़ा जा रहा था। खीझकर सुबोध उतर गया और स्वयं लगाम खींचता आगे-आगे चलने लगा। एकाएक वह ठिठककर तिब्बत की घाटी की अपूर्व सौन्दर्य-सुषमा को मन्त्रमुग्ध हो देखने लगा। कहीं चारों ओर खड़ी नीली उद्री हरी पर्वत-प्राचीरें थीं, कहीं एकदम सपाट मैदान, कहीं नागफनी के झुरमुट, विषैले पहाड़ी काँटों की झाड़ियाँ और कहीं सर्पगन्धा के फन उठाए बल खाते पौधे। घोड़ा उसे फिर खींचने लगा। उसने देखा, बाईं ओर लतागुल्मों के तोरणद्वार से अस्पष्ट दीखती एक पान के पत्ते के आकार की हरी नीली झील थी। प्यासा घोड़ा उसे वहाँ ले जा रहा था। सुबोध ने गिरगिट के-से रंग बदलनेवाली अनेक पहाड़ी झीलें देखी थीं—नैनीताल की, भीमताल की, नौकुचिया ताल की, पर वह अनोखी झील उन सबसे सुन्दर थी। लगता था विधाता ने क्यूबिज्म की शैली अपनाकर, रंगों के दुःसाहसी प्रयोग से पूरी झील को रँग दिया था।

लगाम छुड़ाकर घोड़ा पानी पीने लगा। अचानक झील के अन्तिम छोर पर एक लम्बी चोटी क्रुद्ध नागिन-सी फूत्कार उठी। पानी से भीगी, वन-कन्या की तरल आँखें क्रोध और अविश्वास से दहकने लगीं। कौन था यह असभ्य अभद्र पुरुष, जो उसके एकान्त विहार में विघ्न डालने उपस्थित होकर उसे निस्संकोच घूरे जा रहा था! सचमुच सुबोध उसे बड़ी निर्लज्जता से घूर रहा था। दोष उसका नहीं था। नीली झील के काले पानी में, चन्दन-सा चेहरा और भी निखर आया था। कनपटी तक चिपकी भीगी लटों को एक हाथ से हटाती वह और गहरे पानी में उतर गई। आज तक वह उस अज्ञात झील की एकमात्र निरंकुश सम्राज्ञी थी। पतली गुलाबी साड़ी, जो उसके शरीर की गुलाबी कान्ति से घुल-मिलकर एकाकार हो गई थी, पानी में गुब्बारे-सी फूलकर, कमलिनी की पंखुड़ियों की भाँति उसके चारों ओर फैल जाती थी, और वह बार-बार उसे सँभालने के प्रयत्न में निरन्तर गहरे जल में उतरती जा रही थी। जल की लहरों के बीच, उसके अनावृत स्कन्ध दर्पण-से चमककर, डॉक्टर की आँखों को चौंधिया रहे थे। उसके कपड़े, हाथ की घड़ी, स्कूल का रजिस्टर किनारे पर

पड़े थे। सुबोध का घोड़ा पानी पी चुका था।

"आप कृपा कर चले जाएँ, मुझे ठीक दस बजे स्कूल पहुँचना है," झील के उसी कोने से अनुशासनपूर्ण आदेश आया। ओह, तो यही थी मास्टरनी! उस सरल सुन्दरी देहाती मास्टरनी के सम्मुख अपने साहबी व्यक्तित्व का परिचय देना ही होगा।

"तो आइए न बाहर। आप ही को देखने तो गया था। अब जब आया ही हूँ तो यहीं नुस्खा लिख दूँ," वह सचमुच ही बड़ी धृष्टता से मुस्कराकर, दोनों टाँगें फैलाकर बैठ गया। प्रकृति की उस एकान्त वनस्थली के रंगमंच पर हल्की-फुल्की नौटंकी हो जाए तो क्या दोष था! पानी पीकर उसका घोड़ा मास्टरनी के रजिस्टर को सूँघने लगा।

"देखिए, मेरा घोड़ा आपका रजिस्टर सूँघकर यहीं बता देगा कि आज आपकी कितनी लड़कियाँ गैरहाज़िर हैं," वह अब हँसकर सीटी बजाने लगा। पर मास्टरनी नहीं हँसी, वह तीर-सी तैरती एकदम उसके पास आ गई। "आप जाएँगे या नहीं? मुझे ठीक दस बजे पहुँचना है।" स्वर में कहीं घबड़ाहट, क्रोध या खीझ का लवलेश भी नहीं था।

"नहीं," सुबोध पर भी न जाने कौन-सा भूत सवार था। असल में बहुत दिनों से रूखी अध्यापिकाओं का इलाज करते-करते वह ऊब गया था। देर तक मरुभूमि में भटकने पर, सरस जलधार किस क्लान्त पथिक को आकर्षित नहीं करती?

इतने ही में मास्टरनी गजब कर बैठी। एक छलाँग लगा, वह बिना किसी झिझक के झील से बाहर निकल आई। सुबोध, शायद उस पठानिन-सी लम्बी किशोरी की उस दुःसाहसी छलाँग के लिए प्रस्तुत नहीं था। चन्दन की काठी-सी देह की एक-एक लुभावनी रेखा, पारदर्शी भीगी साड़ी की भाँज में स्पष्ट हो उठी और सहमकर सुबोध ने आँखें फेर लीं। लगता था संगमरमर की देवी की मूर्ति, जलाशय से निकलकर स्वयं किसी मन्दिर में प्रतिष्ठित होने जा रही थी।

उसने आँखें खोलीं तो मास्टरनी कपड़े पहनकर भीगी धोती निचोड़ फैला चुकी थी, और काँख में रजिस्टर दबाए, घड़ी का फीता बाँधती उतार उतरने लगी थी।

"बुरा मान गईं क्या, मैं तो मजाक कर रहा था," खिसियाये सुबोध ने कैफियत दी, पर वह कुछ नहीं बोली। क्षण-भर में उसे पहाड़ी पगडंडियों के गोरखधन्धे में डुबा, वह न जाने किस अदृश्य मार्ग से उसे चकरघिन्नी दे गई।

इसके बाद चेष्टा करने पर सुबोध सन्धान नहीं पा सका। एक तो बुखार में शीतोष्ण पहाड़ी झील का नहाना, उस पर पैदल चलना। हो न हो, लड़की बीमार पड़ गई थी। अब देख लेगा वह! जब तक अपनी यूनानी नाक उसके चरणों में नहीं घिसेगी वह दवा नहीं लिखेगा। पर उसकी आशा व्यर्थ गई। मास्टरनी का चौकीदार उसे बुलाने नहीं आया।

एक दिन सुबह उठते ही उसके चकले-से चेहरेवाले नौकर ने सूचना दी, ''चाय खतम हो गया और बाजार आज बन्द है। स्कूल का कोई मास्टरनी मर गया, इसी से दिन-भर हड़ताल होगा।''

सुबोध का मौत से दिन-रात समझौता करनेवाला पत्थर-सा डाक्टरी कलेजा भी धड़कने लगा। दिन-भर वह बिना खाए-पिए कमरे में पड़ा रहा। एक तो मास्टरनी ने उसकी दवा खाने से मृत्यु का वरण करना श्रेयस्कर समझा, यही उसकी नई डॉक्टरी पर कड़ी चोट थी, उस पर मन-ही-मन अपराध की भावना उसकी आत्मा कचोटने लगी। उसी ने तो बेचारी को यह जानते हुए भी कि बुखार है, देर तक पानी में रहने को बाध्य किया था। दो पेनिसिलिन लगा देता तो शायद बच जाती। पर मरे अभागी, उसका क्या!

वह उठकर घूमने ही जा रहा था कि रिटायर्ड मेजर नौटियाल आ गए, ''अरे यार डाक्टर, कुछ ब्रैंडी-ब्रैंडी है तो निकालो। हमारी बहन की ननद थी यही मास्टरनी। आज सुबह-सुबह हार्ट फेल हो गया। पहले सोचा तुम्हें ले चलें, पर क्या करते! बुढ़िया बाल-विधवा थी। पाप कटा, पर ऐसी तगड़ी सतयुगी हड्डियाँ थीं कि अर्थी ने कन्धा तोड़ दिया।''

ओह, तो वह मास्टरनी नहीं मरी! डॉक्टर के जी में आया, मेजर को हवा में उछालकर नचा दे। ब्रैंडी पीकर मेजर गया तो सुबोध ने सोचा, क्यों न जाकर वह स्वयं ही मास्टरनी को देख आए। बीमार वह अवश्य ही थी क्योंकि पिछले एक सप्ताह से न वह स्कूल आती थी, न झील में तैरने।

जंगबहादुर छुट्टी लेकर गाँव गया था। डॉक्टर ने अपना घोड़ा निकाला और एड़ लगाकर भगा दिया। झील के पास पहुँचते ही घोड़ा हिनहिनाया, तो बड़ी आशा से धड़कते कलेजे को थामकर सुबोध बढ़ा। शून्य नीली झील में सूखे मरे पत्ते तैर रहे थे। शान्त झील की एक-एक लहर मुर्दा पड़ी थी। पानी पिलाकर उसने घोड़े की लगाम खींच ली। बीस मिनट में वह मास्टरनी के घर

के पास पहुँचा तो उसका उत्साह सहसा ठंडा पड़ गया। बिना बुलाए जाना क्या उचित था? तो क्या इतनी दूर आकर लौट जाए? कभी लगाम कसती और कभी ढीली होती देखकर घोड़ा अधैर्य से हिनहिनाया, साथ ही मास्टरनी की माँ बाहर आ गई।

"अरे डॉक्टर सा'ब, आप!" आश्चर्य से अपने दोनों हाथ फैलाकर उसने माथे से लगा लिए—"हे भवानी मैया, तू सच्ची है, सुबह से मैं मना रही थी कि कोई माई का लाल मेरे डॉक्टर सा'ब को बुला दे तो मैं उसकी जूतियाँ चाट जाऊँ, पर देखो मैया खुद बुला लाई। आओ बेटा, छोकरी सात दिन से बाई ज्वर में पड़ी है।"

छोटे-से पहाड़ी द्वार से अपना लम्बा धड़ धनुष की प्रत्यंचा की भाँति मोड़ता डॉक्टर भीतर गया। जहाज-सा पलँग, उसे ओवरसियर पिता की मृत्यु के पश्चात् विरासत में मिला था। उसी पर मास्टरनी बिना हिले-डुले मुर्दा-सी पड़ी थी। उसकी लम्बी वेणी पलँग के नीचे लटक रही थी। ज्वर की तीव्रता से चेहरा ताम्रपात्र-सा दमक रहा था। आहट पाते ही वह उठ बैठी और बड़बड़ाने लगी, "मैं पूछती हूँ, जाते हो या नहीं! मुझे ठीक दस बजे स्कूल पहुँचना है।"

"यही हाल है बेटा, रात-भर उठ-उठकर बैठती रही। क्या करूँ मैं, हे भवानी!" मास्टरनी की माँ व्याकुल होकर, पलँग की परिक्रमा-सी करने लगी। "सो जा लली, मेरी बच्ची सो जा, देख डॉक्टर सा'ब आए हैं। अंग्रेज़ी दवा देंगे और बुखार उतर जाएगा।"

सचमुच ही शान्त होकर मास्टरनी चुपचाप लेट गई। सुबोध ने ज्वर नापा, पसलियाँ खटखटाईं, जीभ देखी। नहीं, सन्निपात नहीं था, बुरी तरह ठंड लग गई थी। थोड़ी-सी असावधानी से निमोनिया भी हो सकता था। मास्टरनी का स्वास्थ्य अनुपम था। उसकी रत्नगर्भा अपूर्व देहवल्लरी, कड़े से कड़े रोग को भी पटखनी दे सकती थी।

तीसरे ही दिन सुबोध की दवा ने उसे चंगा कर दिया। अभी भी वह बहुत दुर्बल थी। सहारा देकर माँ बिठाती और बड़े यत्न से सुबोध उसकी पुष्ट नग्न बाँह में इंजेक्शन चुभाता तो वह भय से आँखें मींचकर माँ की पीठ में मुँह छिपा लेती। कभी-कभी पीड़ा से उसकी आँखें छलक उठतीं तो सुबोध के जी में आता, अपनी बाँह में भी सुई घुपा ले।

धीरे-धीरे रोगमुक्त मास्टरनी हँसने भी लगी। हँसती मास्टरनी, झील में तैरती मास्टरनी से करोड़ गुना सुन्दरी थी। उसके मोती-से दाँत शायद उसे

अपनी माँ से विरासत में मिले थे। उसकी लम्बी पलकें उभरे गालों पर रेशमी चिलमन-सी फैल जातीं। उसके गठे कुमाऊँनी राजपूती शरीर का एक-एक अंग साँचे में ढला था। उसने कभी कुमाऊँ की देहरी नहीं लाँघी थी, इसी से पहाड़ी हवा ने सेबों की लाली से उसके गाल सदा के लिए रँग दिए थे। उसकी चौड़ी हथेली का एक तमाचा, कड़े से कड़े पुरुष को भी दिन में तारे दिखा सकता था। सबसे मोहक थी उसकी भव्य चाल। एक-एक पैर को किसी नृत्यकुशला वारांगना की-सी मादक भंगिमा में उठाती वह डॉक्टर को मुग्ध कर देती।

सप्ताह में दो दिन उसे इंजेक्शन लगाने सुबोध आता तो वह बिना किसी झिझक के नंगी बाँह उसकी ओर बढ़ा देती। अन्तर इतना था, पहले दुर्बल रोगिणी का चित्त भय से काँपता था, अब स्वयं मसीहा बाँह थामते ही थरथरा जाता।

एक दिन उसकी माँ बाहर गई थी। सुबोध इंजेक्शन लगाने गया था। मास्टरनी ने अपनी हाथी दाँत-सी शुभ्र बाँह उसकी ओर बढ़ाई तो सुबोध ने इंजेक्शन मेज पर रख, झुककर बाँह को चूम लिया। दूसरे ही क्षण वह अपने दुःसाहस पर काँप गया। अगर कहीं लड़की ने हल्ला मचा दिया तो! सुना है, इस जंगली पहाड़ी इलाके के लोग बड़े खूँखार होते हैं। कोई भी उनकी बहू-बेटियों पर नजर डाले तो आँखें निकाल लेते हैं। पर उसने डरते-डरते आँखें उठाईं तो देखा मास्टरनी मुस्करा रही थी। फिर तो नित्य ही दोनों लुक-छिपकर मिलने लगे। प्रायः ही दोनों झील के झुटपुटे साये में घंटों पड़े रहते। जंगबहादुर को लम्बी छुट्टी देकर डॉक्टर साहब ने घर भेज दिया था। पिछवाड़े की खिड़की से फाँदकर, मास्टरनी स्टोव पर एक से एक बढ़िया खाना बनाकर डॉक्टर को खिलाती। कभी-कभी दो पीरियड की एकसाथ छुट्टी पर वह समय से पूर्व ही आ जाती। डॉक्टर अस्पताल से लौटकर आता तो देखता उसके पलँग पर हाथ-पैर सिकोड़े बिल्ली-सी मास्टरनी सो रही है। वह उसकी सुडौल नाक पकड़कर दबा देता और कान के पास फुसफुसाता, "अरी खसिणी उठ।" इस सम्बोधन से मास्टरनी बौखला जाती। उठते ही रजिस्टर खिड़की से फेंक वह स्वयं कूदने का उपक्रम करती, कि उसके शुभ्र चरण चूम-चूमकर डॉक्टर उसे मनाता, "अच्छा माफ कर दे; अब कभी नहीं कहूँगा।" मास्टरनी बड़ी देर तक उसे क्षमा नहीं कर पाती। यह ठीक था कि पहाड़ की राजपूतनी को गर्वीले ब्राह्मण 'खसिणी' कहकर पुकार सकते थे, पर यह ब्राह्मण क्या अभी भी उसे ब्रह्मद्रोही समझता है, जब वह उसे अपना सबकुछ दे चुकी है? कभी-कभी वह

उसकी लापरवाही से इधर-उधर फेंके गए कपड़ों को सँभालती, कभी उधड़े स्वेटर को ठीक-ठाक करती, कभी उसकी लावारिस चादरों में नाम लिखती। मास्टरनी का हर काम सुघड़ होता। चिट्ठियाँ लिखती तो लिफाफे की प्रत्येक भाँज कायदे से मुड़ी होती, खाना बनाती तो सब्जी के छिलकों तक को चौखट में चढ़ाकर रख देती। डॉक्टर उस अद्‌भुत नारी के प्रत्येक गुण को आश्चर्य से देखता रहा। विधाता ने कहीं तो कोई दोष रहने दिया होता।

तीन महीने की विवेकभ्रष्ट अवधि में युगल प्रेमी, बहते-बहते बहुत दूर निकल गए। प्रेम के ज्वार-भाटे में मास्टरनी राजेश्वरी, गले तक डूब चुकी थी, पर सुबोध को चिन्ता का घुन लगने लगा था। उसके पिता का पत्र आया था कि दशहरे को उसके टीके का मुहूर्त निकला था, छुट्टी लेकर उसे आना होगा। पिता के पत्र ने उसकी छाती में गोली-सी दाग दी। राजेश्वरी से विवाह की बात वह जबान पर नहीं ला सकता था। आज तक कुमाऊँ के इतिहास में किसी ब्राह्मण-पुत्र ने क्षत्रिय-कन्या से विवाह करने का दुस्साहस नहीं किया था। अपने चित्त की दुर्बलता पहचान लेना मनुष्य के लिए सबसे बड़ा अभिशाप है। रात-रातभर उसे वही अभिशाप दग्ध कर उठता। नित्य वह जी कड़ा कर, राजी से बात छेड़ने का संकल्प करता पर खिड़की से धम्म से कूद, कोने में रजिस्टर फेंक वह भागकर उसके गले में दोनों बाँहें डाल देती और उसके सारे संकल्प ढेर हो जाते।

झील में वह एक दिन मछली-सी तैर रही थी। कभी-कभी खिलवाड़ में, किनारे लेटे अपने प्रेमी के दोनों पैर पानी में खींचकर चूम लेती और स्वयं खिलखिलाकर दूर छिटक जाती। कभी कुशल तैराक-सी डुबकी में सिर इतनी देर तक छिपा देती कि सुबोध व्याकुल होकर पुकार उठता, "राजी, बाहर निकलो जल्दी, क्या मजाक हो रहा है यह!" हँसती जलपरी अपना कमलिनी-सा उत्फुल्ल हँसता चेहरा बाहर निकाल देती।

बड़े प्रयत्न से सुबोध ने प्रसंग छेड़ा, "राजी, कभी तुम्हारी बदली हो जाए, ताल भी न रहे और मैं भी न रहूँ, तब तुम क्या रह जाओगी?"

पानी में तैरती रसिकप्रिया ने अपना धड़ पानी से बाहर निकाल लिया। पानी की असंख्य कुंजर मणियाँ शुभ्र ललाट पर झलक उठीं, "क्यों? मैं रह जाऊँगी मास्टरनी!" फिर वह तैरना बन्द कर, भीगे ही कपड़ों में उसके पास आकर लेट गई। जीवन के कुछ अमूल्य क्षण ऐसे भी होते हैं जब मुखर से मुखर व्यक्ति को भी नियति गूँगा बना देती है। सुबोध कुछ नहीं कह पाया,

पार्श्व में लेटी जलपरी को उसने बाँहों में भर लिया।

दूसरे दिन दशहरे का एक दिन और कम हो गया। मास्टरनी नित्य नियमानुसार आई। स्टोव जलाकर चाय का पानी चढ़ाया। सहसा सुबोध का चेहरा देखकर उसे साँप सूँघ गया। नारी को विधाता ने अलौकिक सूक्ष्म दृष्टि दी है। किसी भावी अनिष्ट को वह पशु की-सी तीव्र घ्राणशक्ति से सूँघकर स्वयं ही अनमनी हो जाती है।

''क्या बात है सुबोध,'' वह बड़े लाड़ से उसके पास सरक आई। सुबोध उस निष्पाप किशोरी को अब और नहीं छल सका। सबकुछ कह गया। पिता की महत्त्वाकांक्षा, भाभी की बहन और अन्त में स्वयं अपनी विवशता। क्षण-भर को मास्टरनी का चेहरा इतना पीला पड़ गया कि वह अज्ञात आशंका से काँप गया। कहीं कुछ उपद्रव तो नहीं हो गया, तब तो विवाह करना ही पड़ेगा। अब शायद वह उठकर अपनी चौड़ी राजपूत हथेली का करारा चाँटा उसके गाल पर धर देगी। पर नहीं, मास्टरनी कुछ नहीं बोली। वह धीरे से उठी, मेज पर धरा रजिस्टर काँख में दबाया और बिना उसकी ओर दृष्टिपात किए, द्वार खोलकर निकल गई। उसके सर्वहारा महान प्रेम का कितना सस्ता मूल्य आँका गया था, उसी व्यथा और लज्जा से वह स्तब्ध हो गई थी। उस गर्वीली राजपूतनी के अक्खड़ स्वभाव को सुबोध जानता था। वह जा रही थी और सुबोध खिड़की से देख रहा था। वह पहले उसे कभी दिन डूबे अकेले नहीं जाने देता था। उसी पगडंडी पर नरभक्षी शेर का आतंक था, पर आज उसे इस नरभक्षी से बड़ा नरभक्षी कौन मिल सकता था! गर्दन ऊँची किए मास्टरनी धीरे-धीरे पगडंडी से ओझल हो गई।

दूसरे ही दिन सुबह सुबोध सारा सामान बटोरकर चला गया। बड़ी धूम से टीका चढ़ा, उससे भी धूम से विवाह हुआ। समृद्ध श्वसुर ने पुत्री-जामाता को हनीमून के लिए कश्मीर भेज दिया। कभी-कभी हनीमून के मधुर स्वप्नाकाश पर तैरती जलपरी आ जाती तो वह व्याकुल हो उठता। लगता, पानी से भीगी देह-परिमल उसे उत्तराखंड की ओर खींच रही है, पर दूसरे क्षण पार्श्व में लेटी नई-नवेली उसे खींचकर लिटा देती।

लौटने तक उसकी नियुक्ति दिल्ली में हो चुकी थी। अब वह नई फियट में घूमता, नये फ्रिज का ठंडा पानी पीता और नई पत्नी के पीछे-पीछे हाथ बाँधे घूमता रहता।

विवाह को एक वर्ष हो चुका था। जलपरी अब बासी पड़ चुकी थी, पर अभी भी उसकी पत्नी कभी गुसलखाने से नहाकर निकलती तो उसके भीगे बालों को सूँघते ही उसके नथुने फड़कने लगते। इसी बीच उसे मामा के पुत्र के विवाह में नैनीताल जाना था। श्वसुर ने पुत्री को नहीं भेजा, पहाड़ के घोंसले-से मकानों में दिल्ली-निवासिनी उनकी लाड़ली का दम घुट जाएगा। झल्लाकर सुबोध अकेला ही चल दिया। लौटा तो बेहद भीड़ थी। एक तो जुलाई में नैनीताल से काठगोदाम को चलती प्रत्येक बस ठसाठस भरी जाती है, उस पर उन दिनों किसी फिल्म की शूटिंग चल रही थी। बड़ी कठिनता से लोअर का टिकट लेकर वह एक बुढ़िया की पोटलियों से टकराता, बैठ ही पाया था कि सामने की सीट पर दृष्टि पड़ी। अपनी परिचित मुद्रा में, गोद में हाथ पर हाथ धरे मास्टरनी बैठी थी। वही थी, इसमें कोई सन्देह नहीं था। उस चौड़ी पीठ और भव्य गर्दन की स्वामिनी और कोई हो ही नहीं सकती थी।

''अरे राजेश्वरी, तू कहाँ! ले, खूब भेंट हुई,'' एक मोटी-सी औरत भागती-भागती उसकी खिड़की के पास खड़ी हो गई, ''क्यों, क्या बदली हो गई?''

''हाँ मौसी,'' प्राणों से प्रिय चेहरा तिरछा हुआ, सुभग नासिका में वही बल पड़े जो उसके मुस्कराने पर पड़ा करते थे, ''पीलीभीत जा रही हूँ।''

''अरे, क्या बनकर गई? हेडमास्टरनी?''

''नहीं मौसी, मास्टरनी।''

''तेरी अम्मा?'' वह औरत अभी भी हाँफ रही थी। एक हाथ आकाश की ओर उठा, बड़ी उदासी से राजी मुस्कराई, ''वहाँ।''

''हे राम, क्या बीमार हुई? क्या उमर है तेरी, और एकदम अकेली,'' दयालु मौसी की सहानुभूति और मास्टरनी का उत्तर ड्राइवर के हॉर्न में डूब गया। वह बड़े अधैर्य से हॉर्न बजाता, उस बूढ़े यात्री को कोस रहा था जो ठीक बस छूटने के समय, उतरकर नाली पर बैठा, लघुशंका से निवृत्त होने लगा था।

''क्या बताएँ साहब,'' ड्राइवर कह रहा था, ''इन बूढ़ों के मारे आफत है। घर से कुछ कर-धरके नहीं चलेंगे, जहाँ नाली देखी, बैठ गए। अब शायद बुड़ज्यू दस दिन की एकसाथ करके उठेंगे...उठो हो गुरू।'' साथ ही पूरी बस के यात्री ड्राइवर की रसिकता पर हो-हो कर हँस उठे। अकेली मास्टरनी नहीं हँसी, सिर झुकाए चुपचाप बैठी रही। सुबोध अब और नहीं देख सका, हाथ का सूटकेस उठाकर पिछवाड़े के द्वार की ओर बढ़ गया।

"अरे हजूर, कहाँ?" कंडक्टर ने आश्चर्य से पूछा।

"अचानक एक काम याद आ गया, कल जाएँगे। टिकट बेचकर पैसे तुम रख लेना," वह सूखी हँसी हँसकर उतर गया। बूढ़े के बस में बैठते ही बस चल दी।

बड़ी देर तक सुबोध ताल के पास खड़ा रहा। वैसी ही हरी-नीली झील थी, वे ही परिचित मेघखंड और झील में तैरती सूखी मरी पत्तियाँ; नहीं थी केवल जलपरी! क्षण-भर को उसके जीवन की मरुभूमि को अपनी आर्द्रता से छूकर वह तैरती-तैरती किसी अनन्त जलराशि में विलीन हो गई थी।

भूमि-सुता

उस रात को अनुराधा क्या कभी भूल सकती थी? उसी रात को उसके जीवन ने एक ऐसी करवट ली थी जिसका उसे पूर्वाभास भी नहीं था। कुछ ही घंटों पूर्व, जत्रियों से जगमगाते उसके लॉन में एक विराट पार्टी का आयोजन सम्पन्न हुआ था। अभी भी, अर्दलियों के मेज-कुर्सी खिसकाने की सर्रफर्र समाप्त नहीं हुई थी। पीने-पिलाने के लम्बे दौर के बाद क्लान्त, गहन निद्रानिमग्न पति की पलँग से लटकी शिथिल, पुष्ट बाँह को उसने धीरे-से उठाकर पलँग पर रखा ही था कि अचानक शोर सुनकर, खिड़की पर खड़ी हो गई। लगता है, आज ये अर्दली सोने नहीं देंगे। सोचा, नीचे जाकर डाँटना ही पड़ेगा तब ही चुप होंगे। गाउन डालकर नीचे उतरी तो देखा, शोर लॉन से सरककर सड़क पर चला गया है। नौकरों की भीड़ का घेरा न जाने क्या देखने, एक-दूसरे पर गिरा जा रहा था। तब, क्या कोई दुर्घटना घट गई थी? कहीं उन्हीं की पार्टी की किसी मदालस अतिथि की कार तो दुर्घटनाग्रस्त नहीं हो गई? वह तेजी से सड़क पर आ गई।

"क्या हो गया हीरा सिंह, आज सोने नहीं दोगे क्या?"

उसकी आवाज़ सुनते ही, उसका फौजी अर्दली भागता-भागता बड़े अदब से हाथ बाँधे खड़ा हो गया, "मेमसाहब, कूड़ेदान के पास कोई एक बच्ची डाल गया है।"

"क्या?"

"हाँ मेम साहब, चलकर देखिए। ऐसी ठंड में, पता नहीं कौन कसाई ऐसी फूल-सी बच्ची को मरने छोड़ गया है।"

अनुराधा एक पल को ठिठकी। क्या, उसका वहाँ जाना उचित होगा?

वह ब्रिगेडियर बालकृष्ण राव की पत्नी थी, वह जग गए तो? वह

ब्रिगेडियर तो अपना ही नहीं, अपनी पत्नी का भी एक-एक कदम फौजी अनुशासन में बाँधकर चलता था।

पर, फिर कुछ कुतूहल और कुछ शायद उसकी नियति ही, उसे वहाँ खींच ले गई थी! उसे देखते ही भीड़ का घेरा स्वयं बड़े अदब से सिमट गया। कूड़ेदान के पास, एक चादर में लिपटी वह नवजात फूल-सी बालिका मरी बटेर की-सी गरदन डाले चुपचाप पड़ी थी। दोनों नन्हीं मुट्ठियाँ कानों से सटाए, जैसे अभी भी माँ के गर्भ में सो रही हो, कोलाहल से बेखबर।

"लगता है, मर गई है मेमसाहब," और फिर बिना उसकी पुष्टि की प्रतीक्षा किए अर्दली ने अधैर्य से उसे उठा लिया—"साँस चल रही है, अभी जिन्दा है। मैं इसे अपने क्वार्टर में ले जाऊँ मेमसाहब? मेरी बेटी के अभी पाँच दिन पहले बेटा हुआ है, उसका दूध पीकर, शायद यह जी जाए।"

अनुराधा ने कुछ नहीं कहा, पलटकर चली गई। पलँग पर लेटते ही उसकी आँखों से आँसू झरने लगे।

एक वह थी, विवाह के पन्द्रह वर्ष बीतने पर भी सन्तान का मुँह देखने को तरस रही थी। कितने अनुष्ठान, कितनी पूंजा, कितने व्रत किए; कितने ज्योतिषी, नजूमियों के पास भटकी, कितने मन्दिरों में नाक रगड़ी, कितनी दरगाहों में मत्था टेका; गिरिजाघर, गुरुद्वारा कुछ भी तो नहीं छोड़ा, फिर भी गोद नहीं भरी। पति की प्रताड़ना की अवहेलना कर वह राजस्थान के उस बीहड़ इलाके में स्थित उस वरदायी मज़ार के दर्शन कर फल खा आई थी, जिसके विषय में उसने किसी पत्रिका में पढ़ा था कि यदि किसी भाग्यवती को वह फल मिल गया और उसने खा लिया तो फिर वंध्या बनी रहने का प्रश्न ही नहीं उठ सकता था। कहा जाता था कि एक बार एक जनखा वहाँ पहुँचा, उसके भाग्य से फल भी मिला, खाया भी। कुछ ही महीनों में दिव्य फल ने अपना प्रभाव दिखा दिया। गर्भ में शिशु की हलचल भी हुई किन्तु जन्म से पहले ही अजन्मे शिशु ने अपनी विचित्र जननी के प्राण ले लिए और साथ ही साथ अपने भी।

एक यह है हृदयहीन, जो ऐसी सुन्दर बच्ची को माघ की कड़कती ठंड में मरने छोड़ गया। यह कैसा अन्याय है विधाता का। मज़ार के पास पड़ी थी, इसी से सैयद बाबा ने शायद बचा लिया।

रात भर वह सो नहीं पाई। बार-बार जी में आ रहा था, बच्ची को क्वार्टर से उठा छाती से लगा ले। क्या पता, ईश्वर ने उसी के लिए यह दुर्लभ उपहार

भेजा हो। पति जगे, तो रात का हैंगओवर अभी भी पलकों पर छाया था।

उसने ब्रिगेडियर को रात की घटना सुनाई तो वह भन्ना उठा, "हीरा सिंह को क्या पड़ी थी जो उसे यहाँ ले आया, वह भी हमारे सागरपेशे में। पुलिस खबर पाते ही आ धमकेगी। कहाँ है? बुलाओ उसे।"

"क्यों बुलाऊँ?" इस बार अनुराधा तनकर सामने खड़ी हो गई, "यह कहूँ कि जहाँ से लाया है वहीं पटक आ? हीरा सिंह ने वही किया जो हमें करना चाहिए था। आखिर पड़ी तो हमारी ही कोठी के सामने थी?"

"नहीं, उससे कहो अभी पुलिस थाने जाकर बच्ची को उन्हें सौंप आए..."

तब ही हीरा सिंह बच्ची को लेकर स्वामी के सम्मुख नतमस्तक खड़ा हो गया। वह साहब की गर्जना सुन, भागकर बच्ची को ले आया था।

"क्या करता सरकार, नहीं लाता तो यह वहीं दम तोड़ देती। कोई ले जाने को तैयार ही नहीं था।"

"वे सब थे बुद्धिमान, और तुम हो मूर्ख, हमेशा रहोगे पल्ले सिरे के बेवकूफ–अब जाओ, दफ़ा हो जाओ!" ब्रिगेडियर का चेहरा तमतमा उठा था।

"नहीं," अनुराधा ने बच्ची को हीरा सिंह की गोद से छीनकर छाती से लगा लिया, "यह कहीं नहीं जाएगी, यहीं रहेगी..."

"पागल हो गई हो क्या? सोचा है इसका परिणाम क्या होगा?" ब्रिगेडियर फिर धाराप्रवाह अंग्रेजी में पत्नी को डाँटने लगे।

"मैं पालूँगी इसे। आने दो पुलिस को, क्या कर लेगी हमारा? हम क्या इसे किसी से छीनकर लाए हैं या चुराकर? हाँ, इसका कोई रिश्तेदार लेने आया तो दे देंगे–पर तुम क्या सोचते हो, जो इसे इस बेरहमी से सड़क पर मरने छोड़ गया है, वह इसे लेने आएगा?–देखो, गले पर निशान। लगता है, कसाई ने इसे मारने में कोई कसर नहीं छोड़ी..."

दो दिन तक ब्रिगेडियर ने अनुराधा को कितना समझाया, "अनुराधा, न जाने किसके पाप की गठरी है। लोग दस बातें करेंगे, फिर कभी यह भी सोचा है कि बड़ी होगी तो समाज इसे स्वीकारेगा?"

पर वृश्चिक राशि और वृश्चिक लग्न में जन्मी अनुराधा जो एक बार ठान लेती थी, वह करके ही छोड़ती थी।

उन दिनों उसके मामा भी उसके पास आए हुए थे। उन्होंने इस मातृ-पितृविहीना भानजी को पाल-पोसकर बड़ा किया था, कन्यादान किया था,

उन्होंने भी बहुत समझाया, "अनुराधा बेटी, पराई सन्तान पालना बहुत सहज नहीं होता। जब यह विवाह योग्य होगी, तब भी क्या तुम ईमानदारी से कह पाओगी कि यह तुम्हारी बेटी है? कौन है इसकी माँ, पिता का कुलगोत्र क्या है ये प्रश्न तुम्हें बौखला देंगे। मैं तुमसे पहले भी कह चुका हूँ कि गोद ली गई सन्तान कभी-कभी माँ-बाप का गलग्रह बन जाती है..."

"तुम तो देख भी चुकी हो अनुराधा," ब्रिगेडियर ने कहा, "कर्नल ग़नी की क्या दुर्दशा हुई—कश्मीर पोस्टिंग हुई तो एक गरीब सईस के खूबसूरत बेटे को गोद ले लिया—अपनी सन्तान थी नहीं, उसी पर मियाँ-बीवी ने ऐसा लाड़ लड़ाया कि पूछो मत। सबसे प्रख्यात पब्लिक स्कूल में भेजा, पर था तो सईस का बेटा, मसें भीगीं तो माँ-बाप को ही दुलत्ती झाड़ने लगा—कौन हैं मेरे माँ-बाप? क्यों खरीदा आपने मुझे? क्या हक था आपको? और फिर एक दिन, अपने उन्हीं माँ-बाप को ढूँढ़ने, बिना कुछ बतलाए चुपचाप घर से भाग गया। साथ में ले गया बाप का वॉलेट, माँ के गहने और बहुत कुछ।"

"सुनो अनुराधा," मामा ने फिर शान्त स्वर में समझाया, "जिस दिन इसे पता लगेगा तुम इसकी सगी माँ नहीं हो—पता तो एक-न-एक दिन ज़रूर लगेगा, कब तक छिपाओगी, कुदरत से तुम नहीं जूझ पाओगी—उसी दिन यह तुम्हारी सामान्य-सी डाँट-फटकार भी नहीं सह पाएगी। बार-बार यही सोचेगी मेरी सगी माँ होती तो क्या ऐसे डाँटती। मैं जानता हूँ, तुम इसे प्राणों से भी अधिक चाहोगी। पर अनुराधा, जिस सुख से विधाता हमें वंचित कर दैवी दंड देता है उस दंड को हमारे स्वीकारने में ही हमारा हित है। विधाता ने तुम्हें ऐसा पति दिया है, वैभव दिया है। एक सन्तान ही तो नहीं दी—और फिर अब तुम दोनों की उम्र भी गोद लेने की नहीं रही।"

पर, अनुराधा अपनी जिद पर अड़ी रही। पुलिस के आई.जी. उसके पति के क्लब के मित्र थे, ड्रिंक्स और ब्रिज के साथी, उन्होंने गोट बिठा दी। न कोई अड़ंगा लगा, न पूछताछ ही हुई। एक दिन, विधिवत पंडित बुलाकर उसका नाम भी धर दिया गया—घटी पल तिथि विहीना जन्मी थी, इसी से पंडित ने ही सुझाव दिया—कुछ भी नाम धर दीजिए। ब्रिगेडियर भी बच्ची का सुन्दर चेहरा देखकर पिघल गए थे, उन्होंने नाम धरा गोमती, "लखनऊ में जन्मी है।"

"नहीं," मामा ने कहा, "नदी और नक्षत्र का नाम नहीं रखा जाता।"

"सीता," अनुराधा ने कहा, "छोटा-सा नाम है--सुन्दर भी और पुकारने में छोटा।"

"नहीं," मामा ने फिर विरोध किया, "यह नाम भी नहीं।"

"यह नाम भी नहीं? क्यों भला?"

"सीता क्या कभी सुखी रही? चौदह वर्ष का वनवास झेला, रावण ने हरण किया, पति ने त्याग दिया–रखना है तो पार्वती धर दे।"

"पार्वती जैसे बड़ी सुखी रहीं! नंगधड़ंग पति, पत्ते खाकर तपस्या की, मायके से धकेल दी गईं और बैल की सवारी मिली।"

अनुराधा ने बच्ची को मामा की गोद में डाल दिया, "देखो मामा, क्या रंग है–आँखें देखो, जैसे भगवान ने दो पन्ना जड़ दिए हैं–नाक एकदम यूनानी, मैं तो इसका नाम रखूँगी भूमि-सुता। धरती की बेटी है यह..."

और फिर सुता को देखने नित्य ही फौजी अफसरों की पत्नियाँ दल बाँधकर आने लगीं। जो देखता वही उसका भुवनमोहिनी रूप देखकर मुग्ध हो जाता।

"बड़ी होकर यह निश्चित ही मिस यूनिवर्स बनेगी मिसेज राव, क्या नैन-नक्श हैं और क्या कम्प्लेक्शन!" इसी बीच, ब्रिगेडियर की बदली कोहिमा को हो गई, फिर सिक्किम और फिर सुदूर चीन।

सुता स्कूल जाने लगी थी, तब ही एक और चमत्कार हुआ। पिता को एक से एक सुख साधन दिलाकर भी सुता को जैसे सन्तोष नहीं हुआ। एक दिन अनुराधा बिस्तर से उठी तो लगा वह गिर पड़ेगी। पलँग की पाटी न थामती तो शायद चकराकर गिर भी पड़ती। पेट की सारी आँतें गोलमोल घूमती मुँह को आ रही थीं–वह घबराकर फिर लेट गई, घर में अकेली थी। सुता स्कूल गई थी, पति दौरे पर। घर में एक चीनी नौकरानी थी, जो न उसकी भाषा समझती थी, न वह उसकी। पर दो-तीन दिन तक लगातार स्वामिनी की यह अवस्था देख वह समझ गई। वह स्वयं नौ बच्चों को जन्म दे चुकी थी।

हँसकर उसने अपने पेट के इर्दगिर्द दोनों हाथों का घेरा बना, उसे समझाया कि उसने उसकी बीमारी का सूत्र पकड़ लिया है। यही नहीं, काल्पनिक शिशु को दोनों हाथों में हलरा-दुलरा, स्थिति और स्पष्ट कर दी।

"तुम्हें क्या हुआ है ममी?" भोली सुता ने अपनी नन्हीं बाँहें माँ के गले में डालकर पूछा, "तुम बिस्तर से उठती ही नहीं?"

'हे भगवान' अनुराधा मन-ही-मन सोचती व्याकुल हो उठी–'चालीस वर्ष

की वयस में विधाता का यह अद्भुत दान वह अन्त तक ग्रहण कर पाएगी या उसी जनखे की तरह उसे भी जान से हाथ धोना पड़ेगा? इतने वर्षों से जिसके लिए वह तरस रही थी, वह आज अचानक विधाता उसे क्या सचमुच दे रहा है। क्या यह सम्भव था? एक बार बहुत पहले भी तो ऐसा ही हुआ था। विवाह के दूसरे ही वर्ष, ये ही लक्षण ब्रिगेडियर को कितना उत्साहित कर गए थे। डॉक्टरनी ने तो बधाई भी दे दी थी, पर एकाएक स्वयं ही तप्त धरणी से वे बादल स्वयं बिना बरसे ही चले गए थे! धीरे-धीरे वे सुखद लक्षण स्वयं लुप्त हो गए। क्या आज भी वैसा ही कुछ हो रहा है?' चिन्तातुरा अनुराधा पति की प्रतीक्षा करती रही। जब बताया तो वह हो-होकर हँसने लगा—पागल हो गई हो क्या—यह तुम्हारे मेनोपौज का टाइम है, सुना है इसमें ऐसा होता है। किन्तु चीनी नौकरानी का निदान ठीक था। डॉक्टरनी ने पुष्टि की और पूछा, "पहली सन्तान कब हुई थी?"

"कभी नहीं!" ब्रिगेडियर ने कहा।

"तब कल आपके साथ जो वह प्यारी-सी बच्ची थी वह कौन थी?"

"हमारी गोद ली गई बेटी, पर डॉक्टर आर यू श्योर?" ब्रिगेडियर को अभी भी विश्वास नहीं हो रहा था।

"हंड्रेड परसेंट श्योर—टेस्ट में आ गया है—पर आपको बहुत सावधानी बरतनी होगी मिसेज राव। बेड रेस्ट, नो ड्राइविंग, नो स्मोकिंग, नो ड्रिंक्स, वाहन भी नहीं—इस उम्र में प्रसव, बहुत कठिन होता है मिसेज राव—सन्तान भी एकदम स्वस्थ एवं नॉर्मल हो, इसकी भी मैं पुष्टि नहीं कर सकती।"

पर प्रसव भी स्वाभाविक हुआ, न सिजेरियन, न फोर्सिप्स—बच्चा, पूरे आठ पौंड का गोलमटोल, गोरा-चिट्टा, मोम का पुतला। सुता तो भाई को पाकर बौरा गई थी, हर वक्त गोद में लेने की जिद करती।

"तू हमारी भाग्यलक्ष्मी है सुता," ब्रिगेडियर कहते, "तू ही तो पीठ पीछे भाई लाई है—देखो अनुराधा, सुता पर तुम्हें अब और ध्यान देना होगा—भाई के लिए उसके मन में कभी ईर्ष्या का अंकुर न उगने देना..." अनुराधा साँवली थी और ब्रिगेडियर था घोर कृष्णवर्णी, पर बेटा था एकदम बगुले का पंख...

"पता नहीं यह रंग कहाँ से ले आया पट्टा—कहाँ से पाया?" ब्रिगेडियर ने हँसकर कहा।

"सुता से, अपनी बहन का रंग पाया है इसने!" अनुराधा मुग्ध दृष्टि से

पुत्र को देख रही थी।

ब्रिगेडियर ने उसी क्षण उसका नाम धर दिया था—''रजत...रजत राव—बड़ा होगा तो आर.आर. कहकर पुकारेंगे इसे—मुझसे भी बड़ा ओहदा हासिल करेगा—कटोरे पर कटोरा, बेटा बाप से भी गोरा, समझी?''

ठीक ही भविष्यवाणी की थी ब्रिगेडियर ने। बेटा सचमुच ही बाप से भी गोरा निकला। वर्षों बाद स्वदेश लौटे, तो ब्रिगेडियर राव जनरल राव बन चुके थे। अवकाशप्राप्ति सन्निकट थी, पर उन्हें अपने आसन्न वानप्रस्थी जीवन की कोई चिन्ता नहीं थी। बेटी सुता अहमदाबाद में एमबीए कर रही थी, बेटा विदेश सेवा में आ गया था। उनकी निरन्तर प्रवास यात्रा ने उन्हें रंचमात्र भी क्लान्त नहीं किया था। शरीर अभी भी पूर्ववत् सन्तुलित बना रह गया था, चीनी खाने की लालिमा कपोलों पर स्थायी रूप से रस-बस गई थी, उदर की परिधि एक सेंटीमीटर भी नहीं बढ़ी थी, अन्तर हुआ तो बालों में, कनपटी पर हल्की सफेदी उतर आई थी किन्तु मूँछें अभी भी काली थीं। राव ने शरीर की आकर्षक गरिमा बनाए रखने के लिए वैसा ही त्याग भी किया था। कड़ी कवायद, मीलों की जॉगिंग, जबान पर चीनी का दाना नहीं आने दिया। रात को केवल सूप और लंच में उबली सब्जी, समुद्री घास-पत्ते और फलों का रस। अनुराधा भी पति की सेहत के साथ कदम पर कदम मिलाकर चली थी, इसी से तन्वी देह में छटाँक भर मांस भी नहीं चढ़ने दिया। उस पर उसकी पहनने-ओढ़ने की रुचि सदा से बेजोड़ रही थी। जनरल बनने के बाद राव के चेहरे पर सामान्य-सा अहंकार अवश्य झलकने लगा था। आगे-पीछे एडीसी, तीन-चार गाड़ियाँ, अदब से दुहरी होती पूरी बटालियन। भला ऐसी प्रभुता किसे मदमस्त नहीं करती? वैभव बढ़ता गया; रिश्ते कमजोर पड़ते गए। नए मित्रों की संख्या बढ़ी, पुराने चेहरे स्मृति से विलुप्त हो गए, किन्तु एक मित्र को वे कभी नहीं भूले—कर्नल माथुर। पति-पत्नी दोनों जनरल को, अनुराधा को अब भी उतने ही प्रिय थे। उन्हीं ने जनरल की अनुपस्थिति में, ठीक अपनी कोठी के सामने उनकी शानदार कोठी बनवा दी थी। पुत्री की उन्हें कोई चिन्ता नहीं थी। वह पहले ही घोषणा कर चुकी थी कि वह आजीवन कैरियर को ही पतिरूप में वरण करेगी—''मैं शादी नहीं करूँगी, पापा, आप दोनों धकेल भी देंगे तो भी इस घर से नहीं जाऊँगी।''

बेचारी सुता...तब क्या जानती थी कि एक दिन नियति उसे उसी बेरहमी से उसी चौराहे पर धकेल देगी जहाँ एक बार पटक गई थी।

पुत्र की भी उन्हें चिन्ता नहीं थी। ऊँचा-अगला गबरू जवान, रत्नजड़ित सिंहासनवाली नौकरी, उसके लिए भला रिश्ता क्यों ढूँढ़ें? ऐसे वांछनीय वर को तो रिश्ते स्वयं ढूँढ़ लेते हैं।

पर अनुराधा को पुत्र के प्रति पति की यह उदासीनता अखरती थी। कभी उससे सीधे मुँह बात नहीं करते। यह मत करो, वह मत करो, स्मोक मत करो, लड़कियों के साथ मत घूमो, आखिर बच्चा तो वह रहा नहीं।

बचपन में ही, बोर्डिंग में डालकर उसने बड़ी भूल की थी, यह एहसास उसे अब होने लगा था। माता-पिता से रजत का रिश्ता हमेशा के लिए, गरमी की छुट्टियोंवाला रिश्ता रह गया था, महज औपचारिकता का रिश्ता। न बेटा बाप से सीधे मुँह बात करता, न बाप बेटे से। उधर सुता कभी किसी शिकायत का मौका नहीं देती। कभी कॉफी बनाकर ला रही है, कभी उनके गोल्फ के दस्ताने-टोपी थमा रही है, कभी इस्तिरी किया रुमाल। यहाँ तक जनरल के जूतों में पॉलिश भी वह स्वयं करती, वह भी ऐसा कि मुँह देख लो।

''मैं हमेशा आदमी के जूते देखकर उसके व्यक्तित्व को जाँचता हूँ सुता। जिसके जूते धूल से सने, बिना पॉलिश किए होंगे उसका मन भी वैसा ही होगा, आलसी, धूल से सना, फूहड़।''

अवकाशप्राप्ति के पश्चात् दिन-रात जूते चमकानेवाले अर्दली तो रहे नहीं। इसी से छुट्टी में घर आती तो सुता ही वह काम करती। छुट्टियाँ खत्म होतीं, वह चली जाती तो जनरल का मूड उखड़ जाता। उसके जाने के तीसरे ही दिन, रजत छुट्टी में अचानक घर आ गया। एक तो जनरल का मूड वैसे ही उखड़ा था। अचानक उसे देख, गुर्रा पड़े, ''क्यों, कैसे आ गए?''

''क्यों, आपको मेरा आना अच्छा नहीं लगा क्या? देखा ममी?''

अनुराधा ने हँसकर बात टालने का प्रयत्न किया, ''तेरे पापा को सुता के जाने का बुरा लगा है, अब तू आ गया है, चल अच्छा किया।''

''पापा,'' वह जैसे लड़ने को ही एक दिन की छुट्टी लेकर आया था, ''आपने और ममी ने मुझे बताया क्यों नहीं?''

''क्या नहीं बताया रजत?'' माँ का कंठस्वर सदा की भाँति शान्त, अविचलित था पर पिता की आग्नेय दृष्टि उसे और भड़का गई।

''यही कि दीदी आपकी गोद ली हुई बेटी है, मेरी सगी बहन नहीं है।''

यहीं पर असहिष्णु राव एक भयंकर भूल कर बैठे, एक तो दो दिन से बढ़ा रक्तचाप कनपटी पर हथौड़े मार रहा था, उस पर बेटे का यह बेहूदा

सवाल।

अपनी कुर्सी से एक झटके से उठे और खींचकर पुत्र के गाल पर ऐसा तमाचा मारा कि पाँचों अँगुलियों के हस्ताक्षर उभर आए...

अनुराधा हतप्रभ होकर दोनों को देखती रही। एक ही वर्ष पहले तो राव की बाइपास सर्जरी हुई थी।

''क्या कर रहे हैं आप? जवान बेटे पर ऐसे हाथ उठाया जाता है?''

''हाँ-हाँ, हज़ार बार उठाऊँगा। खबरदार जो कभी यह बात जबान पर लाए—या सुता से कुछ कहा। वह कुछ भी नहीं जानती...''

''ज़रूर नहीं जानती,'' रजत व्यंग्य से हँसा, ''तब ही आपकी चमचागीरी कर दिन-रात मस्का लगा रही है, जूतों में पॉलिश, पाइप भरना, बिस्तर लगाना। आपको, ममी को खुश करके एक दिन आपकी पूरी जायदाद में बराबर का हिस्सा लेना चाहती है वह! मैं भी देखता हूँ कैसे लेगी वह!'' और फिर वह तीर-सा निकल गया।

और ऐसे अनुराधा एक बार फिर निपूती बन गई। वह बेटा फिर बाप के रहते कभी नहीं लौटा। उस दिन से जनरल में आश्चर्यजनक परिवर्तन हो गया। मौत तो उसी दिन हो गई, केवल स्वयं अपनी निष्प्राण लाश ढोते रहे। न हँसते, न बोलते, न ठीक से खाते। अब तक कठिन प्रयत्न से, संयम से सुरक्षित उनका यौवन-दुर्ग अकस्मात् ढह गया। आठ ही दिन में आनन्दी चेहरे पर विषाद की झुर्रियाँ उभर आईं, आँखों के नीचे अनिद्रा की चानमारी के छिद्र उभर आए, डेंचर उतारकर उन्होंने स्वयं खिड़की से बाहर फेंक दिया। शेर बूढ़ा हो गया था पर अभी भी ऐंठ गई नहीं थी। दिन भर कमरे में पड़े रहते। अनुराधा ने उनके मित्र कर्नल माथुर को सब बताकर कहा, ''अब आप ही समझाइए उन्हें। पता नहीं किस दुश्मन ने बता दिया रजत को।''

कर्नल के प्रयत्न से ही स्थिति में थोड़ा-बहुत सुधार हुआ, पर उस दिन के बाद घायल शेर बाहर नहीं निकला। रजत नहीं लौटा। एक पत्र से ही उसने माँ को सूचित किया था कि उसकी पहली पोस्टिंग मॉस्को में हुई है। पत्र में न पिता का नाम था, न दीदी का।

अनुराधा ने चिट्ठी फाड़कर फेंक दी थी, किन्तु ममता के बन्धन क्या इतनी सहजता से टूटते हैं? एक दिन राव ने स्वयं ही पूछ दिया, ''उसकी कोई चिट्ठी आई क्या?''

''किसकी?'' अनजान बनकर अनुराधा ने पूछा।

''और किसकी, उस हरामजादे की, तुम्हारे बेटे की।''

''हाँ, मॉस्को में पहली पोस्टिंग हुई है।''

उधर सुता की पढ़ाई पूरी हो चुकी थी, कई जगह इंटरव्यू देने में जुटी थी वह। घर आई, तो पापा को देख वहीं ठिठककर खड़ी रह गई है, ''डेंचर क्या हुआ पापा? कैसे अजीब लग रहे हैं आप, एकदम बूढ़े।''

''बूढ़ा तो हो ही गया हूँ सुता। तुम्हारा बाप क्या हमेशा जवान रहेगा।''

''हाँ-हाँ, मेरा बाप हमेशा जवान था और रहेगा...मामा, पापा क्या बीमार थे? डेंचर टूट गया तो दूसरा क्यों नहीं बनवाया?''

अनुराधा की आँखों में आँसू आ गए। पति के जिस व्यक्तित्व पर उसे गर्व था, वही उसके देखते-देखते टुकड़ों में बिखर रहा था और वह कुछ नहीं कर पा रही थी।

कितनी सुन्दर लग रही थी सुता, जैसे खिला गुलाब। कमर तक झूल रही चोटी, छरहरा शरीर, झलकें मारता गौरवर्ण और हरी झील-सी आँखें।

''जानते हैं पापा, आपके लिए एक सरप्राइज लाई हूँ!'' उसकी आँखों में उत्साह, उमंग की सहस्र तरंगें तिर रही थीं।

राव का कलेजा डूब गया—कहीं, किसी प्रेम-व्रेम का चक्कर तो नहीं? सम्भावित वियोग की आशंका राव को त्रस्त कर उठी। क्या वह भी उन्हें बुढ़ापे में अकेला छोड़ जाएगी? कैसे जिएँगे उसके बिना?

''क्या है सुता? बताती क्यों नहीं? क्या पापा के लिए ही सरप्राइज लाई है, मेरे लिए नहीं?'' अनुराधा ने उसके दोनों हाथ थाम लिए, ''कहीं स्वयंवर रचाकर तो नहीं आई?''

''नहीं ममा, मैंने आपसे कहा है ना, मैं कभी विवाह नहीं करूँगी। आप दोनों को छोड़कर कहीं नहीं जाऊँगी...''

''हमें घर-दामाद रखने में भी कोई आपत्ति नहीं होगी बेटी।'' अनुराधा ने हँसकर कहा।

''ममा मुझे सिटी बैंक में नौकरी मिल गई है, इसी महीने ज्वॉइन करना है। अब आपको नहीं छोड़ूँगी...आप दोनों मेरे साथ रहेंगे। अरे, रजत की ट्रेनिंग भी खत्म हो गई होगी—कहाँ है वह? अब तो भूले-भटके भी चिट्ठी नहीं लिखता।''

एकाएक दोनों का चेहरा फक पड़ते देख, वह बुद्धिमती समझ गई कि

कहीं कुछ गड़बड़ अवश्य हुई है। भाई को वह जानती थी। वह उद्धत, उद्दंड, अविवेकी लड़का कुछ भी कर सकता था।

"चल तू नहा-धोकर आ, फिर फुरसत से बातें करेंगे।"

रात को खाने की मेज पर पिता की अस्वाभाविक चुप्पी देख, वह समझ गई कि कहीं उन्होंने गहरी चोट खाई है। पर वह चुपचाप सिर झुकाए खाती रही। उसने न कुछ कहा, न पूछा।

पुत्री के आने पर, अनुराधा उसी के कमरे में सोती थी। पति को दूध, दवा देकर वह आई तो चेहरा एकदम उतरा था जैसे महीनों की बीमार हो। अनुराधा उसकी बगल की पलँग में लेटी थी। माँ के आते ही उठकर उसकी पलँग में लेट गई—दोनों हाथों से माँ के हाथ थाम, उसने पूछा, "ममा, क्या हुआ है—कुछ कहो ना, मेरा दम घुटा जा रहा है।"

इस बार, इतने दिनों से रोका गया अनुराधा का गह्वर सहस्र धाराओं में फूट चला—वह बच्ची की तरह सुबक उठी...

"ममा, प्लीज ऐसे मत रोओ, मैं कुछ नहीं पूछूँगी, फॉरगेट इट।"

"नहीं सुता, मैं आज तुझसे वह कहने आई हूँ जो बहुत-बहुत पहले कहना चाहिए था। अपना कलेजा मजबूत कर और याद रख बेटी, मैं और पापा, तुझे बहुत-बहुत प्यार करते हैं, हमें कभी गलत मत समझना।"

"कैसी पहेली बुझा रही हो मम्मी, आज तुम्हें अचानक यह हो क्या गया है?" सदा अविचलित गाम्भीर्य की साक्षात मूर्ति अनुराधा आज इतनी अशान्त, विचलित क्यों लग रही थी! शान्त झील की जलधारा में जैसे किसी ने ढेला मार दिया हो।

और फिर, अनुराधा एक साँस में सबकुछ कह गई थी—इस गृह में उसकी आगमनी से लेकर रजत का अविवेकी आरोप—कुछ भी नहीं छिपाया उसने।

एक पल को कमरे में स्तब्ध सन्नाटा छाया रहा। सुता पत्थर बनी चुपचाप बैठी रही, एक शब्द भी नहीं बोली। अस्पष्ट लैंपपोस्ट की रोशनी उसके चेहरे पर पड़ रही थी, कमरे की बत्ती बुझी थी। कागज-सा सफेद वह कमनीय चेहरा देख अनुराधा काँप उठी। वर्षों पूर्व की गई मामा की भविष्यवाणी क्या सच होती जा रही थी? "जहाँ उसे पता लगेगा अनुराधा, वह तुम्हारी सगी बेटी नहीं है, उसका विश्वास तुमसे उठ जाएगा—एक-न-एक दिन वह अवश्य पूछेगी—कौन थी मेरी माँ, कौन थे मेरे पिता, तब क्या उत्तर दोगी तुम?"

उसी क्षण, सुता ने संयत कंठ से पूछा, "मेरी माँ कौन थी, तुम जानती हो ममा? और मेरे पिता?"

इस बार भी अनुराधा झूठ नहीं बोल पाई—हाँ, वह जानती थी। पुलिस ने तीसरे ही दिन पता लगा लिया था। सौतेली माँ के दुर्व्यवहार से ऊबकर घर से भागी उसकी अभागिनी जननी किसी समृद्ध जमींदार ठाकुर की बेटी थी। संन्यास लेने स्वेच्छा से नहीं, भटककर पहुँची थी ब्रह्मकुमारियों के आश्रम में। वहाँ आते ही बीमार पड़ी, पता लगा दोनों फेफड़े क्षयग्रस्त हैं। तत्काल उसे इलाज के लिए ठाकुरगंज के टीबी अस्पताल में भेज दिया गया। पूरे छह महीने में स्वस्थ होकर लौटी, तो स्वास्थ्य एवं रूप देखकर हेड वैष्णवी दंग रह गई। कपोलों की लालिमा, बड़ी-बड़ी मदमस्त आँखों में उठती-गिरती आनन्द-उत्साह की सहस्र तरंगें। आज तक, जटिल रोग से पिचके क्षुधातुर उदर के अस्वाभाविक उभार का रहस्य जब उजागर हुआ तो बहुत देर हो चुकी थी। पूरे शहर में उस सर्वस्वत्यागिनी वैष्णवी दल की प्रचुर ख्याति थी। श्वेत वस्त्रों में लिपटी, बिना दाएँ-बाएँ नज़र उठाए वे कभी-कभार देवदर्शन को निकलतीं, तो लोग श्रद्धा से स्वयं नतमस्तक खड़े हो जाते। यह अभागिनी कहाँ से कालिख पोतने आ मरी! नहीं, उसे शरण देने का अर्थ ही था पाप को प्रश्रय देना। आधी रात को उसे बड़ी बेरहमी से बाहर निकाल दिया गया था। वह फिर कहाँ गई, कहाँ उसने अपनी अवांछित सन्तान को जन्म दिया, यह सब वैष्णवी ने पता लगा लिया था। वही बदचलन मुसलमान डॉ. इदरीस कुरेशी ने उसे ले जाकर निशातगंज की एक कोठरी में छिपा दिया था और स्वयं निगरगंड साँड-सा घूमने लगा था। स्पष्ट था कि उसी ने प्रसव कराया और फिर मासूम माँ का गला घोंट, लाश गोमती में फेंक दी थी। पोस्टमार्टम में गले में अँगुलियों के स्पष्ट निशान मिले थे। 'वह आत्महत्या नहीं निर्मम हत्या है', राव के मित्र पुलिस कमिश्नर मिश्रा ने कहा था, 'जिस धोबी ने सब देखा वह गवाही देने को तैयार नहीं है। न कोई गवाह है, न सबूत। डॉक्टर पकड़ा भी गया तो बड़ी आसानी से छूट जाएगा। बच्ची तुम्हारे पास ही रहे, इसी से अब हमने फाइल दाखिल दफ्तर कर दी है।'

"धीरे-धीरे सबूत भी जुट गया था," अनुराधा जैसे ट्रांस में बोलती जा रही थी, "लाश गोमती में बहा, वह तुझे लेकर मज़ार पर पहुँचा—तेरा गला घोंटने जा ही रहा था कि पेड़ के नीचे सोया मुजावर जग गया—कौन है रे? रोती बच्ची को वहीं पटक डॉक्टर भागा। चेहरा नकाब से ढका था, हड़बड़ी

में नकाब गिर गई और मुजावर ने पहचान लिया—यह तो ठाकुरगंज का डॉक्टर कुरेशी है। वह भी तो उनका मरीज रह चुका था—जब तक उसने शोर मचाया, डॉक्टर तेजी से कार चलाकर गायब हो गया था। तुमने देखा, कौन रख गया है इसे? भीड़ में से किसी ने पूछा। नहीं जी, मैं देखता तो छोड़ देता उसे? बुद्धिमान मुजावर जानता था कि यह गवाही उसे महँगी पड़ेगी। पर, उसने अपने मित्र हीरा सिंह को बताया, और उसके पेट में क्या पानी भी कभी पच सकता था? तीसरे ही दिन मुजावर की लाश उसी पेड़ के नीचे मिली, जहाँ वह सोता था। तेरे पापा ने ही पुलिस को फोन किया पर डॉक्टर फरार हो गया था। कहते थे, दुबई भाग गया है।''

सुता निःशब्द बैठी थी। उसकी सुदीर्घ चुप्पी ने अनुराधा को भयत्रस्त कर दिया।

''नाराज हो गई सुता?''

वह फिर भी चुप रही।

''मैं सच कहती हूँ सुता, कई बार तुझे सबकुछ बताने की सोची पर फिर साहस नहीं हुआ। तुझे भले ही गर्भ में न रखा हो, माना तुझे हमेशा अपने ही रक्तमांस का टुकड़ा,'' उसका गला रुँध गया।

''सो जाओ मम्मी, बहुत रात हो गई है,'' शान्त संयत स्वर में कहीं उत्तेजना नहीं थी, वह फिर चुपचाप अपनी पलँग पर लेट गई।

पर, उस रात न माँ की आँखों में नींद थी, न बेटी की।

सुबह होते ही वह फिर अपनी स्वाभाविक दिनचर्या में लौट आई, जैसे कुछ हुआ ही न हो। पापा के साथ, नित्य की भाँति घूमने गई, चाय बनाकर लाई, इधर-उधर की बातें करती रही। एक पल को भी उसने उस अवांछित प्रसंग को उभरने ही नहीं दिया। अपने व्यवहार से, स्नेहसिक्त हँसी से वह जैसे उन दोनों को यही विश्वास दिलाने की प्राणान्तक चेष्टा कर रही थी कि चाहे कुछ भी हो जाए वह उन्हीं की सगी बेटी है और हमेशा रहेगी।

''आज खाना मैं बनाऊँगी ममा, आप किचन में एकदम नहीं जाएँगी—चुपचाप पलँग पर लेटी रहिए—समझीं?'' ब्रिगेडियर राव ने अखबार नीचे धर, तिर्यक दृष्टि से पुत्री को देखा—''अब मुझे तेरी माँ की कोई चिन्ता नहीं रही सुता। तू किचन ही नहीं, सबकुछ सँभाल लेगी—मैं नहीं भी रहा तो...''

''छिः पापा, सुबह ही सुबह कैसी मनहूस बातें कर रहे हैं...''

"इनका तो दिमाग ही फिर गया है। तू नहीं रहती है तो मुझे ऐसे ही डराते हैं—क्यों जी, पिछली बार तिरुपति में पद्मनाथन ने आपकी कुंडली देखकर कहा था ना कि दीर्घायु योग है आपका?"

राव ने हँसकर चाय की चुस्की ली, "देखो अनु, जब समय आता है तो यमराज किसी की कुंडली खोलकर नहीं देखते, चील का-सा झपट्टा मारकर ले जाते हैं। इसी से तो मैंने विल बनाकर रख दिया है, सबकुछ सुता का और रजत का, तुम्हें यूनिट से हर महीने पाँच हजार मिलते रहेंगे, फिर सुता तो है ही..." पति ने रजत का नाम नहीं लिया और यह बात, एक पल को अनुराधा के मन में काँटे-सी गड़ गई।

"फौजी अदब-कायदे की घुट्टी पी है। जिस दिन मौत चलने को कहेगी, एड़ियाँ खटका, सैल्यूट मारकर चल दूँगा।"

उसने यही किया था। दूसरे दिन सुता को जाना था। सुबह चाय की ट्रे लेकर गई तो देखा पापा गहरी नींद में सो रहे हैं। पर, इतनी देर तक तो पापा कभी सोते नहीं थे? वह गहरी नींद कितनी गहरी है, यह बहुत देर में समझ में आया—अनुराधा मूर्च्छित होकर पति की निष्प्राण देह पर लुढ़क पड़ी। एक सुता ही ने अपने शोक को बड़े साहस से पीछे धकेल दिया। वह भागकर माथुर आंटी को बुला लाई, देखते ही देखते लोकप्रिय राव के मित्रों से कमरा घिर गया। माथुर आंटी दो वर्ष पूर्व वैधव्य का यही महादुख भोग चुकी थीं, उन्हीं ने अनुराधा को मृत देह से विलग कर, पलँग पर लिटा दिया, फिर सुता से कहा, "तू माँ के पास बैठ, मैं रजत को फोन करती हूँ।"

"आइ हैव बैड न्यूज फॉर यू रजत—तुम्हारे पापा का आज सुबह, कार्डियक ऐरेस्ट से देहान्त हो गया—तुम पहली फ्लाइट से चले आओ—हम बॉडी रखे रहेंगे..."

एक क्षण की चुप्पी से माथुर आंटी घबरा गई थीं—क्या लाइन कट गई?

"हलो हलो, सुन रहे हो रजत?"

"हाँ आंटी सुन रहा हूँ, पर मैं अभी नहीं आ सकता आज। भारत के प्रधानमन्त्री आ रहे हैं—मेरा आना असम्भव है, आप विनोद भैया से अन्तिम संस्कार करवा दें।"

भला, प्रधानमन्त्री के सामने, जन्मदाता की क्या बिसात?

"क्या हुआ आंटी?"

"कुछ नहीं सुता। वह नहीं आ सकता, कहता है प्रधानमन्त्री आ रहे हैं।"

सुता का चेहरा फक पड़ गया। क्या कहेगी ममी से? वह तो पहले ही से बुत बनी बैठी हैं। यह आघात क्या सह पाएँगी? अनुराधा की आँखों में न आँसू थे, न चेहरे पर शिकन—वह निष्प्राण देह के सिरहाने स्वयं निष्प्राण बनी बैठी थी।

स्त्रियों की फुसफुसाहट, सुता के कानों में गरम लावा उड़ेल रही थी। "रजत कब आ रहा है? एक ही तो बेटा है, कन्धा देने तो ज़रूर आएगा..."

किन्तु, अभागा बाप पराये कन्धों पर ही गया, बेटे का स्कंध स्पर्श उसे नसीब नहीं हुआ।

सुता ने छुट्टी बढ़ा ली थी—माँ को अकेली छोड़ वह कैसे जा सकती थी? पर फिर अनुराधा ने ही उससे कहा, "तू चली जा सुता, तेरी नई-नई नौकरी है—माथुर आंटी तो हैं ना।"

जाने से पहले दिन, वह माँ के पलँग में ही सोई।

"ममी, मैं उसका पता लगाकर रहूँगी।"

"किसका?"

"उसी का, जिसने हमारे घर की सुख-शान्ति भंग की, जिसने पापा के प्राण लिए, रजत को मेरा शत्रु बना दिया।"

"पागल मत बन सुता," घबराकर अनुराधा बैठ गई, "वचन दे, तू ऐसा कुछ नहीं करेगी। वह बहुत खतरनाक आदमी है—उसे ईश्वर ही दंड देगा।"

"नहीं, दंड मैं दूँगी, और तुम्हें बता जाऊँगी कि मैंने कैसा दंड दिया—तब तक घर नहीं लौटूँगी ममी।"

ढूँढ़ तो उसने लिया ही, दंड भी ऐसा दिया कि परिवार सहित जीवन भर तड़पता रहेगा, पर माँ को बताने का अवकाश जुटा, तो माँ प्राण रहते भी निष्प्राण बन चुकी थी।

पहले गई थी दुबई, पर पता लगा वहाँ प्रचुर धन, ख्याति बटोर डॉ. कुरेशी बम्बई चले गए थे। उन्हीं के एक मित्र से बम्बई का पता लेने पहुँची, तो वे उसे घूरकर देखते रहे, "आप उनकी कौन हैं?"

"कोई नहीं," वह हँसी—"क्यों पूछ रहे हैं आप..."

"माफ कीजिएगा, पर आपका चेहरा, आपकी आँखें, उठने-बैठने का सलीका...कुरेशी का है—इसी से पूछ बैठा।"

"कभी-कभी ऐसा भी होता है," वह हँसी, और पता लेकर तीर-सी

निकल गई।

बम्बई जाने से पहले उसने दुबई से घर को कई बार फोन लगाया। घंटी जाती रही पर किसी ने नहीं उठाया।

कहीं मम्मी बीमार तो नहीं हो गईं? जब से उसकी श्रीलंका में पोस्टिंग हुई, वह काम में ऐसी डूबी कि घर की खोज-खबर ही लेना भूल गई। दो-तीन चिट्ठियाँ भी लिखीं, पर न माथुर आंटी ने उत्तर दिया, न माँ ने।

दुबई से लौटी तो आते ही फिर जनक-संधान में जुट गई। सुना था, भिंडी बाज़ार में ही डॉक्टर कुरेशी की कोठी भी है और क्लीनिक भी। किसी माफिया सम्राट ने उन्हें कोठी ख़रीदकर उपहार में दी थी। किसी घृणित रोग से डॉक्टर ने उन्हें मुक्ति दिलाई थी और फीस के रूप में वह कोठी मिली थी। वहीं वे अपनी बेगम और बच्चों के साथ रहते थे।

कई गन्दी गली-गलियों को पार कर वह पहुँची तो संगमरमरी नेमप्लेट देखकर रुक गई—डॉ. इदरीस कुरेशी—गुप्त रोग विशेषज्ञ—यहाँ एड्स का यूनानी पद्धति से इलाज किया जाता है।

दो मुच्छेदार वर्दीधारी द्वारपाल उसे देखते ही चौकन्ने हो गए।

जब से दंगे हुए तब से उनकी सतर्क दृष्टि और पैनी हो गई थी, हिन्दुआनी लगती है—एक की स्पष्ट फुसफुसाहट उसने सुन ली।

"किससे मिलना है, वहीं रुको।" एक द्वारपाल गरजा।

"डॉ. कुरेशी से।"

"वे घर पर किसी मरीज को नहीं देखते। क्लीनिक में जाइए।"

"मैं मरीज नहीं हूँ—उनसे मिलना है।"

"क्या बात है, कौन है अब्दुल?" एक विचित्र मूर्ति द्वार घेरकर खड़ी हो गई।

शोख नीले रंग का सूट, रेशमी जालीदार दुपट्टा, सिर से पैर तक सोने की जगमगाहट, दबंग गृहस्वामिनी की मर्दानी आवाज़ बादल-सी कड़की, "कौन हो तुम? किससे मिलना है?"

सुता उस स्वर्णमंडिता मूर्ति को देख अवाक् खड़ी रह गई—गल्फ एयरवेज से उतरती सोने से झलमलाती ऐसी मूर्तियाँ तो वह दिन-रात देखती थी, पर इतने गहने? कुहनी तक ठँसी-फँसी सोने की चूड़ियाँ, इंजन के सर्चलाइट-सी चमकती, चौड़े नथुनों को और चौड़ा दिखाती हीरे की लौंग, कंठ में भैंस के गले की-सी मोटी दुहरी सोने की चेन, गुलबन्द, पान से लाल होंठ।

"बोलती क्यों नहीं, गूँगी हो क्या?"

"जी नहीं, गूँगी नहीं हूँ। डॉक्टर कुरेशी से मिलना है।"

"तो सुन लो जी, डॉक्टर साहब घर पर किसी से नहीं मिलते—ऐसे ही कल वह सोनागाछी की बंगालन यहाँ धरना दिए रही—नहीं मिले तो नहीं मिले—शक्ल-सूरत से तो शरीफजादी लगती हो, यह छुतही बीमारी कहाँ से ले आई।"

"नहीं, मैं उनसे मिले बिना नहीं जाऊँगी..."

"अजीब सिरफिरी छोकरी है..."

"क्या बात है आमना? कौन है?" डॉक्टर शोर-शराबा सुन, स्वयं निकल आया।

"आने दो—मैं देखता हूँ क्यों मिलना चाहती है हमसे..."

"आ जाओ बेटी।"

वह सम्बोधन सुता को एक पल को अवश बना गया।

डॉक्टर अपने दीवानखाने में एक जहाजनुमा सोफे में धँसकर बोला, "बैठो—कहो क्यों मिलना है हमसे?"

बुर्राक पाजामा, मलमल का कुर्ता, मुँह में सिगार, सामने दो बड़े-बड़े फूलदानों में महकता नरगिस का गुच्छा—एक नाव-से बने क्रिस्टल के पात्र में मोगरे के फूल, नन्हीं बत्तखों-से तैर रहे थे। सामने दीवार पर मक्का-मदीना की तस्वीर, कुरान की आयतें, पूरे कमरे में लोबान के सुवासित छल्ले तैर रहे थे इसी से पहले चेहरा ठीक से नहीं दिखा, जब दिखा तो सिर चकरा गया—अब समझ में आया, दुबई में उनका मित्र उसे क्यों घूर-घूरकर देख रहा था।

कितना साम्य था बाप-बेटी के चेहरे में! वही रंग, वैसी ही तीखी नाक और एकदम वैसी ही हरी आँखें।

"जो कहना है बिना झिझक कह डालो—घबराओ नहीं, हमारे पास हर मर्ज की दवा है, हमने कइयों को नई जिन्दगी बख्शी है।"

"और कितनों की जिन्दगी छीनी है?" सुता ने तपाक से पूछ लिया।

डॉक्टर का चेहरा तमतमा उठा, "कौन हो तुम?"

"अपना चेहरा देखिए आईने में और फिर मेरा देखिए—फिर नहीं पूछेंगे कि मैं कौन हूँ।"

"यह क्या बदतमीजी है..."

"जी हाँ, मैं वही हूँ जिसकी मासूम भोली माँ का गला घोंट, आप गोमती

में बहा आए थे। मैं वही हूँ जिसका गला घोंट आप सैयद बाबा की मज़ार पर पटक आए थे। मुजावर ने देख लिया तो आपने उस गवाह को भी साफ कर दिया।''

डॉक्टर का चेहरा सफेद पड़ गया, घुटने पर धरे दोनों हाथ बुरी तरह काँपने लगे।

''क्या चाहती हो तुम? पैसा? बोलो कितना चाहिए...''

''पैसा?'' वह जोर से हँसी, परदे के पीछे छिपी डॉक्टर की मुटल्ली नौ बच्चों सहित सबकुछ सुन रही है। उसने देख लिया था।

''कुछ चीज़ें ऐसी भी होती हैं, डॉक्टर कुरेशी, जिन्हें पैसा भी नहीं खरीद सकता–जानते हैं आप?'' वह उत्तेजित होकर खड़ी हो गई थी, ''मैं इतनी दूर से यही कहने आई हूँ–सुन सकेंगे आप?''

''जो कहना है जल्दी कहो और दफा हो जाओ। मेरा वक्त बहुत कीमती है, मरीज इन्तजार कर रहे होंगे, नमाज़ भी पढ़नी है।''

''अच्छा तो आप नमाज़ भी पढ़ते हैं?''

दो जोड़ा हरी आँखें आपस में टकराईं–एक में थी घृणा, क्रोध और प्रतिहिंसा; दूसरे में था आतंक, केवल आतंक। कहीं पर्स में पिस्तौल छिपाकर तो नहीं लाई है छोकरी–बदला लेगी क्या?

''मैं यही कहने आई हूँ कि आपकी यह आलमगीर कोठी, गहनों से लदी आपकी बेगम, बेशुमार दौलत, सब यहीं धरी रह जाएगी। यहाँ तो यहाँ, क्रब में भी आप तड़पते रहेंगे। आप हत्यारे बूचड़ हैं डॉक्टर, अपने कुरेशी नाम को सार्थक किया है आपने।''

फिर वह हवा के झोंके-सी निकल गई थी–एक बार जाने से पहले, उसने मुड़कर देखा अवश्य था।

डॉ. का मुँह खुला था, जबड़े लटक गए थे, आँखों में था भयंकर आतंक। लग रहा था अदृश्य हथकड़ी बेड़ियों में कसा-बँधा जघन्य अपराधी हिल-डुल भी नहीं पा रहा है!

अपना बदला वह ले चुकी थी।

तड़पेगा अवश्य, फिर उसकी बेगम, उसके बच्चे भी तो सब सुन रहे थे।

उसे दृढ़ विश्वास हो गया कि जो अपने अतीत को भुला, केवल अपने समृद्ध वर्तमान में जीता है उसे भविष्य कड़ा दंड अवश्य देता है। अब वह घर

जा सकती थी। पर सामान सँजो ही रही थी कि माथुर आंटी की चिट्ठी मिली :

"कहाँ खो गई हो तुम सुता, रजत और तुम्हारी भाभी से तो मुझे कोई उम्मीद नहीं थी, पर तुम कैसे भूल गईं अपनी मम्मी को? अब भी उन्हें देखने नहीं आईं, तो जीवन भर पछताओगी सुता। वह अब इस दुनिया में रहकर भी नहीं है। ब्लडकाउंट तो लो था ही, अब स्मृतिभ्रष्ट भी हो गई है। उसे न कुछ याद है, न होश ही रहता है। मैं ही जबरदस्ती नहलाती हूँ, खिलाती हूँ। रजत को लिखा तो उसने उत्तर ही नहीं दिया, सुना है कैलिफोर्निया चला गया है।

"फिर, एक दिन दोनों बिना बताए आ गए। होटल में रुके, दो दिन बाद जाने लगे तो कटलरी, बोनचाइना फर्नीचर सब औने-पौने दाम में बेच गए। कहने लगे—सोचते हैं, मम्मी को कलकत्ता के चैशायर होम में रख आएँ, आप कब तक इन्हें सँभालेंगी?

"मैं भी अड़ गई, जीतेजी मैं अ़नुराधा को किसी पिंजरापोल में नहीं जाने दूँगी। दिन भर मैं देखती हूँ, रात की एक नर्स रख ली है। लगता है इसके प्राण तुझमें ही अटके हैं—तू आ जा सुता।"

सुता दूसरे ही दिन पहुँच गई थी। माथुर आंटी द्वार पर ही खड़ी थीं।

"अभी-अभी खिलाकर सुला आई हूँ—सुना है, यह बीमारी पहले विदेशों में ही होती थी, बुढ़ापे की बीमारी, न अच्छे-भलों में गिनती, न पागलों में।"

सुता जानती थी उस बीमारी का कारण क्या है। विदेशों में सन्तानों की उदासीनता से पीड़ित, निष्कासित, ओल्ड होम में डाल दिए गए बूढ़े माँ-बाप, क्या वह हाइडपार्क की बेंचों पर स्वयं शून्याकाश को निहारते नहीं देख चुकी है? सन्तानप्रदत्त वे ही अकृतज्ञ आघात उन्हें धीरे-धीरे विस्मृति के गर्भ में डुबो देते हैं। एड्स की भाँति, अब यह बीमारी भी भारत में रेंग आई है। रजत और उसकी पत्नी के दिए गए अदृश्य आघातों के नासूर क्या एक-आध थे?

निराश्रित होने का आतंक अनुराधा की निरीह आँखों में सदा के लिए जम गया था—कहाँ जाएगी वह?

कभी कमरे ही में लावारिस लाश-सी पड़ी रही तो?

कौन देगा उसे मुखाग्नि?

टूटी-सी कैंपकॉट में सिमटकर बित्ते भर की रह गई माँ को देख सुता ने बड़ी चेष्टा से रुलाई रोकी।

सामने के दो दाँत टूट गए थे, जिस गहन केशराशि को वेणी बनाने में

उसकी अँगुलियाँ दुखने लगती थीं वह दूर्वादल के विरल गुच्छे-सी एक रबर बैंड में बँधी थी, कहाँ गया मम्मी का वह दबंग व्यक्तित्व?

"क्या पापा का डबलबेड भी बेच गए?"

"कहा ना मैंने, सुतली भी नहीं छोड़ी, उसका भी गोला बनाकर बेच गई तेरी भाभी, फ्रिज, वॉशिंग मशीन, तीन-तीन एसी..."

"लखनऊ की इस सड़ी गरमी में मम्मी कैसे रहेंगी यह भी नहीं सोचा?"

"क्या सोचते? मैंने क्या अनुराधा को यहाँ रहने दिया? अपने यहाँ उठा ले गई। फिर मुझे लगा, भले ही विस्मृत हो गई हो, कहीं तो इसके इस प्रिय बँगले के फर्श तले इसके अवचेतन में इसकी स्मृतियाँ दबी पड़ी होंगी—जा रही हैं तो यहीं से जाएँ।"

सुता ने उस संक्षिप्त अवधि में माँ की सेवा में अपने को मिटा दिया, रात की नर्स की छुट्टी कर दी, माथुर आंटी को जोर-जबरदस्ती कर घर आराम करने भेज दिया। ये अन्तिम क्षण सिर्फ माँ-बेटी के रहे। तीसरे दिन ब्रह्म मुहूर्त में मम्मी का हाथ स्वयं उससे विलग हो गया।

बड़ी देर तक वह उसकी छाती में मुँह छिपाए पड़ी रही। फिर माँ का हिमशीतल माथा चूम, उसने चादर से मुँह ढाँप दिया और माथुर आंटी को बुला लाई। उन्हीं की मदद से उसने फिर मुट्ठी भर की प्राणहीन देह को भूमि पर धरा।

उजाला होते ही प्रतिवेशी भागते आ गए—वह सन्त स्वभाव की सौम्य प्रतिवेदिनी सबको प्रिय थी।

"अन्तिम संस्कार मैं करूँगी आंटी!" सुता का दृढ़ स्वर सुन, सब चौंक उठे।

"नहीं, यह तो बेटा करता है सुता।"

देखते ही देखते महाप्रस्थान की पूरी तैयारी हो गई।

दाग कौन बैठेगा? यह काम तो पुत्री नहीं कर सकती।

"विनोद आ गया है, वह अनुराधा को चाची कहता था, वही दाग बैठेगा," माथुर आंटी ने कहा। विनोद उनका भतीजा था। किसी तरह समझा-बुझाकर सुता को घाट जाने से रोक लिया गया।

तीसरे दिन एक गंडपात्र में अस्थियाँ चुनकर विनोद उसे थमा गया था, "सुता, प्रयाग, बनारस या हरिद्वार में विसर्जित कर देना।"

पूरे दस दिन तक वह विनोद के साथ निशातगंज के घाट पर क्रिया करने

बराबर खड़ी रही।

लखनऊ के उस घाट की तीखी सीढ़ियाँ उतरते ही जैसे उसकी श्वास अवरुद्ध हो जाती थी। एक ओर शिव का मन्दिर, सामने डोरियों से बँधा अश्वत्थ का अक्खड़ वृक्ष जिसकी परिक्रमा कर, मृत व्यक्ति से अन्तिम विदा ली जाती थी—आसपास बनी समाधियाँ और सामने बहती गोमती की धूमिल क्षीण जलधारा।

आज क्रिया का अन्तिम पर्व था—हाथ में जल लो, कुश और तिल—तुम्हारी चाची थी ना?

"नहीं, मेरी माँ थी, मैं करूँगी," सुता विनोद को धकियाकर स्वयं बैठ गई—पंडितजी ने आश्चर्य से उसे देखा—पागल थी क्या यह लड़की?

"तुम कैसे करोगी, पिंड तो भैया ने दिया है ना?"

"आप कराइए पंडितजी—मैं करूँगी।"

"उनका कोई बेटा, सगा भतीजा, भानजा नहीं है क्या?"

"मैं ही उनका बेटा, भतीजा, भानजा हूँ—कहा न मैंने!" वह झल्लाई तो पंडित सहम गया।

"हाथ में जल लो—कहो...गंगायां च जले मोक्षो/वाराणस्यां जलेस्थले/अन्तरिक्षे, गंगासागर संगमे/ये मृता न पुनर्भवा! गंडपात्र को दोनों हाथों से विसर्जित करो।"

सुता ने पात्र को सिर से लगाकर जलधारा में विसर्जित कर दिया।

धीरे-धीरे हिलता-डुलता, कभी सीधा कभी टेढ़ा होता वह पात्र बहता गया। "ये मृता न पुनर्भवा..."

"मम्मी जाओ, अब इस बेरहम दुनिया में मत लौटना," वह बुदबुदाने लगी।

"विनोद भैया, आप पंडितजी को घर ले जाकर दक्षिणा चुका दीजिए, मैं थोड़ी देर में आ जाऊँगी..."

सचमुच ही सिरफिरी लड़की है, सोचता विनोद चला गया।

वह बड़ी देर तक निःस्तब्ध घाट पर अकेली बैठी रही। पात्र अब आँखों से ओझल हो चुका था।

वर्षों पहले, इसी गोमती की उदार बाँहों ने उसकी एक जननी को आश्रय दिया था। आज उसकी दूसरी माँ को भी अपनी उन्हीं उदार बाँहों में ले लिया।

"बहनजी!" वह चौंकी।

मन्दिर का अर्द्धनग्न पुजारी न जाने कब उसके पीछे आकर खड़ा हो गया था।

"अब आप घर जाइए–यह सड़क अब लखनऊ की बदनाम सड़क बन गई है, जब से रिंग रोड बनी है, दिन-रात राहजनी, चेन खींचना, गुंडागर्दी आम बात हो गई है..."

"कहें तो रिक्शा बुला दूँ?"

"नहीं, मैं चली जाऊँगी..." वह उठ गई।

जीवन की सबसे बड़ी राहजनी तो वह देख चुकी थी जहाँ पिता पुत्री का गला घोंट सकता है, किसी भोली निर्दोष किशोरी का सर्वनाश कर अकारण उसकी जान ले सकता है, जहाँ सगा बेटा माँ को प्राण रहते भी निष्प्राण बना सकता है। इससे बड़ी राहजनी, भला देख भी क्या सकती है?

विनिपात

मैं उस दिन भी, आज ही की भाँति इसी तखत पर बैठकर लिख रही थी। बाहर, श्रावणी वर्षा का वेग, तीव्र से तीव्रतर होता जा रहा था, अब ऐसी वर्षा में, न किसी के सहसा, मिलने चले आने के व्याघात की आशंका थी, न निष्क्रिय टेलीफोन की घंटी खनखनाने की। ऐसे ही एकान्त की मुझे कामना थी, अब बैठकर, शान्ति से लिख पाऊँगी। पर सहसा मेरे द्वार की घंटी बजी--हे भगवान, ऐसी वर्षा से जूझने, इतनी रात को, कौन दुःसाहसी चला आया होगा?

"कौन?" मैंने पूछा, बिना पूछे द्वार खोलने में भी तो अब खतरा था। पहले कोई उत्तर नहीं आया। मैं मन-ही-मन आशंकित भी हुई, सबको पता है, मैं इस फ्लैट में अकेली रहती हूँ। आए दिन तो लखनऊ में ऐसी घटनाएँ घटती रहती हैं, ऐसे कितने ही, दुःसाहसी वीर, बड़ी आत्मीयता से घरों में घुस, लूटपाट कर अकेली गृहस्वामिनी का गला घोंट, सीना ताने चले जाते हैं, न अब पुलिस का भय रह गया है, न निर्वीर्य जनता का।

"कौन?" मैंने फिर पूछा।

"हम हैं बहनजी!" नारी-कंठ स्वर का आश्वासन पा मैंने द्वार खोल दिया।

"आप ही शिवानीजी हैं क्या?"

"जी हाँ।"

"हम आ जाएँ?"

"आइए।"

उजाले में मैंने पहली बार ठीक से देखा, विराट शरीर, गले में सोने की मोटी चेन, अँगूठों को छोड़ बाकी सब अँगुलियों में अँगूठियाँ। गहरे नीले रंग की तनचोईं साड़ी, दोनों होंठ पान से बैंचनी, लाल भला लगते भी कैसे? एकदम स्याह रंग, ललाट पर बड़ी-सी मखमली बिन्दी, माँग में कम-से-कम आधा पाव

सिन्दूर की प्रगाढ़ रेखा—जैसे कोयले की कोठरी में आग लगी हो!

"हम आपकी बहुत पुरानी प्रशंसिका हैं, तब से आपकी कहानी-उपन्यास पढ़ रहे हैं, जब हमारी शादी भी नहीं हुई थी"—फिर अपनी बैंजनी हँसी से उन्होंने मुझे बींधकर कहा—"बहुत अच्छा लिखती हैं आप—"

मैं मन-ही-मन झुंझला रही थी, अपनी प्रशंसा का अर्घ्य समर्पित करने का, यही बेतुका समय जुटा था उन्हें?

"बात यह है बहनजी!" अब वे बड़े इत्मीनान से अपनी कदली जंघा पर हाथ धरे, मेरी ओर झुक आईं—

"हम आपके पास, बड़ी उम्मीद लेकर आई हैं।" मुझसे भला उनका क्या काम हो सकता था। और फिर मैंने तो उन्हें पहले कभी देखा भी नहीं था।

"आपने हमारे उनका नाम तो सुना ही होगा। आप ही लोगों ने उन्हें चुनकर, इस प्रदेश का मन्तरी बनाया था, बरसों आप लोगों की सेवा किए, अब संटर में चले गए हैं।" मैं अचरज से, उन्हें देखने लगी। हमारे चुने किन दुर्लभ रत्नों में से, किस रत्न की अर्धांगिनी थीं वे?

"अरे रिपुदमनवा" उन्होंने अधैर्य से अपने मर्दाने कंठ का नगाड़ा बजाया—और तत्काल एक बुन्देलखंडी पुष्ट मूँछों की, प्रभावशाली यवनिका फटकारता, रिपुदमनवा, जो सम्भवतः उनका अंगरक्षक था, हाथ में बन्दूक लिए दनदनाता आकर, स्वामिनी के पीछे खड़ा हो गया। मुझे उसने आग्नेय दृष्टि से देखा, शायद उसने सोचा होगा मुझ जैसी दो टके की महिला ने, उसकी दबंग स्वामिनी से, कोई अशिष्टता कर दी हो—"अरे इनको जरा मन्तरीजी का नाम तो बता—हम कैसे लें उनका नाम।" तत्काल, उसने राजसी चोबदार भंगिमा में, अपने प्रभु के नाम की उद्घोषणा कर दी—

"अब तू जा बाहर—"

"हाँ तो बहनजी—" उन्होंने बटेरी बटुआ खोला, पानबहार चूने और जर्दा के उदार सम्मिश्रण को, करतल पर धर पटापट पटका। फिर मेरी ओर खिसक आईं।

मैं डर गई, क्या अब मेरी गोद में बैठेंगी वे?

"हमारी एक ही बिटिया है, सरोज बाला, सरों, उसे भी कहानी लिखने का बड़ा शौक है। कई पत्रिकाओं में भेज चुकी है पर मरे संपादक छापते ही नहीं, लौटा-लौटा देते हैं।" मैं कुछ-कुछ समझ गई थी फिर भी अनजान बैठी रही।

"हाँ तो बहनजी, आप कहीं छपवा दें।" वैसे तो उसके पिताजी, यहाँ किसी भी अखबार से कहें, हाथों हाथ ले लेंगे पर हमारी सर्रो चाहती है, किसी बाहर की प्रतिष्ठित पत्रिका में छपे, जैसे धरमजुग, हिन्दुस्तान—"

"देखिए!" मेरा स्वर कुछ कठोर हो गया, "मैंने तो यह काम कभी किया नहीं है। फिर भला सम्पादक, मेरी क्यों सुनेंगे। और अब हिन्दी की बड़ी पत्रिकाएँ रह ही कहाँ गई हैं?"

"अरे जाइए बहनजी, हमें मत चराइए।" वे और निकट खिसकीं और एक बार फिर उन्होंने अपने बैंजनी स्मित का हथगोला, सीधे मेरे सीने पर मार दिया, "धरमजुग के इसी दीपावली विशेषांक में तो हमने आपकी कहानी पढ़ी हैं। हैं कैसे नहीं? हाँ, ये कहिए कि अब नाम छपता है। कहानी नहीं। "आप हमारे साथ रहें" उन्होंने विगलित स्वर में कहा—"बिट्टी की कहानी में, अपने सधे हाथों से कतरब्यौत कर सँवार दें। फिर देखें कैसे नहीं छपती।"

मैं हतप्रभ-सी उन्हें देखती रही। वे फिर चालू हो गईं, "गंगा किनारे हमारी बहुत बड़ी कोठी हैगी। पूरा गैस्टहाउस आपका, एक कार निरन्तर आपकी सेवा में खड़ी रहेगी। खाना-पीना सब हमारे साथ-साथ में, जितना कहें पाँच हज़ार, छह हज़ार, आपको बराबर मिलता रहेगा।" पैंतालीस वर्षों से भी अधिक हो गए हैं, कलम घिसते-घिसते, पर वाग्देवी के दरबार से ऐसा उदार प्रस्ताव, इतिपूर्व कभी नहीं मिला था!

"देखिए," अब विनम्रता, मुझे स्वयं दुर्वह लगने लगी थी, "मैंने न यह काम कभी किया है न कभी करूँगी। ऐसे बहुत पेशेवर आपको मिल जाएँगे जो ऐसा प्रेत-लेखन करते हैं। आप उन्हीं के पास जाइए।"

रिपुदमनवा वहाँ होता तो शायद अपनी स्टेनगन, मेरे सीने पर तान देता। पर स्वामिनी स्वमात्र भी विचलित नहीं हुईं। उनका कंठ भर्रा गया। "सर्रो बहुत अच्छा लिखती है बहनजी, कई बार तो हम उसकी कहानी पढ़, रो-रो पड़े हैं। बस हिन्दी कमजोर है। दोष तो हमारा ही है, बचपन से ही अंग्रेजी स्कूलों में पढ़ी है। बस आप जरा हिन्दी सुधार देतीं। हम ये थोड़े ही कहती हैं, कि आप ही पूरी कहानी लिख दें।" वे शायद स्वयं अपने पूर्व प्रस्ताव के खोखलेपन को भाँप, खिसिया गई थीं।

"मुझे क्षमा करें। मैं यह काम नहीं कर सकती। आपको हिन्दी सुधारने के लिए अनेक योग्य पंडित मिल जाएँगे।" पर, वे भी गजब की अड़ियल थीं।

"तब आप ही को यह काम करना होगा। कोई ऐसा टीचर हमें ढूँढ़ दें। यह हमारा पता है। इसी में फून नम्बर भी लिखा है।"

उनके जाते ही, मुझे सहसा, महेश पन्त का निरीह वेदनाविधुर चेहरा याद हो आया। पिछले हफ्ते ही तो मुझसे मिलने आया था, मेरे पति के ननिहाल का दूर का रिश्तेदार। पहाड़ के अधिकांश उच्चशिक्षित मेधावी नवयुवकों की भाँति, केवल, अपनी ईमानदारी का गलग्रह लिये, इधर-उधर नौकरी की खोज में, बेकार भटक रहा था। उससे योग्य पंडित और कौन हो सकता था। हाईस्कूल से एम.ए. तक सदा सर्वप्रथम, धनाभाव के कारण ट्रेनिंग नहीं कर पाया, इसी से शिक्षण संस्थाओं ने कुत्ते-सा दुरदुरा दिया। अंग्रेजी बोल नहीं पाता था यद्यपि लिखता था विशुद्ध त्रुटिहीन अंग्रेजी, पर बोल नहीं पाता तो वही स्थिति हुई कि कंठ में यज्ञोपवीत का सूत तो पड़ गया पर गायत्री मन्त्र जपना नहीं आता। सो द्विज कहलाए भी कैसे?

जीर्णशीर्ण धोती, पांडुजीर्ण कुर्ता, हाथ में उतनी ही जीर्ण कपड़े की थैली—"मुझे कहीं भी नौकरी दिलवा दीजिए। आपके गुण नहीं भूलूँगा, माँ अब पूर्णरूपेण पागल है। शुक्ल पक्ष में तो उसका उन्माद विकट हो उठता है। सारी-सारी रात, निर्वस्त्र गाँव भर में घूमती है। खेत, सब कारिंदों ने हथिया लिये हैं। पहाड़ के गाँवों में, ब्राह्मणों की बड़ी दुर्दशा है शिवानीजी—उनके बच्चों को स्कूल-कॉलेजों में, दाखिला नहीं मिलता, बेटों को नौकरी नहीं मिलती। न जाने कितने ब्राह्म परिवार, आज दाने-दाने को मोहताज हो गए हैं। मैं कोई भी काम करने को तैयार हूँ, खाना पका सकता हूँ, बाग-बगीचों की देखभाल-चौकीदारी—यह उस वंश का बेटा बोल रहा था जिसके पूर्वजों ने, सदैव ऊँचे आदर्शों का पालन किया था। जिन्होंने ऋग्वेद के दस सहस्र से अधिक मन्त्रों के पदपाठ, क्रमपाठ में जीवन बिताया था, कल्पसूत्र पाणिनी का व्याकरण, निरुक्त, छन्द, शिक्षा ज्योतिष के दुर्बोध ग्रन्थों के अध्ययन, मनन-चिन्तन से अपने ब्रह्मतेज को निरन्तर दीप्त किया था। उनका वंशज आज चौकीदारी करने को भी तैयार था। जिसके पूर्वजों के सम्मुख जरा दरिद्र जीवन एवं उच्च आदर्श रहा, वे कभी धन के लोभी नहीं रहे, न सत्ता के। क्या हुआ है कोई ब्राह्मण शासक—? उन्हीं पूर्वजों का त्याग, उनकी साधना की धारा, आज भी कुमाऊँ में सूखी नहीं है, उजड़ जाने पर भी दिल्ली दिल्ली ही है। इसी से शायद, आरक्षण का सबसे कड़ा विरोध कुमाऊँ में ही हो रहा है। संस्कारों की लौहश्रृंखला, सहज में नहीं टूटती।

"देखिए" महेश कह रहा था, "मैंने काव्यतीर्थ की परीक्षा भी उत्तीर्ण की है। संस्कृत में कविताएँ भी लिख लेता हूँ, पर कोई छापने को तैयार नहीं। कालिदास ने कहा भी है कि सुन्दर पौधा लगाने से ही तो काम पूरा नहीं होता। उसे कोई सींचेगा नहीं तो मुरझाएगा ही ना! जब देखता हूँ, घिसट-घिसटकर तृतीय श्रेणी में परीक्षा पास करनेवाले मेरे सहपाठी अपनी अनुसूचित जाति का प्रवेशपत्र दिखा, ऊँचे-से-ऊँचे पदों पर आसीन हैं तो बुरा लगना तो स्वाभाविक है—आप ही बताएँ, हम कहाँ जाएँ?" उसकी सौम्यता, सौजन्य एवं विद्वत्ता ने मुझे बहुत प्रभावित किया था, उस पर देखने में साक्षात रतिपति! उज्ज्वल गौरवर्ण, आजानुविलम्बित बाहु, सिल-सी छाती और निरीह निष्कपट कृष्ण स्मित, मुस्कराता तो दाँत भी नहीं दिखते।

"देखो," मैंने कहा, "मेरे वश में होता तो तुम्हारी ऊँचे-से-ऊँचे पद के लिए सिफारिश करती, पर तुम शायद भूल रहे हो कि मैं भी तुम्हारी तरह ब्राह्मण हूँ। एक काम क्यों नहीं करते?"

"कहिए!"

"मेरी बहुत दिनों से इच्छा है किसी से पाणिनी का व्याकरण पढ़ूँ—तुमसे योग्य व्यक्ति मुझे कहाँ मिलेगा। जब तक नौकरी नहीं जुटती—मेरे साथ रहो, खाओ, पियो, घंटा भर पढ़ा दिया करो। जेब-खर्च के लिए पाँच सौ मैं दे दूँगी।"

"नहीं!" उसका चेहरा अजीब हो गया।

"आपको मैं नहीं पढ़ा सकता।"

"क्यों?"

"आप बड़ी हैं, पूज्या हैं। आपका गुरु बनने की धृष्टता कभी नहीं कर सकता।"

"अच्छा!" मैंने हँसकर कहा, "अपना पता छोड़ जाओ, मैं पूरी चेष्टा करूँगी।" आज उसी का उदास चेहरा मुझे सहसा याद हो आया। मैंने तत्काल उसे पत्र लिख दिया—"तुम्हारे लिए नौकरी ढूँढ़ ली है, फौरन चले जाओ।"

मैं जानती थी, एक-न-एक दिन उसका पांडित्य, सौजन्य और सर्वोपरि उसका लाख टके का व्यक्तित्व, मन्त्रीगृह के द्वार उसके लिए बड़े औदार्य से खोल देगा और अपने प्रभावशाली पद के प्रभाव से, गृहस्वामी उसके लिए नौकरी स्वयं ढूँढ़ देंगे।

वह अविलम्ब उपस्थित हो गया था। मैंने देखा बेचारे की थैली उसकी सीमित सम्पदा से पूरी भी नहीं भरी थी। एक जोड़ी जीर्ण कुर्ता-पाजामा तन पर था, एक जोड़ी थैली में। कागज में लिपटी साबुन की घिसी टिकिया, छोटा-सा कंघा, दाढ़ी बनाने का सामान और तीन-चार पुस्तकें—मैं ही उसके लिए गांधी आश्रम जाकर दो जोड़ी कपड़े, दरी, चादर, तकिया ले आई थी। उसका अधरंग शेविंग ब्रश, जिससे शायद उसके प्रपितामह ने भी दाढ़ी छीली थी, उसे फेंक, उसे नया किट लाकर दिया। तौलिया, पेस्ट-ब्रश।

"जी मैंने तो यह सब कभी नहीं किया, वज्रदन्ती मंजन स्वयं बनाता हूँ।"

"अब जहाँ जा रहे हो वहाँ यह सब नहीं चलेगा।"

फिर मैंने ही उसके सरल अतीत के पृष्ठ फाड़कर फेंक दिए और उसे कानपुर के लिए विदा किया।

जाने से पूर्व बड़ी श्रद्धा से मेरे पैर छूकर उसने कहा, "मैंने आज तक, माँ और मामा के हाथ का बना खाना ही खाया है, उनसे कह दें, मैं स्वयंपाकी हूँ। मैं खुद बना लूँगा।"

"हाँ-हाँ, मैं कह दूँगी।"

मैंने उसके जाते ही उन्हें फोन कर दिया और उसके आने की सूचना दे दी थी, "आप उसे स्वयं बस स्टैंड से ले लें। कभी पहाड़ के बाहर नहीं गया, बहुत सीधा लड़का है, खद्दर का बादामी कुर्ता पहने है। देखने में फिरंगियों-सा गोरा उजला है। एक बात और है, वह किसी का छुआ नहीं खाता, मेहरबानी कर, उसके लिए रसद बर्तन, स्टोव आदि का प्रबन्ध कर दें। दो हज़ार वेतन लेगा लेकिन उसकी योग्यता तो दस हजार की है।"

"धन्यवाद बहनजी, आप निश्चिन्त रहें, हम पंडितजी को कोई कष्ट नहीं होने देंगे। आठ दिन तक मुझे उसकी फिर कोई खबर नहीं मिली, चलो मन लग गया होगा बेचारे का, किसी का तो उपकार कर चाहे 'नहीं कल्यःणकृत कश्चित, दुर्गति तात गच्छति' मन-ही-मन मैं अपनी प्रिय पंक्ति दोहराने लगी, पर दुर्गति होने से क्या मैं बच पाई?

जब जाने लगा तो मैंने पूछा था—"महेश, तुम इतनी दूर रहोगे। तुम्हारी उन्मादिनी माँ की देखभाल कौन करेगा।"

"उसकी हमें चिन्ता नहीं है शिवानीजी। मेरे एक मामा हैं, मामी को पिछले साल बाघ खा गया, मामा के बच्चे थे नहीं, मैं ही जाकर उन्हें लिवा लाया, एक तो माँ उनसे डरती है, दूसरा हमारी आर्थिक विपन्नता को, उन्होंने अपने

कन्धों पर लेकर, मुझे चिन्तामुक्त कर दिया है। उनका-सा कर्मकांडी पंडित, कुमाऊँ में ढूँढ़ने पर भी नहीं मिल सकता, उनके बँधे जजमान हैं, विवाह-मरण, जन्म-श्राद्ध सब सम्पन्न करा, काफी कमा लेते हैं। मुझसे कहने लगे, 'जा भानजे, जा, ईश्वर तुझे डिप्टी बनाए, घर की चिन्ता मत करना, जा नाम कमा' '' और कैसा नाम कमाया था भानजे ने। दसवें दिन, महेश, सहसा अपना वही झोला लटकाए, मेरे द्वार पर खड़ा था। मेरा माथा ठनका, जुम्मा-जुम्मा आठ दिन ही तो हुए थे, यह खोटे सिक्के-सा क्यों लौट आया?

''क्या हुआ महेश?'' मैंने उसके झाड़ू फिरे उतरे चेहरे को देखकर चिन्तित स्वर में पूछा।

हाथ का थैला नीचे पटक वह गलीचे पर ही धम्म से बैठ गया और दोनों घुटनों में सिर डाल, फूट-फूटकर रोने लगा। ''लो ठंडा पानी पियो फिर बात करना।'' मैंने तो फ्रिज से पानी लाकर दिया, बेचारा लड़का, कभी पहाड़ की परिधि तो लाँघी नहीं थी, कानपुर की जानलेवा गरमी से बौरा गया था शायद। ''क्यों क्या बात है महेश, परेशान क्यों हो? किसी ने कुछ कहा क्या?'' उसने नहीं की मुद्रा में सिर हिलाया। ''खाने-पीने का कष्ट था क्या?''

''नहीं!'' इस बार उसका कंठ फूटा, राशन-बर्तन, स्टोव सब माँजी ने रखवा दिया है।

''तब?''

''शिवानीजी, आपने मुझे वहाँ क्यों भेज दिया?''

''क्यों?''

''वे चर्मकार हैं। मैं गंगा नहाने गया तो एक सज्जन ने सब बता दिया। कहते हो—ब्राह्मण हो, फिर यहाँ धर्म भ्रष्ट करने क्यों चले आए, सुना है रहते भी वहीं हो—छिः-छिः।''

मैंने उसे इस बार आड़े हाथों लिया।

''महेश ठीक है, लौट जाओ अपने गाँव कूपमंडूक बने, उसी बसियाते कुएँ में टर्राते रहो जीवन भर। मैंने तो सोचा था, तुमने वेदवेदांग निरुक्त दर्शन से कुछ सीखा होगा। जानते नहीं हमारे शास्त्रों में दो प्रकार के ब्राह्मण कहे गए हैं, जन्म ब्राह्मण और कर्म ब्राह्मण। कोई शूद्र गृह में जन्म ले और उसके कर्म ब्राह्मणोचित हैं तो वह कर्म ब्राह्मण है और यदि कोई ब्राह्मण कुल में जन्म लेकर जन्म ब्राह्मण होकर भी जघन्य कर्म करता है तो वह शूद्र से भी गया-बीता शूद्र है। तुम्हें पूर्ण सुविधा मिल रही है, खाना खुद बना रहे हो, रहने को

साफ-सुथरा परिवेश है, दो हजार वेतन पा रहे हो, वह भी केवल हिन्दी सुधारनी है, "क्या खाक सुधारूँ—अपना सिर फोड़ूँ क्या?" वह झल्लाया। मैंने उसे पिता को पत्र लिखने को कहा तो जानती हैं क्या लिखा उसने? "पूज्य पिताजी, मैं यहँ कुशल से हुं, आपका कूशल नक चाहता हूँ।" अब जिसका ऐसा हिन्दी ज्ञान हो उसकी हिन्दी क्या सुधारूँ? फिर एक बात और है—कहूँ?"

"कहो।"

ये बड़े लोगों के सौजन्यता की नकाब में छिपे चेहरे, बहुत भयानक होते हैं। ऐसे-ऐसे लोग वहाँ आते हैं कि रोंगटे खड़े हो जाते हैं, कुटिल चेहरेवाले गुंडे, हत्यारे इन सबके छिपने का आरण्यक है वह गृह। एक अँधेरा तहखाना बना है जहाँ यमराज भी नहीं पहुँच सकते। सारी रात मीटिंग होती है, पीने-पिलाने का दौर चलता है, धीमे स्वरों में बातें करते हैं—उस निशाचरी नगरी में, मैं साँस भी नहीं ले सकूँगा। शिवानीजी, आप उनसे कह दें।"

"क्या तुम उनसे बिना कुछ कहे चले आए हो।"

"नहीं!" मैंने माँजी से कहा—"मेरी माँ की तबीयत खराब है, देख आऊँ?"

बोली, "हाँ-हाँ, चले जाओ बेटा, जल्दी आना, सर्रो की कहानी अधूरी है।" "तब तुम कानपुर लौट जाओ महेश, यह धैर्य तुम्हारे हित में होगा। उन्हें खुश रखोगे तो तुम्हें अवश्य कहीं लगा देंगे। तुम्हें कौन यहाँ जीवनभर रहना है। जाओ, जमाना बहुत बदल गया है, अपने शिखा सूत्र ही सँभालते रहे तो कहीं के नहीं रहोगे, जाओ, सर्रो की अधूरी कहानी पूरी कर आओ।"

काश सर्रो की कहानी अधूरी ही रहती। पाँच-छह महीने तक, मुझे फिर उसकी कोई कुशल नहीं मिली। एक बार फोन किया तो मंत्रीजी के पी.ए. ने बताया—बाबा साहेब अपनी बायपास सर्जरी कराने सपरिवार लन्दन गए हैं।

"और महेश?"

"पंडितजी? वे भी साथ गए हैं।" चलो विदेश की उदार जलवायु, महेश की चुटिया की गाँठ तो कुछ ढीली अवश्य करेगी। एक बात मेरी क्षुद्र बुद्धि में आज तक नहीं आई। मन्त्रीपद पाते ही, मन्त्री हृदय अपनी बायपास सर्जरी के लिए ऐसे क्यों मचलने लगता है। इससे हमारे हृदय अच्छे, जो बढ़ती वय में भी क्वार्टज घड़ी की तत्परता से, बिना चाभी के भी चलते रहते हैं—टिक टिक टिक टिक।

फिर मैं स्वयं अपनी भ्रामरी दशा में उलझी, न जाने कहाँ-कहाँ घूमती रही। पहले मॉस्को फिर साइबेरिया, ताशकंद लौटी तो इंटरनेशनल एयरपोर्ट पर सहसा महेश दिख गया। उसे पहचानने में मुझे कुछ समय ही लगा था। आपादमस्तक बदल गया महेश, किसी बहुराष्ट्रीय कम्पनी का सीनियर एक्जिक्युटिव ही अधिक लग रहा था।

''छाया,'' उसने कहा तो मैं जैसे आकाश से गिरी—यह वही महेश था जो, मुझे देखते ही साक्षात दंडवत की मुद्रा में, मेरे चरणों में लोट जाता था?

''कैसे हो?'' मेरा स्वर अनचाहे ही व्यंग्यात्मक हो उठा।

''फाइन,'' वह हँसा। हँसी अब भी मृत नहीं हुई थी। वही दूधिया मिठास, पिताजी की बायपास सर्जरी ठीक से हो गई। मैं सरोज जी फिर पूरा यूरोप नाप आए। फिर हवाई चले गए।

''क्यों चुटिया कहाँ गई?'' मैंने हँसकर पूछ दिया, ''क्या हवाई में चढ़ा आए?''

''अब विदेश में शिखासूत्र को बचा पाना बड़ा कठिन है शिवानीजी।''

मन में तो आ रहा था पूछूँ, 'और कुछ भी बचा पाए मूर्ख?'

''माँ कैसी हैं और मामा?'' मैंने प्रसंग बदल दिया।

•

वर्षों से मेरे स्नेही पाठकों की मुझसे एक ही शिकायत रही है, मेरी प्रत्येक नायिका, इतनी सुन्दर क्यों होती है। आज विधाता ने मेरे सम्मुख ऐसी बीभत्स नायिका को खड़ी कर दिया था कि चाहने पर भी, मेरी लेखनी उसका एक नैन-नक्श भी सुधारने में असमर्थ है। कद, लगभग चार फुट किन्तु, मेदबहुल शरीर निकट से देखने पर भी ढाई फीट का लग रहा था, एकदम बजरबौनी चौड़ा कल्ला, डेढ़ इंची ललाट पर बड़ी-सी मखमली बिन्दी, सबसे विचित्र था उसके शरीर का गठन। उसके वक्ष का अस्वाभाविक उभार, सीधे कंठ से उभरता घुटनों तक चला आया था। लगता था पूरे शरीर में, केवल छाती ही छाती है, ऊँचे गजदन्त, चौड़े फैले नथुने, हीरे की लौंग की ज्वलन्त आभा में, दाएँ कपोल का बदसूरत मस्सा और भी विकट लग रहा था। संक्षेप में कहूँ तो साक्षात हिडिम्बा मेरे सम्मुख खड़ी थी।

''आपसे कभी मिल नहीं पाई,'' हिडिम्बा ने खींसें निपोरकर कहा।

'सौभाग्य मेरा ही था,' मैंने मन-ही-मन कहा।

''चलो महेश, पिताजी कार में बैठे हैं। उन्हें स्ट्रेन होगा।''

मैं भारी मन से चली आई। क्या मैंने ही उस अभागे का सर्वनाश किया था? दूसरी बार, वह मुझे राजभवन की पन्द्रह अगस्ती पार्टी में मिला, एक तो वैसे ही उस अटपटी बहुरंगी भीड़ में मेरा दम घुटने लगता है, तमगा लटकाए–फौजी अफसर, खद्दरधारी धोती की लाँग सँभालते लम्बे, नाटे, मोटे-खोटे नेतागण-अफसरों की पत्नियाँ अपनी वेंकटगिरी, गढ़वाल साड़ियों की पताका फहराती, आकाश की ओर उन्नत नासिका उठाती किसी को कुछ न समझनेवाली मुद्रा में तिर्यक दृष्टि से देख गर्दन फेर लेती। रसमलाई, समोसे, पेस्ट्री स्तूप पर टूटती भीड़, राजभवन का बैंड–सबकुछ मुझे महानाटकीय लगता है। मैं सदा की भाँति एक निभृत कोने में खड़ी थी कि महेश ने मुझे देख लिया, वह हँसता हुआ आ गया। इस बार, उसका व्यक्तित्व कुछ और निखर गया था। बढ़ते उदर की परिधि ही बता रही थी कि जिस महिमामय गृह में रह रहा है वहाँ का नमक असर कर रहा है। क्या अब भी कान में जनेऊ चढ़ाकर, लघुशंका से निवृत्त होने जा पाता होगा बेचारा?

वह मेरे पास आकर खड़ा हो गया। ''हाय'' उसने कहा, साथ में 'पिताजी' की पुत्री भी थी, गहरी बैंगनी साड़ी, वैसा ही लिपस्टिक, सिर से पैर तक सुवर्णमंडिता लगा, जैसे किसी ने त्रिभुवनदास जवेरी का शोकेस ही, मेरे सामने खड़ा कर दिया हो।

''क्यों, तुम्हारा कहानी लेखन कैसा चल रहा है।'' मैंने पूछा।

''जी, इनकी तीन कहानियाँ प्रतिष्ठित पत्रिकाओं में छप चुकी हैं, अब उपन्यास लिख रही हैं। उसे ही पूरा करने हम ऊटी जा रहे हैं।'' उत्तर महेश ने ही दिया, स्पष्ट था कि उपन्यास वही लिख रहा है। मैं उसे आश्चर्य से देख रही थी। वह तो सदा ही संस्कृत का मर्मज्ञ पाठक रहा है। क्या ये ही पंक्तियाँ उसे पथभ्रष्ट कर गईं?

मध्याह्ने निखरे निदाघ समये
तापोघनो वर्त्तने
शीते कुंजवटे विचित्र विटपे
भो पांथ! विश्रम्यताम्
एकाकी च भवानहं च तरुणी
शून्या प्रपा वर्त्तते
लज्जामि ब्रुवति स्वयं व चतुरो
जानासि कालोचितम।

हे पथिक, निदाघ की दोपहरी है, धर्मातप असह्य हो उठा है, इस दशा में चलना असम्भव है, अब तुम इस सुन्दर पेड़ की, एकान्त शीतच्छाया में विश्राम करो, तुम एकाकी हो और मैं तरुणी—साथ ही यह प्रपा भी निर्जन है, तरुणी हूँ इसी से कुछ कहने में लाज आती है पर तुम स्वयं चतुर हो, करणीय, अकरणीय कालोचित तुम जानते हो।

वही निर्जन प्रपा सम्भवतः उसके शतमुखी विनिपात में सहायक हुई होगी। पता नहीं उपन्यास पूरा हुआ या नहीं पर वह पर्वत पुत्र, जो गिरा तो उठ नहीं पाया। चलते-चलते वह न जाने क्या सोच मुझे अपना कार्ड थमा गया था। तब मैंने देखा भी नहीं। घर आकर देखा तो सन्न रह गई।

"मि. महेश चर्मकेयर।"

तो क्या अभागा ऊटी जाने से पूर्व ही मौत के कुएँ में छलाँग लगा बैठा था। मैं गहरे सोच में डूबी रही। वह तो दोबारा जाना ही नहीं चाह रहा था। मैंने ही तो उसे बदलते जीवन-मूल्यों का पाठ पढ़ा फिर वहीं धकेल दिया था। पिछली बार पहाड़ गई तो उसके मामा मिल गए। अल्मोड़ा अपने जिस जजमान के पुत्र का विवाह सम्पन्न कराने आए थे, वहीं अतिथि बन मैं भी गई थी। मैंने पैर छुए तो उन्होंने मुँह फेर लिया, फिर भी खड़ी ही रही।

"आपने शायद मुझे पहचाना नहीं?"

"खूब पहचाना पर एक बात पूछूँ? तुम्हारे पति की तो ननिहाल हमारे गाँव में थी। फिर भी तुमने महेश का ऐसा अनिष्ट क्यों किया? बलि का बकरा बनाने को क्या मेरा ही भानजा रह गया था?"

"मैंने तो उसका भला ही चाहा था मामाजी," उन्होंने मुझे बीच ही में टोक दिया। "क्या खाक भला चाहा था—सुना है उन्हीं की बेटी से विवाह कर, सात पुश्तों की नाक कटा गया अभागा।" "उसकी माँ अब कैसी है?" मैंने डरते-डरते पूछा, "वह अब है कहाँ! मरने से दो महीने पहले एकदम उन्माद मुक्त हो गई थी बेचारी। रातभर तो निर्वस्त्र गाँव में घूमती थी, ठंड लग गई। फिर किसी ने उसे बता दिया कि उसके बेटे ने वर्जित कुल की कन्या से विवाह कर धर्मभ्रष्ट कर लिया है। बस उसी क्षण पागलपन दूर हो गया। घर आकर मुझे पकड़कर रोने लगी। सुना तूने मैरनिया, महेश ने हमारे वंश पर झाड़ू फेर दी। खबरदार जो तूने अब उसका मनीऑर्डर थामा।"

वे चुप हो गए, फिर एक लम्बी साँस खींचकर कहने लगे, "सुना तो था

कि पागलपन दूर करने के लिए बिजली के झटके दिए जाते हैं, इससे बड़ा बिजली का झटका अभागी को लग भी क्या सकता था। पहले काँवर हुआ फिर बिगड़कर झाँवर, बिस्तर की चादर तक पीली पड़ गई—एकादशी की पुण्य-तिथि में चोला छोड़ दिया। मैंने उस हरामजादे को खबर भी नहीं दी। मेरी दीदी की पवित्र देह को छूने का, अब उसे अधिकार ही कहाँ रह गया था।''

मैं खिन्न चित्त लेकर लखनऊ लौट आई। मामा की नज़रों में ही नहीं स्वयं अपनी नज़रों में भी, मैं अपने ही को दोषी पा रही थी। न मैं उसे दोबारा भेजती, न वह पन्त से महेश चर्मकेयर बनता। मैंने नाना तर्क-वितर्कों से अपने को दिलासा देने की चेष्टा की। जो मैं उसके लिए नहीं कर पाई वह स्वयं नियति कर गई थी। उसके बच्चे होंगे तो भले ही पिता की प्रतिभा से वंचित हों, भारत के प्रख्यात पब्लिक स्कूलों के द्वार, उनके लिए 'खुल जा सिमसिम' कहते ही खुल जाएँगे। बड़े होंगे तो बड़े-से-बड़े इंजीनियरिंग कॉलेज, मेडिकल कॉलेज उन्हें महा उत्साह से गले लगाने को तत्पर रहेंगे। नौकरी उनकी बाँदी बनने को तत्पर यानी सबकुछ करतल पर! यह नहीं कि प्रतिभाशाली मेधावी सुयोग्य पात्रों की भाँति नौकरी 'ढूँढ़ते रह जाओगे!'

पर लाख दलीलें देकर मन को समझाऊँ, मन नहीं मानता। बीच-बीच में उस कर्मकांडी, सरल ब्राह्मण का संयत स्वर मुझे चाबुक मारने लगता है। 'बलि का बकरा बनाने को क्या मेरा भानजा ही रह गया था?'

●●●